L'Atlantique en eaux troubles

Roman

Photographie de couverture : © John Lund / Getty Images
Prépresse et fabrication : Glénat Production

Couvent Sainte-Cécile
37, rue Servan – 38000 Grenoble
www.glenat.com

ISBN 978-2-344-04755-2
Dépôt légal : mai 2021

PEFC PEFC/14-38-00302

Jean-Yves Chauve

—

L'Atlantique en eaux troubles

Roman

Glénat

J'écoute la mer, j'écoute le vent,
j'écoute les voiles qui parlent
avec la pluie et les étoiles
dans les bruits de la mer
et je n'ai pas sommeil.

Bernard Moitessier
La Longue Route

La parole écrite est un océan
qui nous offre les mêmes pouvoirs,
les mêmes chances de traverser
que l'océan lui-même.

Yann Queffelec
Dictionnaire amoureux de la mer

1

Front froid

Il pataugeait, Manu, il pataugeait, découragé, abasourdi, dans ce bateau inondé, là, au milieu de nulle part. « Pourquoi moi ? » Les images se bousculaient dans sa tête. Il cherchait à comprendre. « Mais c'est pas vrai ! Qu'est-ce que j'ai fait pour en arriver là ? »

Depuis Plymouth et le début de cette course autour du monde en solitaire, rien ne lui avait été épargné.

Il se revoyait manœuvrant sans répit au milieu de la Manche, pour tenter de se dégager d'un anticyclone imprévu qui l'avait cloué, sans vent, dans un brouillard à couper au couteau. Une bonne journée de perdue sur ceux qui avaient choisi de naviguer près de la terre. En jouant avec les courants et les brises côtières, eux avaient réussi à s'extirper de cette masse d'air inerte et taillaient tranquillement leur route le long des côtes bretonnes. Il ne s'en était pas trop inquiété, il restait encore plus de quarante mille kilomètres à parcourir et beaucoup d'options possibles pour rester dans la compétition.

Depuis qu'il était en mer, il avait limité les contacts avec l'organisateur de l'épreuve, le téléphone satellite lui servant seulement à charger des fichiers météo et à répondre aux appels obligatoires de la direction de course. Il avait prévenu qu'il ne communiquerait pas de lui-même, sauf extrême urgence. De toute façon, grâce au GPS relié au satellite, le PC course basé à Plymouth suivait en permanence la progression du bateau dont la position était transmise sur Internet.

Manu voulait vivre ce tour du monde à son rythme, sans interférence extérieure. Pas question de se laisser perturber par les sonneries du téléphone.

Avant le départ, il avait dû subir l'assaut des journalistes avides de tout savoir sur sa vie afin d'alimenter les articles qu'ils publieraient tout au long de l'épreuve. Il n'avait pas aimé ces entrevues où il lui fallait répondre à des questions qu'il avait jugé inquisitrices et trop personnelles. Il était venu à Plymouth pour participer à une compétition, pas pour se raconter. Mais les exigences des médias et le contrat qui le liait à son sponsor l'obligèrent à « se déshabiller en public », comme il se plaisait à le dire. Il raconta le strict minimum et sa réputation de taiseux commença à se construire. Certains le comparèrent à Éric Tabarly. Dans le guide de présentation des marins, à côté de sa photo, il était écrit : « Emmanuel Jourdan, plus connu sous le surnom de Manu, a un caractère bien trempé. Il prend pour la première fois le départ de ce tour du monde en solitaire. Après de nombreuses régates au large des côtes européennes, il veut franchir en course l'Everest de la mer, le cap Horn. Avec son bateau, moins rapide que les engins dernier cri, il ne prétend pas au podium. Son ambition est avant tout de faire le tour de la planète et de revenir franchir la ligne d'arrivée. Avec sa grande taille et son physique de baroudeur, à 39 ans, il s'estime prêt à affronter les quarantièmes rugissants. »

Sur les documents de communication, Manu avait contemplé avec circonspection son portrait en noir et blanc, format carte d'identité. Malgré sa calvitie naissante, ses cheveux bouclés étaient longs, trop sans doute. Depuis, il les avait coupés ras, moins d'entretien pendant la course. Sur ses joues creuses et son menton carré et volontaire fleurissait une barbe courte et clairsemée aussi noire que ses cheveux. Il avait décidé de ne pas se raser jusqu'à l'arrivée. Sous son nez proéminent, sa bouche esquissait un sourire qui laissait transparaître l'effort fourni pour prendre la pose. Ces contraintes étaient dans son sillage, il n'avait plus qu'à se consacrer à son bateau et à sa course.

Le golfe de Gascogne lui avait infligé deux bonnes corrections. Un classique coup de vent d'ouest au large de Penmarc'h avait levé une mer impressionnante quand le courant de marée s'était opposé aux vagues. Sous voilure réduite, le voilier avait escaladé les lames sans difficulté. En naviguant moins contre le vent, il avait pu esquiver plus facilement la houle. « Là, j'ai bien joué, sans pousser le bateau, avait-il pu se dire après coup. J'ai perdu un peu de temps, mais, *a priori,* tout est intact et la route est longue. J'ai vraiment de la chance, ce canote est bien né, facile, stable, performant, je vais prendre du plaisir. Vivement les quarantièmes rugissants, qu'enfin je surfe, poussé par le vent ! »

À la fin du mauvais temps, il avait inspecté en détail la mâture. Tout lui avait semblé normal.

Il avait dérivé plus que prévu vers le sud-est et s'était retrouvé au large de l'île d'Yeu. Afin de se recaler sur la bonne trajectoire, il était parti à l'ouest, perdant encore pas mal de milles sur les premiers.

Au moment où il était enfin sorti du piège du golfe de Gascogne, un sale coin pour tous les marins du monde, il avait été cueilli par un nouveau renforcement du vent au large du cap Finisterre.

À terre, les météorologues de Toulouse et du Centre européen de Reading avaient suivi le développement du phénomène grâce aux informations reçues des satellites, des cargos et des balises météo disséminées sur l'Atlantique. Le tourbillon, qui n'était au départ qu'une excroissance de la dépression principale, avait pris rapidement son indépendance. Il était petit, profond et diablement agressif. Comme une toupie folle, il s'était déplacé très vite pour venir se positionner au large de la pointe nord-ouest de l'Espagne.

À bord, sur son ordinateur, Manu avait téléchargé le même type de carte, en moins élaborée. L'enroulement des vents y était bien visible et tout aussi inquiétant. Sauf à faire demi-tour en espérant avoir le temps de rejoindre un port, il n'avait eu d'autre choix que d'affronter ce méchant coup de vent. Son analyse avait été prémonitoire : « Celui d'avant, c'était juste une mise en bouche, là on va moins rigoler. » En quelques heures, le baromètre avait chuté et, à l'ouest, un voile de nuages en fins filaments était monté très haut dans le ciel. Des cirrus, l'avant-garde des nuées échevelées. Ce qu'il avait vu sur l'écran s'était matérialisé au-dessus de sa tête. Une telle configuration avait confirmé ses premières conclusions et l'avait laissé sans illusions. Son constat avait rejoint celui des générations de marins observant ces mêmes phénomènes. Leurs prévisions étaient plus poétiques, mais tout aussi réalistes : « Barbes de chat aux nuages annoncent vent et grands tapages. »

Très vite, le vent était repassé sud-ouest et était monté en puissance. De force 7, il avait grimpé à force 10, plus de quatre-vingts kilomètres à l'heure : le tapage de la tempête était bien là.

Ce coup de tabac tombait mal, car Manu n'était pas au mieux de sa forme. Il était las, sans énergie. Il subissait le contrecoup du stress accumulé pendant les mois de préparation. Depuis deux ans, il vivait jour et nuit pour ce projet. On l'avait prévenu que pour espérer être au départ, il fallait se donner à fond. C'est ce qu'il avait fait, focalisé sur l'idée de voir son bateau fin prêt au milieu des engins de course en carbone, peaufinés jusque dans le moindre détail. Il avait réussi le tour de force de se qualifier parmi ces solitaires considérés comme les meilleurs du monde. Mais en franchissant les passes devant le port, il avait pris conscience qu'il n'était plus question de mise au point. L'aventure commençait bel et bien. La transition avait été brutale, traumatisante quand l'immensité de la tâche à accomplir lui avait sauté au visage. Ces deux années de préparation n'étaient rien comparativement aux mois de solitude qui l'attendaient dans les océans les plus hostiles du globe. Désormais, il allait devoir assumer seul toutes les difficultés et prendre les bonnes décisions sans pouvoir les partager avec ceux qui l'avaient aidé et conseillé. En serait-il capable ? Il n'avait pas envisagé ce tour du monde comme un voyage dans ses propres angoisses et se questionnait déjà sur ses capacités à les dominer. La boule au ventre, la bouche sèche et la sueur au front, il avait constaté la détérioration rapide du temps et la chute du baromètre.

Il avait d'abord tenté de forcer le passage par le sud, mais le Portugal était trop proche, il aurait risqué de dériver et de se retrouver coincé au ras de la côte. Pas moyen d'y échapper. Le baptême du feu, c'était maintenant, qu'il le veuille ou non. Il avait dû virer de bord, cap contre le vent, au près serré, face aux vagues. Rien d'autre à faire.

Sur ces engins de course, la manœuvre ne s'improvise pas. On commence par transférer l'eau des ballasts, puis, à la force des bras, tous les objets lourds regroupés dans des sacs. L'opération est longue, fatigante et fastidieuse. Une fois ce contrepoids bien positionné, il ne reste plus qu'à virer.

Manu, qui avait accompli cette opération des centaines de fois au cours de ses navigations, l'avait exécutée sans problème. Au bon moment, entre deux vagues, il avait poussé la barre. Face au vent, les voiles avaient faseyé en claquant violemment. Avant qu'elles ne se gonflent encore, il avait bordé le foc à toute vitesse, les deux mains sur le winch, un travail épuisant. Le bateau s'était incliné de nouveau et avait accéléré.

Mais la mer s'était creusée, avec des vagues de plus en plus escarpées que le bateau avait du mal à gravir. Résigné, Manu regardait son voilier se défendre de son mieux face à la violence des éléments. En haut de chaque crête, l'étrave décollait et le bateau restait comme suspendu dans le vide. La sensation d'apesanteur était fugace et la fraction de seconde de silence n'était qu'un intermède éphémère avant l'impact. Dans un bruit assourdissant, la coque retombait et tapait à plat la surface d'une eau aussi dure que du béton.

Manu encaissait. Le choc le tassait, lui bloquait la respiration. La secousse se prolongeait en d'interminables résonances. Si le tremblement de mer existait, c'était cela. Le tsunami, lui, se répétait à chaque fois qu'une vague recouvrait le pont en déferlant sur toutes les pièces d'accastillage.

Mais déjà le bateau repartait à l'assaut de la lame suivante en s'ébrouant, avec la même sanction brutale. Manu était tendu, envahi d'une inquiétude sourde qui n'était pas encore de la peur. Il observait l'assemblage de toutes les pièces d'accastillage du mât en cherchant à détecter l'éventuel maillon faible, celui qui risquait de casser. Il revoyait Julien, le préparateur embauché pour le seconder, contrôlant méthodiquement chacun de ces éléments et remplaçant ceux qui présentaient le moindre doute. Il fallait tenir, mais combien de temps encore ? Sur la carte, Madère était bien loin. Il se rappelait toutes les précautions, tous les renforts installés afin que son voilier résiste à de telles conditions. À ce degré de violence, il avait besoin de se convaincre qu'il n'aurait pu faire ni plus ni mieux.

Il avait barré avec application pour prévenir les chocs les plus agressifs et relancer le bateau entre chaque vague. Un travail répétitif qui exigeait une concentration permanente. Dans ces circonstances, le pilote automatique était incapable d'une telle dextérité. Alors Manu était resté accroché à la barre, stoïque, trempé, frigorifié, aveuglé par les paquets de mer, bousculé par les vagues. Certaines balayaient le pont en grondant et venaient s'écrouler en cascade, à l'arrière, dans le cockpit. Parfois, il avait dû se tenir pour ne pas se faire éjecter par la puissance de l'eau. Pour évacuer cette tension insupportable, il ne pouvait que crier. « Bordel ! Qu'est-ce que je fous dans cette galère ! Gros nul ! Me faire enfermer comme ça dans cette mer pourrie ! Je me traîne, je ne vais jamais m'en sortir ! En dire qu'en ce moment, les potes sont peinards en Guadeloupe, en train de siroter des ti-punchs ! »

En fin d'après-midi, avec le renforcement du vent, le sifflement des haubans était monté dans les octaves, le murmure grave du mât s'était amplifié, les vibrations étaient devenues vraiment préoccupantes.

Puis l'inquiétude prémonitoire qui l'avait étreint depuis des heures était devenue une réalité : un « bang » brutal avait ébranlé la mâture. Manu, d'un coup d'œil, avait compris. La grand-voile s'était déchirée au niveau de sa fixation arrière. Elle battait violemment. Il fallait la descendre, et vite. D'une seconde à l'autre, des mètres de tissu pouvaient partir en lambeaux. L'idée de devoir gaspiller des heures à jouer les petites mains, avec paumelle, fils et aiguille, l'avait fait redoubler d'ardeur.

Il avait lâché la drisse, puis tiré le tissu. Sur une vague, la bôme l'avait percuté et déséquilibré. L'image fulgurante de Tabarly tombant à l'eau lui avait traversé l'esprit. Il était dans les mêmes conditions, le harnais détaché, en train de se tenir à cette bôme qui se baladait bord sur bord et qui pouvait l'éjecter à tout instant.

Il aurait dû la bloquer. Maintenant, c'était trop tard. Il devait garder son sang-froid et ne pas se faire surprendre, surtout pas. « Attention, mon p'tit gars, là tu prends vraiment des risques… » La voile claquait, le frappait comme une furie. Il serrait la toile de toutes ses forces, mais ses doigts glissaient, le tissu mouillé était si raide qu'il avait du mal à s'y agripper. Il était parvenu à le pincer, mais en une secousse, il lui avait échappé de nouveau. « Je vais monter sur la bôme et l'étouffer. Pas top l'acrobatie, super dangereux, pas le choix. » Une fois sur le tube, il avait réussi à descendre lentement la voile et, avec les sangles, le tissu avait été enfin maîtrisé. La manœuvre aurait fait désordre dans le port de Saint-Tropez, mais l'essentiel était sauvé.

Malheureusement, sans cette voile, le bateau n'avait pas assez de puissance pour contrer les vagues. Il tanguait et dérivait sans pouvoir avancer. Le vent avait encore forci. La pilule était amère : « Ce n'est pas possible ! C'est comme si je faisais demi-tour ! » Lui qui avait pensé atteindre au plus vite les chaleurs tropicales était en train de se diriger droit vers le Canada ! Il avait alors décidé de remplacer le foc par le tourmentin. Avec ce bout de tissu, il se laisserait pousser par les bourrasques, le temps que le gros de la tempête soit passé.

Manu n'avait plus qu'à sortir cette petite voile rangée dans un coffre. Le plus compliqué allait être de la transporter jusqu'à l'avant. Parfois, les lames étaient si puissantes et si hautes que l'étrave disparaissait complètement sous l'eau verte. Il s'imaginait en apnée, recouvert par une déferlante. « J'ai vraiment intérêt à faire gaffe ! » Avant d'y aller, il avait vérifié l'étanchéité de sa combinaison sèche, enroulé une serviette éponge autour de son cou. Rien de plus désagréable que de sentir l'eau froide se faufiler sur la peau. Les gants, déjà humides, seraient mouillés de toute façon.

Le harnais. Il l'avait contrôlé aussi soigneusement qu'un parachutiste et avait accroché le mousqueton. Si par malheur on passe par-dessus bord, c'est le seul lien qui vous retient au bateau.

« Bon, maintenant, on y va ! » Il avait rampé sur le pont, traînant le tourmentin. Parfois la coque tombait si vite dans le creux des vagues que ses fesses décollaient. Le dos calé contre le foc, il avait réussi à sortir la voile de son sac. Elle était petite, épaisse et lourde, sa couleur rouge fluo était un repère dans la tempête.

Les vagues le malmenaient, le happaient, le giflaient. Il devait tourner la tête pour éviter les embruns. Enfin, il était parvenu à installer la voile, puis à la hisser. Le tourmentin était maintenant tendu et plat, sans un pli.

Le bateau s'était un peu stabilisé et avait repris sa route.

Malgré ses efforts, le cap n'était pas fameux: « 310 au compas, du nord-ouest, je ne peux pas faire mieux… va falloir cravacher si je veux revenir… »

Manu n'avait plus qu'à attendre l'accalmie. Dégoûté, il pensait à ses petits camarades qui faisaient route plein sud, loin de la dépression, dans la bonne direction.

Il s'était réfugié dans la cabine et avait tiré le capot d'accès à l'extérieur. À l'abri dans ce minuscule espace de vie, les sifflements du vent, les grondements des vagues étaient assourdis, ils paraissaient plus lointains, moins puissants. Les chocs, eux, étaient violents et lui rappelaient la réalité, s'il s'était risqué à l'oublier. Pas question de se déplacer sans se tenir, sinon c'était la chute ou le choc brutal contre une cloison ou un coin de la table à cartes.

Il avait enlevé son ciré dégoulinant, l'avait suspendu à son crochet puis avait épongé l'eau de mer sur le plancher. Il avait souri en pensant à la note placardée à l'entrée quand il naviguait en tant que moniteur de voile: « Une cabine doit rester propre et sèche, la sécurité de tous commence par là. »

Un jour, un gars s'était assis avec son ciré trempé sur la banquette du carré et avait allumé une cigarette. C'était un avocat. Manu l'avait expulsé de la cabine sans ménagement. Il le revoyait, stupéfait d'être traité de la sorte par un blanc-bec, mais il n'avait pas bronché. Cette histoire l'amusait toujours.

En pleine tempête, dans sa cabine-refuge, Manu avait nettoyé et rangé jusqu'à l'obsession.

L'espace était petit, encombré. Sur la paroi blanche de la table à cartes, face à lui, il avait accroché des photos entre les écrans. Là, c'était son premier voilier. L'image était jaunie. Il était assis à la barre, son frère à l'avant tenait le foc. Sur une autre, il se baladait sur le port de La Rochelle avec Isabelle. Il lui avait promis un week-end à l'île de Ré qui s'était résumé à la recherche de la coque de ses rêves dans la Ville en Bois, cette partie de la ville où des bateaux se construisaient à chaque coin de hangar.

Isabelle. Ce n'était que quelques jours après le départ qu'il avait découvert le message écrit de sa main et collé au-dessus du radar.

« *Désormais, je vais dormir seule. En enfonçant ma tête dans l'oreiller, je penserai à toi, comme à chaque seconde.*

Blottie dans mon petit coin, je tâterai les draps, mais ma main ne trouvera que le vide et le froid.

Dans le silence de la nuit, je chercherai le souffle profond de ton sommeil apaisé et n'entendrai que le bruit de ma respiration.

Les yeux grands ouverts, j'explorerai l'obscurité pour trouver ton regard clair où je me suis perdue et ne verrai que le noir.

Il faudra pourtant que je dorme dans ce lit bien trop grand, j'aurai du mal, je le sais. Je me réveillerai souvent, préoccupée, mais pas inquiète, car je crois en toi…

Alors va vivre ton graal, sois heureux, car si tu l'es, je le serai aussi.

Reviens vite, je suis impatiente de construire notre nid avec des oisillons qui piaillent…

Je t'aime.

Isa

PS : Si tu me retrouves les mains attachées, des boules Quiès dans les oreilles et un masque sur les yeux, c'est que vraiment, j'en aurai eu trop marre de te chercher. Je te conseille de revenir avant, mon amour. »

Dans leurs nuits d'insomnie précédant le départ, elle, surtout, avait parlé. Ses projets de vie passaient par-dessus ce tour du monde pour n'en faire qu'une parenthèse qu'elle voulait déjà voir se refermer. Après, quand il aurait enfin remis les pieds sur terre, elle lui montrerait le plan de la maison de ses rêves avec son toit de chaume pour bien l'isoler, un potager en permaculture, et puis un enfant, plutôt deux, rapprochés pour qu'ils jouent ensemble. Un garçon et une fille si possible, hein Manu ? Lui avait approuvé gentiment, mollement, sans conviction. Elle avait bien senti qu'il consentait du bout des lèvres. Il était ailleurs, Manu, la tête dans sa course, les yeux dans les vagues, le regard braqué vers l'albatros mythique des quarantièmes rugissants. Elle lui avait dit que pendant son absence, elle verrait un architecte et chercherait un terrain près de la mer.

Plus il y pensait, moins il se sentait prêt pour une vie trop casanière à son goût. Comme il disait à ses copains voileux, « un sédentaire s'enterre ». Il se savait oiseau du large, un oiseau qui ne peut s'épanouir que dans les rafales de vent et le grondement de la mer. Il craignait que ce voyage l'éloigne encore un peu plus du monde de la ville et des champs. Aurait-il envie de revenir ? Il avait un tour du monde pour connaître la réponse.

Il avait replié délicatement le papier, masquant la phrase « *Reviens vite, je suis impatiente de construire notre nid avec des oisillons qui piaillent…* » pour ne lire que les mots situés au-dessus. Il l'avait glissé dans une pochette avant de le replacer au même endroit.

Une vague plus forte l'avait arraché à ces questions existentielles. La nuit était là, pas question de dormir. Il devait surveiller, encore plus attentivement. Son œil allait des hublots à l'écran du radar. De temps en temps, il ouvrait le capot et, avec sa lampe frontale, inspectait la mâture. Ça avait l'air de tenir, tout au moins, il s'en persuadait : « Parfait, la voile est bien bordée, il ne faut surtout pas qu'elle claque quand le bateau est bousculé par une vague. » Puis il éteignait sa lampe pour mieux voir au loin. Dans l'obscurité accentuée par la noirceur des nuages, impossible de distinguer le ciel de la mer. Il ne savait plus trop où il se trouvait. Poussé par une vague, son minuscule abri aurait pu être projeté quelque part dans cet univers, telle une capsule flottant dans l'espace.

Il aurait voulu voir une lumière, même fugace, un signe qui le rattacherait au monde. Rien, rien que du noir. Seul le feu de navigation rouge, vert et blanc tout en haut du mât diffusait un pauvre halo coloré, aussitôt avalé par la brume. Son bateau, *Univervie*, du nom de son sponsor, était trop éloigné de la route des navires marchands qui longe les côtes du Portugal avant de couper le golfe de Gascogne et la Manche.

Manu gardait les pieds sur terre, ou plutôt sur mer, attentif, professionnel. Un cargo venant du Brésil ou d'ailleurs pouvait se trouver là, tout près et en route convergente. Une rencontre risquerait de se terminer par une collision si le marin à la passerelle du cargo se préparait un café ou regardait une vidéo plutôt que l'écran du radar. La mer est immense, mais les lois de la probabilité sont parfois traîtresses. Ce ne serait pas la première fois qu'un bateau coulerait, éperonné au milieu de nulle part.

Lui était revenue en mémoire l'aventure de ce marin, au sud de l'Australie, pendant un Vendée Globe. En bon skipper, il veillait, radar allumé afin de repérer d'éventuels icebergs détachés de la banquise antarctique. Soudain apparut sur l'écran l'écho d'un navire qui se rapprochait dangereusement. Il dut changer de cap pour éviter une collision. Statistiquement, dans cette immensité liquide, le risque d'un tel accident était quasiment nul. S'il n'avait pas été vigilant, ça aurait pu lui coûter très cher. Les coïncidences de ce genre, Manu avait bien l'intention de les éviter.

Les heures s'étaient égrenées, entrecoupées d'un café quand ses paupières devenaient trop lourdes. Il avait l'habitude de ces nuits au large quand dormir est impossible, mais le corps a des exigences que le mental a parfois du mal à combattre. La caféine devenait alors l'alliée de sa résistance.

Dans cette noirceur sans lune, sous cette chape de nuages, et avec ces conditions de mer extrêmes, il était aux aguets, tendu, hyperlucide. Chaque choc, chaque vibration résonnait en lui comme s'il ne faisait qu'un avec son bateau. Trop fatigué et trop frigorifié pour continuer à barrer efficacement, il avait réenclenché le pilote automatique. Celui-ci compensait avec assiduité les écarts de trajectoire en tirant ou poussant sur le gouvernail. Parfois les vagues déportaient tellement la coque que son moteur peinait en sifflant sous l'effort. Il l'avait baptisé Ernest. Ernest était son ami, son compagnon de route électronique. Sans lui, il aurait dû rester dehors, à la barre, au froid, ruisselant sous les paquets de mer.

Dans sa solitude, Manu avait appris à distinguer, parmi tous les objets, ses amis de ses adversaires. Au nombre des plus récalcitrants, il y avait les écoutes, toujours susceptibles de s'enrouler subrepticement pour bloquer une manœuvre. L'écoute du foc en particulier. Manu l'avait repérée et il la surveillait du coin de l'œil. C'était une maligne qui savait se faire oublier avant de s'emmêler au moment où il ne le fallait pas.

D'autres objets étaient de bons compagnons. Il y avait la peluche du dauphin, la mascotte de l'association qu'il défendait, et puis le petit ours gris que lui avait donné sa petite-nièce le jour de son départ de France. Ses yeux de verre bruns luisaient dans la pénombre comme une présence bienveillante. Parfois, il avait même l'impression qu'il lui souriait. Sous le faisceau de sa lampe frontale, il l'avait calé au mieux dans le coin de l'étagère et lui avait parlé : « T'as intérêt à bien te tenir et à ne pas bouger si tu ne veux pas tomber. Je sais ce que tu penses : tu aurais préféré rester chez Sophie, et maintenant tu voudrais que je te ramène… Impossible ! Pas question de faire demi-tour ! On n'est pas au meilleur endroit, mais je te promets que demain, à cette heure, ça devrait aller beaucoup mieux. »

Cela avait rassuré Manu d'entendre sa propre voix, de parler, de couvrir les bruits hostiles par des mots qui lui avaient donné l'impression d'être moins seul.

Le faisceau de sa lampe s'était posé sur les photos collées autour de l'écran de l'ordinateur. La famille, les amis. Des regards qui disaient. Des regards qui rayonnaient d'une chaleur apaisante. Alors son esprit s'évadait, pénétrait chaque image pour s'en raconter l'histoire. L'espace d'un instant, il en oubliait la course, la fatigue, le stress.

Un choc brutal l'avait ramené une nouvelle fois à la réalité. Est-ce que cela allait tenir ? Combien de temps cette épreuve allait-elle durer ? Impression d'être devenu le punching-ball de son adversaire dans un round sans fin. Son bateau luttait, dans la fureur et dans le bruit, un bruit qui, ajouté aux chocs, use, inquiète, vide la tête, taraude le corps.

Voilà des heures qu'il n'avait rien mangé. Trop de tension pour avoir faim, trop d'angoisses si loin de la terre et des hommes, avec près de cinq mille mètres d'eau sous ses pieds.

Le temps s'écoulait lentement, minute après minute. Novembre est la période où les nuits sont les plus longues.

Puis le vent avait basculé un peu plus à l'ouest, des prémices imperceptibles avaient suivi la stabilisation des pointillés du baromètre électronique qui se baladaient tout en bas de l'échelle des pressions. « 985 hectopascals, pas souvent vu une pression si basse ! » Il avait fait une photo du baromètre pour la mettre dans l'album souvenir de la course.

Univervie se situait alors sur le versant arrière de la perturbation. C'était le moment le plus dangereux, Manu le savait. Quand une dépression arrive, la mer, poussée par le vent de sud-ouest, s'organise en lames régulières. Mais à l'arrière, les bourrasques de nord-ouest génèrent une houle qui croise la première. La mer devient désordonnée, les vagues s'empilent les unes sur les autres. Ce jour-là, elles étaient si hautes qu'elles déferlaient en longs rouleaux comme sur une plage un jour de tempête. Des vagues qui font le bonheur des surfeurs.

Le jour s'était enfin levé. Gris, sale, avec des nuages si bas qu'ils venaient effleurer la surface de l'eau. Çà et là, des taches plus claires viraient au bleu, signes avant-coureurs d'un changement de temps. La mer était énorme. Manu, les yeux rougis par la fatigue, regardait, impuissant, son bateau qui se débattait, l'étrave cognant sur chaque déferlante et s'en échappant dans un nuage d'embruns. Depuis le départ, cette course était épuisante.

« Pas possible que je navigue en faisant tout à l'envers ! À se demander si je n'ai pas embarqué l'animal aux grandes oreilles ! »

Manu n'avait pas prononcé le nom, ne l'avait même pas pensé ! Dans la grande tradition de la marine française, quand on veut parler du lapin, on dit « cousin du lièvre », « pollop », « zébro », « coureur cycliste », ou encore « langoustine des prés ». La superstition date du temps des trois-mâts, quand les lapins rongeaient les cordages retenant les cargaisons. Ailleurs, ce sont les plantes vertes qui portent malheur ; les racines, recherchant la terre, feraient tout pour entraîner la coque vers le fond.

Mais la mer lui avait réservé une dernière entourloupe : la lame vicieuse qu'elle gardait bien cachée, une scélérate qui s'était discrètement nourrie du grand brassage des vagues et qui fonçait directement sur lui. Quand elle avait basculé le bateau, le pilote avait crié son impuissance. La force de l'eau avait traîné *Univervie* sur l'écume. Vaincu, il s'était couché sur le côté comme un cheval blessé. Manu avait été projeté à l'intérieur pour atterrir, dans un vol plané, sur la caisse à pharmacie qui avait éclaté en morceaux. Le mouvement s'était prolongé.

Il s'était retrouvé sur le dos, plaqué contre la coque, compressé par la force de l'impact, sans pouvoir bouger.

Une avalanche d'objets avait fondu sur lui. Plus tard, il se souviendrait de ces quelques secondes qui lui avaient semblé interminables, et de ces mots qu'il avait criés et répétés tant de fois pour leur donner plus de force : « Redresse-toi, bon Dieu, redresse-toi ! »

2

Croisière à deux

– C'est bon, tu peux larguer.

Elle défait le nœud. L'amarre, passée en double, glisse dans l'anneau du quai. Debout sur la plage avant, elle la tire rapidement. L'enrouler maintenant.

Le cordage est mouillé, sale et gluant du mazout et des déchets du port. Malgré ses efforts, l'amarre s'emmêle. Pourtant Caroline s'applique : bien libérer les tours, détordre le cordage du bout des doigts, puis enrouler chaque boucle de la même taille que les autres, ni trop longue ni trop courte. L'amarre doit former un bel ovale avec des boucles bien régulières…

Ses mains huileuses la dégoûtent. Elle a eu beau tenter de l'écarter, le cordage a réussi à se coller sur ses vêtements et à tremper son short et ses chaussures. Pour inaugurer sa première grande traversée, elle avait imaginé un peu plus de romantisme que ces traces noirâtres dégoulinant sur ses jambes.

Nicolas est debout à l'arrière, derrière la barre à roue. Elle sent son regard attentif à chacun de ses gestes. Pourtant, elle prend son temps. Reste une dizaine de mètres. C'est lourd et elle a chaud.

« Là, ne pas se rater. Si je ne bloque pas les boucles avec le nœud, tout tombe par terre et je n'ai plus qu'à recommencer… Voilà… passer le brin dedans… Parfait, ça tient. »

Elle pose l'amarre sur le pont, se relève et, d'un revers de poignet, repousse la mèche blonde qui lui cache le visage. Elle a juste le temps d'apercevoir une dernière fois les mâts de la marina qu'ils viennent de quitter.

Nicolas, à la barre, surveille les barques de pêche qui circulent dans le port.

– Maintenant, enlève les défenses, grouille-toi !

– Hé ! cool ! On a le temps !

Les pare-battages qui protègent le bateau pendent, inutiles. Ils sont couverts de fuel et ceux de droite ont, en plus, des traînées de peinture arrachée à la coque de leur voisin au port. Autant les laver avant de les descendre dans la soute…

– Je ne peux pas quand même pas les ranger comme ça… annonce Caroline en filant à l'arrière, prendre un seau dans un coffre.

– Ouais, bon, si tu veux…

– N'avance pas trop vite, s'il te plaît, j'aimerais terminer avant la sortie de la rade.

– Je vais faire des ronds dans l'eau, le temps que tu finisses.

Avec le liquide vaisselle, les taches partent sans trop d'efforts.

– Ça y est, terminé, Nicolas… Je referme le capot avant ?

– Oui, bien hermétique, j'ai l'impression qu'il y a de la mer au large… On va hisser la voile tout de suite à l'abri de la côte. Tu maintiendras le bateau face au vent avec le moteur.

– Je vais essayer…

– Pas essayer, réussir… Tu sais naviguer, non ?

C'est la première fois qu'elle embarque sur ce type de voilier. Pas facile de trouver ses repères quand tout est nouveau. Tenir la barre à roue, vérifier la direction du vent, ça, elle sait faire. Elle l'a appris, rabâché même, lors des stages à l'école de voile des Glénans ou ailleurs.

Après toutes ces croisières d'apprentissage, elle s'était sentie capable de se lancer seule afin de devenir une vraie équipière.

Il fallait qu'elle trouve un embarquement, alors elle avait consulté les petites annonces spécialisées sur Internet. Un skipper chercherait sûrement des bras pour une grande navigation : une traversée.

Association STW. Sail The World. Rubrique « Bourse des équipiers », Caroline avait cliqué sur le menu : « Je suis un skipper, je cherche des équipier(e)s et je propose un embarquement. »

Les propositions avaient défilé. Photos du navire, parcours, date de départ, durée prévue… Des destinations au bout du monde… Un jour peut-être… Pour l'instant, c'était un peu trop loin.

« Ah ! En voilà une qui pourrait m'intéresser : "Skipper recherche équipier(e) parcours Açores – Le Crouesty (proximité Vannes). Départ Horta début novembre". »

Début novembre ? Même si elle n'avait guère d'expérience, elle savait qu'en fin d'automne les coups de vent dans le golfe de Gascogne pouvaient être violents. Elle avait hésité. Mais il lui restait des congés à prendre avant la fin de l'année, alors pourquoi pas ? Si le skipper était expérimenté et le bateau correct…

Son courriel avait déclenché une réponse rapide. Il faut dire qu'à cette époque de l'année, les candidats ne se bousculent pas…

« Bonjour Caroline. La place est disponible. J'arrive en solitaire des Antilles, mon voilier est un Océanis 430, en parfait état. C'est ma troisième transat. Pour l'instant, vous êtes la seule candidate. Avez-vous une expérience en voile ? Savez-vous barrer ? Tenir les quarts ? »

De courriel en courriel, ils avaient fait connaissance. Caroline était tentée. Ce serait une belle expérience, l'Atlantique en novembre avec un gars compétent et un bateau sûr… Il y avait un bémol, tout de même. « Ce serait bien qu'il trouve un équipier supplémentaire. Pas rassurant d'être seule au milieu de nulle part avec un mec que je ne connais pas… »

Alors, elle avait attendu. Mais il n'avait trouvé personne. Il avait fallu qu'elle se décide.

« C'est maintenant ou jamais. Je prends le risque, j'y vais ! »

Un billet avec escale à Lisbonne, puis pour l'île de Faial au sud-ouest de cet archipel isolé au milieu de l'Atlantique. Nicolas l'attendait à l'aéroport. Une cinquantaine de personnes étaient descendues de l'avion. Tee-shirt rose, short blanc, baskets, allure décontractée et volontaire, ce devait être elle, c'est du moins l'image qu'il s'en était faite. Elle n'avait qu'un sac à dos. « Un bon point, avait pensé Nicolas. En général, les gens embarquent avec des montagnes de vêtements qu'ils ne portent jamais. » Après avoir passé la douane, elle s'était approchée. Ses longs cheveux blonds étaient retenus par un bandana rouge et jaune. Il aurait aimé voir ses yeux cachés par des Ray-Ban aux reflets argentés.

– Bonjour, c'est toi Caroline ?

– Oui, et toi Nicolas, je suppose ?

Elle avait enlevé ses lunettes, découvrant de jolis yeux verts et un regard vif et pénétrant qui dénotait une personnalité pas du genre à se laisser monter sur les pieds. Pendant le trajet en taxi qui les avait conduits au port, tout en discutant, il avait observé discrètement ses longues jambes et avait découvert une rose tatouée au-dessus de sa cheville gauche. De coup d'œil en coup d'œil, il s'était attardé sur sa poitrine. Apparemment, elle était nue sous son tee-shirt. « Pas mal, la nana, si je la joue fine, on pourrait peut-être prendre du bon temps pendant la traversée… » L'arrivée au port allait calmer ses fantasmes.

– Là, c'est chez toi. À mon avis, tu as assez de place pour ranger les affaires de ton sac à dos.

La cabine était spacieuse, bien éclairée par les hublots. Le plafond blanc et les parois de bois clair accentuaient encore l'impression de volume. La couchette occupait toute la largeur et le drap en madras apportait une touche colorée et chaleureuse. Caroline avait apprécié et senti qu'elle y serait bien.

– Trop bien, un grand lit pour moi toute seule !

– Derrière toi, ce sont les toilettes et la salle de bains. C'est plutôt un cabinet de toilette, en fait, car on est limités en eau. Une fois partis, la prochaine douche à l'eau douce, ce sera à l'arrivée !

Elle avait beaucoup moins apprécié la remarque. Pour quelqu'un qui prenait deux douches par jour en laissant couler l'eau chaude longuement sur son corps, ça allait être dur… Il serait toujours temps d'en négocier quelques-unes quand ils seraient en mer. « Inutile de se montrer exigeante ou compliquée. »

– C'est le grand luxe, ce bateau. À deux, on ne va pas se gêner ! Et toi Nicolas, tu dors où ?

– Dans la cabine de l'autre côté… Appelle-moi Nico, comme tout le monde, c'est plus rapide…

– D'accord. Dans ce cas, appelle-moi Caro.

Le carré était grand et confortable. Face à la table centrale entourée de banquettes en Alcantara, la cuisine était disposée tout en longueur avec un double évier, une cuisinière trois feux et un grand réfrigérateur. Juste au-dessus, de petites étagères étaient remplies de flacons d'épices. Les placards étaient en bois clair, à l'identique de la cabine arrière, et le plafond recouvert de lattes blanches. Nicolas avait ouvert les panneaux translucides donnant sur le pont. Un agréable courant d'air circulait dans tout l'espace.

– Pour fêter ton arrivée, j'ai préparé des spaghettis à la carbonara. J'espère que tu aimes ?

– Euh, oui… oui.

Caroline avait hoché la tête, polie. Elle aurait préféré une salade à base de légumes frais, son régime habituel. Raté, Nicolas ! Il avait senti confusément que la jolie Caroline qui venait d'investir son territoire n'allait pas être facile à apprivoiser. Il devrait se montrer un peu plus prévenant.

– Tu sais, habituellement, je navigue seul, alors la cuisine…

– Alors pourquoi tu cherchais une équipière ?

Il avait réfléchi un certain temps avant de lui répondre :

– Je me suis ennuyé pendant ce retour des Antilles. Je dois vieillir, j'avais envie d'un peu de compagnie…

Plus elle l'observait, plus elle le sentait mal à l'aise. « Je me demande ce qu'il attend de moi. Je vais mettre tout de suite les points sur les i. Il y a trop de non-dits dans son regard et dans ses silences gênés. »

– Moi, je suis venue pour naviguer, pas pour te tenir compagnie…

– Ce n'est pas ce que j'ai voulu dire. J'ai surtout besoin d'aide dans les manœuvres, partager les quarts de nuit, et tout le reste…

– On est d'accord. Tout le reste, c'est quoi ?

– Ben, le réglage des voiles, les repas…

– OK, les repas, chacun son tour, bien sûr… Rien d'autre ?

– Non… Ben, non… Si je cherchais autre chose, enfin ce à quoi tu penses, j'aurais passé l'annonce sur un site de rencontres…

– Pas sûr que tu y aurais trouvé la perle rare. Je veux dire la nana qui cherche un mec et qui, en plus, aime naviguer !

Il avait tenté le coup :

– En même temps, en mer, si ça se passe bien, pourquoi ne pas profiter de la vie ? Le bateau est sympa, le skipper a des ressources, tu ne serais pas déçue…

– Mon cher Nicolas, on va tout de suite mettre les pendules à l'heure : si j'avais voulu baiser, je n'aurais pas eu besoin de dépenser tout ce fric pour venir ici. Je suis là pour apprendre la navigation au large. Les mecs, je m'en sers quand j'en ai envie et là, je n'ai pas envie. Je les ai assez pratiqués, ils n'excitent plus ma curiosité. Est-ce que je me suis bien fait comprendre ?

– Oui… oui… Alors à moi de te rendre curieuse…

– De la mer, oui, je n'attends que ça !

Debout derrière la barre, pendant qu'elle l'observe en train de manœuvrer, Caroline a encore cette discussion en tête. Ne s'est-elle pas emballée un peu vite ? Impossible de faire marche arrière, maintenant qu'ils ont quitté le port. Une boule d'angoisse reste bloquée au fond de sa gorge.

« Je vais me méfier. Question relation, je crois que j'ai été claire, mais il y a chez lui un truc que je n'arrive pas à cerner. Je trouverai, même si on n'est ensemble qu'une grosse semaine. Et s'il a des choses à cacher, c'est son affaire, pourvu que je ne sois pas concernée. Pas de quoi se prendre la tête. Mon but, c'est de naviguer. »

Nicolas n'est pas moins perturbé. Lui qui veut se rassurer en jouant le mâle conquérant est tombé sur un os. « Va falloir trouver les bons arguments si tu veux la mettre dans ta couchette. Tu as été trop impatient, trop direct, maintenant elle est sur ses gardes. Finies les allusions oiseuses, tu vas être un skipper irréprochable. Après, on verra. » Nicolas voudrait donner une autre image de lui, positive et sans ombres, mais les tourments, les batailles intérieures, même enfouis, finissent toujours par transparaître.

En mer pourtant, depuis qu'il navigue, il se sent plus apaisé. Cet immense espace qu'il peut parcourir sans entraves, au gré des vents et des horizons vides, est devenu son lieu de vie et le support de ses errances. Sans port d'attache, il a le sentiment d'être libéré de lui-même.

C'est un skipper prudent, organisé, précis et sûr de lui. Mais il n'a rien du marin buriné aux bras endurcis par les navigations. Sa peau est pâle, flasque comme un costume trop grand sur un corps amaigri. Et comment ne pas s'inquiéter de son manque de force et des coups de pompe inopinés qui l'ont laissé essoufflé et livide durant les journées passées au port ?

Son visage émacié est à l'opposé de l'image de mâle dominateur qu'il aimerait donner. Pour forcer le trait, il s'est bien laissé pousser la moustache, aussi noire que ses cheveux soigneusement entretenus… Mais ses compétences techniques manifestes ont du mal à cacher ses faiblesses. C'est son regard surtout qui le trahit. Avec ses yeux clairs, il semblerait angélique s'il n'était lointain, fuyant, tourmenté, tourné vers lui-même plutôt que vers les autres.

Nicolas est au pied du mât et tourne la manivelle de winch. La voile monte lentement. À l'arrière, Caroline est concentrée. Une main sur la manette des gaz, l'autre sur la barre à roue, elle réussit à maintenir la voile dans l'axe du vent.

Il lui parle, mais avec le tissu qui claque dans les rafales, elle n'entend que des bribes de mots. Elle met sa main en porte-voix :

– Parle plus fort !

– Je vais prendre un ris. T'inquiète, c'est rapide. Continue comme ça, c'est parfait.

– Je reste face au vent jusqu'à ce que tu aies fini…

Nicolas connaît son bateau par cœur. Caroline n'en doute pas. Pourtant la manœuvre s'éternise. « Pour un pro, c'est bien long ! » Enfin le ris est pris. Au final, tout s'est déroulé sans anicroche. La voilà rassurée. Elle lui crie :

– Je borde un peu l'écoute et je m'écarte du vent…

– On va faire un cap au 30 pour passer entre Pico et São Jorge. Fais attention, il y a des rafales. Je vais envoyer la trinquette. Cette voile est une dure à cuire. Pas trop grande, elle stabilisera le canote à l'avant.

Un coup d'œil vers la côte. La digue du port n'est plus qu'un trait gris sous les taches colorées des maisons qui s'étalent sur les pentes verdoyantes du volcan. Le sommet est caché dans la brume.

Tout en s'appliquant à garder la bonne trajectoire, Caroline rembobine le film de son arrivée à bord et de ses premiers échanges avec Nicolas. À peine avait-elle rangé ses affaires que celui-ci l'avait prévenue :

– D'après la météo, dans quatre jours, il y aura un vent qui devrait nous emmener direct vers la Bretagne. Tu crois aux prévisions, toi ?

– J'ai toujours entendu dire qu'elles se trompaient sans arrêt, alors je me contente de regarder le ciel. S'il y a de gros nuages, c'est qu'il va pleuvoir. Si le ciel est bleu, il y a peu de chances qu'il neige, surtout en été.

La remarque avait fait sourire Nicolas.

– C'était vrai avant, maintenant les prévisions sont beaucoup plus fiables.

– Tu crois ?

Isobares et hectopascals, elle connaissait ces mots, sans avoir jamais fourni l'effort de comprendre les mouvements de ces masses d'air invisibles. Pour elle, c'était simple : l'air qui se déplace, ça donne du vent, et les explications des moniteurs de voile lui avaient semblé tellement ésotériques qu'elle en était restée là. Du coup, Nicolas s'était mis en tête de la former. Il avait été un bon pédagogue, car, tout en surveillant le cap, elle était capable de se souvenir exactement de ce qu'il lui avait dit.

– Un anticyclone va s'installer sur la France, ce qui est exceptionnel à cette époque. Un peu plus tard, il va se prolonger par une dorsale sur le golfe de Gascogne. C'est elle qui nous intéresse. Tu me suis ?

– Euh… Oui… je crois.

Vu sa moue dubitative, Nicolas s'était lancé dans des explications complémentaires avec l'espoir de marquer ses premiers points.

– Je t'explique. Un baromètre, c'est une balance qui pèse l'air. Un anticyclone, c'est comme une montagne d'air. Quand tu es en dessous, le poids de cette masse d'air fait monter le baromètre. Simple, non ?

Maintenant qu'elle avait bien visualisé l'image, elle voulait en savoir plus.

– Alors, monsieur Météo, sous une dépression, c'est l'inverse ?

– Exactement. La dépression, c'est comme une cuvette. Sous la cuvette, il y a moins d'air, son poids est plus faible, le baromètre baisse. D'ailleurs, le poids de l'air, on ne le mesure pas en kilos, mais en hectopascals.

– Ah ! les voilà les fameux hectopascals !

Les cours de maths et de physique lui avaient laissé de mauvais souvenirs, elle était devenue réfractaire à tout ce qui touchait les calculs et les explications scientifiques. Pour une fois qu'on lui donnait des informations claires et simples.

– Et alors, la dorsale sur le golfe de Gascogne ?

– C'est la montagne d'air qui se prolonge par une crête allant de la Bretagne à la pointe de l'Espagne au-dessus de ce fameux golfe.

– Et le vent dans tout ça ?

– Le vent ? Il fait le tour de la crête. Si tu veux être poussé par le vent, il suffit d'être du bon côté de la crête.

– Et on y sera ?

– Normalement, oui. Si les prévisions se confirment. Pour l'instant, nous devons prendre notre mal en patience. Il y a encore beaucoup de vent ici. C'était pire hier et ça recommence demain.

Elle aurait aimé quitter le port tout de suite. Elle était venue naviguer, pas faire du tourisme…

Nicolas l'interrompt brutalement dans ses pensées.

– Tu as vu le bateau de pêche ?

– Oui, s'il ne bouge pas, on va passer à côté ou devant lui.

– Il est en train de relever une ligne de casiers. Tu vois la bouée, là-bas ? C'est l'autre bout de la ligne.

– Alors il vaut mieux le contourner par-derrière.

– Bonne remarque, il ne faut pas le gêner ni risquer de prendre sa ligne dans la quille.

– Qu'est-ce qu'il pêche ?

– Ici, ça doit être des langoustes…

– On devrait s'arrêter et lui en acheter une !

– Fallait y penser au port, maintenant c'est trop tard !

Le port, elle y retourne justement dans ses souvenirs. Elle avait eu peur de s'ennuyer pendant tous ces jours d'attente. Elle lui avait demandé :

– Qu'est-ce que tu as prévu pour patienter ?

– On va finir les provisions. Il y a le marché et une épicerie pas loin. On achètera le frais au dernier moment. D'abord, j'ai un boulot très spécial à te confier…

– C'est quoi ?

– Tu sais dessiner ?

– Je me débrouille…

– Tu as vu toutes les peintures sur le quai ? Il y a une tradition ici : chaque bateau laisse une trace de son passage. Il y a des dessins très simples et d'autres qui sont de véritables œuvres d'art. Ça rappelle les *ex-voto* dans les églises, pour remercier le Bon Dieu ou Neptune d'être arrivé jusque-là. J'ai les pinceaux et la peinture, ça te dit ?

– Tu me donnes carte blanche ?

– Tout à fait !

Le lendemain, elle avait parcouru le quai à la recherche d'un emplacement libre. Sur le mur du brise-lames, il y avait des centaines d'illustrations, des plus rudimentaires – un carré blanc avec le nom du bateau au milieu – aux plus élaborées – un bateau sous voiles très réaliste, un autre juché sur le dos d'un dauphin, ou encore un globe terrestre avec le tracé du voyage et les prénoms de l'équipage… À côté du bar, il y avait un dessin effacé qu'elle n'avait eu aucun scrupule à recouvrir. Elle avait revêtu un vieux pull trouvé à bord et avait noué ses cheveux en chignon pour ne pas risquer de les enduire de peinture.

Après avoir ébauché son tableau, elle s'était rendu compte qu'elle ne connaissait pas le nom du bateau. Elle avait appelé Nicolas.

– Allô, Nico ? Comment s'appelle ton voilier ?

– Le Séréno.

– Tu peux épeler ? Tu m'expliqueras l'origine de ce nom ? J'aimerais bien savoir…

Le dessin était simple et précis, le voilier stylisé en noir sur fond jaune, avec le nom en blanc sur la coque. À droite, la date, et à gauche, leurs deux noms. Nicolas en haut, Caroline en bas.

À l'aide de son portable, elle avait pris une photo de son œuvre qu'elle avait publiée sur Facebook, espérant bien que ses copines seraient jalouses.

Nicolas était venu la rejoindre et avait contemplé sa création.

– Joli ! Depuis le temps que je viens ici, c'est la première fois que je respecte la tradition ! Ça vaut bien une bière chez Peter !

Elle se revoit là-bas, dans ce bar dont elle devine, en se retournant, la façade bleue surmontée de tuiles rouges, derrière le trait sombre de la jetée du port.

Chez Peter est le bar incontournable de Horta. Le bar de l'Atlantique. Certains font escale ici pour pouvoir se vanter d'avoir pris un verre dans cet endroit mythique, histoire d'être adoubés par la grande famille des navigateurs transocéaniques.

Le certificat de passage, c'est la photo devant le comptoir ou, mieux, le polo « Chez Peter » que l'on exhibera sur les pontons à son retour sur le continent.

La salle, décorée de boiseries patinées par le temps, l'alcool et les cigarettes, respire les souvenirs de tous ceux qui y ont fait escale. Les murs sont recouverts par les fanions des bateaux en transit dans le port. On y retrouve des noms inconnus – *Boréal, Sidarta, Chinook, Outlaw, Lucy* –, et de célèbres – *Pen Duick, Fleur australe, Joshua*.

Ouvert il y a plus d'un siècle, le *Café Sport*, son nom d'origine, en a vu défiler du monde ! Les employés du câble, du temps où Horta était un relais télécom entre Europe et Amérique, les marins des remorqueurs en stand-by dans le port, les pilotes des hydravions qui amerrissaient dans la baie.

Lors de la Seconde Guerre mondiale, ce sont les soldats anglais et américains qui, à leur tour, y tuèrent le temps à la faveur de soirées sacrément arrosées. José, le fils du propriétaire, y gagna son surnom, « Peter ».

Dans les années 1960, les plaisanciers qui se lançaient dans la traversée de l'Atlantique, un exploit à l'époque, occupaient le bar. Depuis toujours, les « *aventureiros* », comme les appellent les locaux, font escale à Horta pour sa situation à mi-parcours de la route vers l'Europe, la sûreté de la baie et l'hospitalité des habitants de l'île de Faial.

Caroline s'était assise avec Nicolas au fond de la petite salle, dans le brouhaha du mélange des langues. Même si ce n'était pas la saison des retours des Antilles, il y avait là des Hollandais blonds et bronzés, des Anglais barbus plus très jeunes, des couples d'Allemands, des Français aussi.

Une fille s'était approchée.

– Salut ! C'est toi le gars du *Séréno* ?

– Euh… oui, c'est moi. Pourquoi ?

– Bonjour, moi c'est Nathalie. J'ai bien connu ta copine Audrey à Marie-Galante. J'étais à bord du *Mareva* à Saint-Louis au mouillage. On s'est retrouvées plusieurs fois sur la plage devant *Chez Henri*, tu sais le bar à côté du môle…

– Oui, oui, le bar, je le connais…

Mais Nicolas n'avait jamais rencontré Nathalie. À Marie-Galante, il ne descendait pas à terre dans la journée, la chaleur était trop intense. Il avait aussi beaucoup de travail pour préparer le voilier à sa future traversée.

– C'est une fille chouette, Audrey. On a discuté de tout et de rien… Des histoires de nanas. Elle m'a dit que vous deviez rentrer ensemble en France, après un petit tour aux Saintes avec des touristes.

– Oui, c'est ce qui était prévu…

– Elle n'est pas là ?

– Euh… ben non, finalement, elle a décidé de rentrer en avion.

– Ah bon ? C'est drôle, je pensais qu'elle avait envie de faire cette transat. J'avais l'image d'une fille sûre d'elle et de ses choix… Comme quoi, on peut se faire des idées !

– Ben… elle a pris sa décision à la dernière minute…

– Ça m'étonne qu'elle ne m'ait pas fait signe. Je lui ai envoyé un mail juste avant de partir de Marie-Galante. Il m'est revenu, adresse inconnue. Je me suis sans doute trompée en tapant l'adresse. Tu peux me la redonner ?

– C'est-à-dire… je ne la connais pas par cœur.

– Tu l'as à bord, je suppose. Je passerai la prendre. Je lui ai aussi envoyé des messages sur l'adresse du bateau, tu n'as rien reçu ?

– En fait… non. Dès le départ, j'ai eu un bug avec l'informatique, impossible d'envoyer ou de recevoir des messages.

Caroline est debout derrière la barre, elle anticipe les embardées provoquées par cette mer de l'arrière. Elle sent qu'elle commence à apprivoiser le bateau, à comprendre ses réactions. Tout en restant bien concentrée sur la route pour ne pas se laisser surprendre par une vague traîtresse, elle a en tête cette rencontre. Le malaise était palpable. Plus Nathalie insistait, plus Nicolas était évasif, froid, comme si cette Audrey ne le concernait plus ou n'avait jamais existé. Nathalie avait insisté.

– Qu'est-ce qu'elle devait faire après ?

– Je ne sais pas, je n'ai pas de nouvelles… Elle est peut-être aux US ou au Canada.

– Tu n'as pas essayé de la joindre ?

– Si, si… mais elle doit être en vadrouille. C'est son problème. Point barre !

– J'espère qu'elle va m'écrire, j'aimerais bien la revoir en France.

Caroline revoit le regard de cette Nathalie se tourner vers elle.

– Et toi ? Alors, tu embarques sur *Le Séréno* ? Tu t'appelles comment ?

– … Caroline.

– Tu vas faire une jolie balade jusqu'en France.

– J'espère ! Je voulais vivre une expérience un peu sport et me perfectionner aussi. Vu les conditions actuelles, Nicolas préfère attendre et ne pas se jeter dans la gueule du loup… C'est bien ça, Nico ?

– Oui exactement.

– Sur *Mareva*, nous aussi, on est en attente. On a un souci avec le démarreur du moteur, un mécano est venu à bord. Ça devrait être réparé dans deux jours. Si ça se trouve, on partira ensemble… Alors, bon vent si on ne se revoit pas ! Et si tu as des nouvelles d'Audrey, dis-lui que Nathalie de Marie-Galante serait contente d'en avoir aussi.

3

Scrimshaws

La côte s'éloigne lentement mais sûrement. Elle reconnaît, sur sa droite, l'île de Pico et son volcan qui s'élève à plus de deux mille trois cents mètres, point culminant du Portugal et de la dorsale médio-atlantique. Un peu de neige couronne déjà son sommet. De là-haut, des rafales de vent refroidies par ce congélateur en plein air dégringolent directement dans la mer. À la barre, elle doit être de plus en plus vigilante, quitte à changer de cap pour garder le même angle avec le vent. Elle voudrait ne penser qu'à cette navigation, mais, malgré elle, son esprit vagabonde de nouveau dans les souvenirs des quelques jours passés à Horta. L'attitude de Nicolas l'avait interpellée. Après le départ de Nathalie, ils étaient restés encore un moment *Chez Peter*. Elle avait essayé de lui tirer les vers du nez, en tentant de s'en faire un allié avec des phrases du genre : « C'est vrai, vous avez parfois du mal à nous comprendre, nous les femmes… », ou encore : « Pour beaucoup, la mer n'est pas leur milieu, d'ailleurs, il n'y a même pas de féminin au mot marin ! » Mais l'amorce pour le pousser à la confidence avait fait long feu. Au milieu des conversations et des rires, un long silence s'était installé entre eux, lui dans ses pensées, elle dans son attente. Il était resté hermétique, fermé comme une huître, détournant le regard vers les photos des bateaux qui ornaient les murs. Elle n'avait pas insisté, mais avait gardé de cet épisode au bar une sensation de malaise et de menace latente qui la poursuivait. Que s'était-il passé avec Audrey ?

Tandis qu'elle s'éloigne de la terre et qu'elle s'apprête à vivre seule en mer avec lui pendant dix jours, ses pensées la ramènent encore dans ce bar bondé. Pour détendre l'atmosphère si pesante, elle avait préféré changer de sujet.

– C'est quoi ces dents présentées dans des vitrines à l'étage ?

Comme soulagé, Nicolas avait aussitôt retrouvé la parole.

– Ce sont des *scrimshaws*, des dents de cachalot gravées. Sur les bateaux chasseurs de baleines, les marins les travaillaient pour passer le temps. La dent en ivoire était d'abord polie avec une peau de requin. Un sacré boulot, long et ennuyeux. Puis chacun trouvait un sujet de dessin, par exemple une scène de capture, la reproduction du navire, des tableaux érotiques ou encore un portrait. Ils utilisaient une aiguille, un couteau ou une lame qu'ils aiguisaient eux-mêmes. Les dessins les plus élaborés demandaient des mois de travail. À la fin, ils passaient les traits à l'encre de Chine.

– C'est ce que l'on voit là-haut ?

– Oui. Certaines pièces sont très anciennes.

– Cet art existe toujours ?

– De moins en moins, car la chasse au cachalot est interdite depuis 1987 à Horta. Mais tu as dû voir les canots effilés côte à côte sur la cale. Ils accueillaient six rameurs et un harponneur. Une belle bagarre quand il fallait capturer un animal de plusieurs tonnes. Maintenant, ces baleinières font des régates. Avec leur immense grand-voile et leur petit foc, elles vont super vite. C'était indispensable pour suivre les baleines, mais plus d'une s'est perdue au large. C'était la seule ressource, ici. Maintenant, c'est le tourisme.

Caroline s'était dit qu'elle reviendrait, ici et dans les autres îles des Açores. Elles l'avaient séduite, au point qu'elle avait eu du mal à les quitter.

Mais pour l'heure, la mer est bien formée et *Le Séréno* avance vite. Sept nœuds, huit dans les rafales. Faial a disparu. L'île de Pico est derrière eux. Au-dessus de son sommet, un nuage lenticulaire blanc s'est dessiné, signe annonciateur de vent fort.

Caroline regrette leur départ du port à l'aube. C'était la volonté de Nicolas et elle n'avait pas osé le contredire. Elle aurait aimé dire au revoir au couple du voilier voisin. Des gens charmants qui vivaient depuis un nombre incalculable d'années sur leur ketch pissant la rouille. Il s'appelait pourtant *L'Embellie* ! Ces « globe-flotteurs », comme le chantait Antoine, en étaient à leur troisième tour du monde. Ils devaient rentrer en France pour vendre le bateau, car ils n'avaient plus les moyens d'en assurer l'entretien ni de payer le séjour dans les ports. À force de vivre d'expédients et de petits boulots, ils avaient perdu l'ardeur des années fastes, celles où l'on était accueilli chaleureusement dans les pays visités.

Daniel, le skipper de *L'Embellie*, disait : « Les tourdumondistes sont devenus des pompes à fric qu'il faut sucer jusqu'à ce qu'ils s'en aillent. » Sa mine désabusée était accentuée par un état de fatigue chronique, à tel point qu'il se demandait s'il aurait la force de franchir cette dernière étape. Prudemment, ils avaient choisi d'attendre les beaux jours avant de repartir.

Alors qu'elle enjambait leur bastingage pour monter à bord du *Séréno*, Caroline avait été tout de suite interpellée par

Monique, l'épouse de Daniel, une petite femme pleine d'énergie. Un vrai remède à la mélancolie. Avec son sourire permanent et ses yeux pétillants, il était impossible de deviner son âge. Caroline n'oubliait pas leurs échanges :

– C'est toi qui pars avec Nicolas ?

– Euh… oui, j'arrive de France.

– Quoi de neuf là-bas ? Je suppose qu'il y a toujours des grèves et que les impôts ont encore augmenté ! Ce n'est vraiment pas de gaieté de cœur qu'on rentre, hein, Daniel ?

Assis à l'arrière, Daniel démontait une pièce du moteur toute rouillée. Ses mains calleuses étaient noires de graisse. Il avait tout du vieux loup de mer avec son corps maigre et sec, les rides qui lui barraient le front et les taches brunes de ses joues trop exposées au soleil. Ses longs cheveux blancs et sa barbe renforçaient le bronzage de sa peau et l'éclat vif de ses yeux bleus. Il ne lui manquait que la pipe.

– On en a bien profité ! Cela fait plus de vingt ans qu'on bourlingue. La vie au soleil toute l'année, c'est quand même autre chose et ça coûte moins cher en chauffage et en vêtements… sans compter la nourriture…

– Daniel a eu un problème cardiaque… il ne peut plus faire de gros d'efforts… On évite les mouillages désormais. Les marinas, c'est plus rassurant.

– Eh oui, mes 20 ans sont loin ! Je suis vite essoufflé.

– Comme tu dis ! Il respire comme un vieux soufflet ! Bon, on ne va pas rester là à discuter, comme ça, de bateau à bateau. Viens prendre l'apéro avec Nicolas ce soir. Je vous ferai ma spécialité : les empanadas au thon. Et Daniel va mettre au frais une bouteille de verdelho. Celui-là vient de Pico, l'île juste en face.

La soirée s'était prolongée. Avec l'alcool, la chaleur et le voyage, Caroline avait eu bien du mal à garder les yeux ouverts. La discussion s'éternisait. Daniel avait raconté la construction de la coque de *L'Embellie* au fond de leur jardin. Il était intarissable sur les bons moments, les coups de main des copains, les catastrophes, comme ce jour où il était tombé du pont et s'était fracturé les deux calcanéums. Ce bateau était leur enfant : « On a mis toutes ces années à le concevoir, c'est quand même autre chose qu'une grossesse de neuf mois ! Et vu tous les problèmes techniques le jour de la mise à l'eau, c'est moi qui ai le plus souffert. Un accouchement dans la douleur ! » Depuis, *L'Embellie* les avait emmenés un peu partout autour du monde. Monique avait relaté tour à tour les plages désertes des îles Loyauté en Nouvelle-Calédonie, une queue de cyclone au sud de Cuba, l'attaque de pirates au large de Madagascar… Elle évoquait avec nostalgie cette vie de vagabondages qui était maintenant derrière eux. Le plus dur restait à venir : se séparer du bateau avant de pousser la porte de la maison de retraite.

Pendant les quelques jours où ils étaient restés côte à côte, Daniel n'avait pas manqué de donner coups de main et conseils et de leur prêter ses outils. Monique avait aidé Caroline à faire son premier avitaillement.

Il avait fallu partir, pourtant. « Divorcer les bateaux à couple », selon l'expression de Caroline. Ils s'étaient fait le serment de se revoir en France, évidemment.

En s'éloignant de Pico, les rafales se sont calmées et le vent, toujours soutenu, est plus régulier. Les vagues ont retrouvé un peu d'ordre. Toute à ses pensées, Caroline découvre les falaises de l'île de São Jorge, là, juste derrière le foc. Les maisons blanches aux toits de tuiles rouges perchées sur les hauteurs sont entourées de champs minuscules d'un vert profond.

La côte est abrupte, des falaises noires de plus d'une centaine de mètres avec, çà et là, des éboulis recouverts de mousse d'un jaune éclatant. Par endroits, de hautes cascades blanches rebondissent de roche en roche avant de s'écouler en pluie dans la mer.

– Dis, Nico, tu savais que, finalement, *Mareva* part demain ?

– Oui, oui… J'ai discuté avec Pierre, le copain de la fille qui est venue nous voir *Chez Peter*. Il a imprimé des fichiers météo anglais qui recoupent assez bien les informations que j'ai…

– Ils comptent arriver où ?

– À Concarneau, je crois.

– Ce n'est pas très loin du Crouesty où on va, non ?

– Exact. C'est à côté de Vannes, juste à l'entrée du golfe du Morbihan. Concarneau, c'est tout près de la pointe de la Bretagne.

– C'est ce que j'avais compris quand sa copine en parlait… Nathalie… c'est bien ça ?

– Euh, oui, je crois…

– Elle disait que c'est sympa de faire la route à plusieurs. Même si on se perd de vue, avec la radio, on sait qu'il y a quelqu'un pas loin. Susan, tu sais, la fille qui convoie avec son ami le vieux gréement blanc du Brésil à Marseille, elle m'expliquait qu'ils traversent toujours au moins à deux bateaux. Tous les soirs, ils s'envoient un petit coucou à la radio, ils se racontent leur journée, s'ils ont pêché, si tout va bien à bord… C'est sympa, tu as moins l'impression d'être isolé.

– Ouais… Ça, c'est bon pour ceux qui n'ont pas confiance en eux et ont peur de se perdre en mer… Moi, je n'ai pas envie d'être dépendant de qui que ce soit. Imagine que l'un ou l'autre s'éloigne ou que la radio ne fonctionne plus… On s'inquiète et on se gâche le voyage. Et puis, il faut y penser tous les soirs… La routine qui s'installe… Je préfère naviguer à mon rythme.

– C'est quand même une sécurité de savoir qu'il y a un bateau pas trop loin…

– Sans doute, mais je ne vois pas pourquoi on aurait un problème… On fera comme j'ai dit. Point barre !

– Ne te mets pas en colère, c'était juste une proposition !

À la pointe de l'île, les rafales de vent sont de nouveau plus violentes et un courant contraire rend la mer particulièrement difficile. Nicolas, qui a repris la barre, les négocie au mieux, mais parfois *Le Séréno* s'incline dans des coups de gîte impressionnants.

– Caro, tu as entendu ? Un truc est tombé à l'intérieur…

– Tu veux que j'aille voir ?

– Oui, s'il te plaît.

Il fait chaud et lourd dans la cabine ; Nicolas a fermé les aérations pour éviter les infiltrations d'eau de mer. Elle ouvre la porte du placard-bibliothèque avec l'intention d'y ranger le gros bouquin qui est tombé. Le coup de gîte est brutal. Trop tard ! Déséquilibrée, elle traverse le carré en marche arrière, heurte le coin de la table et tombe assise sur la banquette. Tous les bouquins suivent la même trajectoire et s'abattent en cascade sur elle.

– Nico ! le placard s'est vidé, j'ai tout reçu sur la tête ! Heureusement, il n'y a que des livres de poche ! T'imagine, *Guerre et Paix* en édition de luxe, deux mille pages ! Je serais défigurée !

– Comment tu as pu faire ça ?

– Je n'en sais rien ! Je vais en avoir pour un moment à tout remettre en place !

Caroline se relève, empile quelques bouquins dans le creux de son bras gauche et rampe vers le placard. À cette allure de vent arrière, les mouvements du bateau sont accentués par le balancement de la mâture, mal appuyée par la voile. De sa main droite, elle s'accroche là où elle peut. Par moments, elle a l'impression de tomber en avant, puis brutalement, elle bascule en arrière. « Incroyable qu'il y ait autant de livres sur ce bateau… »

Elle a de plus en plus chaud, des gouttes de sueur froide perlent sur son front, ses mains sont moites. Elle reconnaît l'étau douloureux qui commence à lui serrer les tempes. « Quelle idiote je suis ! Tout ça à cause de bouquins ! Je le sais pourtant qu'en restant à l'intérieur, on risque de choper le mal de mer ! »

Fataliste, elle continue néanmoins son rangement. Pas question d'abandonner. « Allez, Caro, bouge-toi, tu dois finir… » Sa bouche est sèche, la boule qui monte et descend dans sa gorge l'empêche d'avaler. Et puis cette lassitude… « Je ne vais pas y arriver. »

Le voilier roule bord sur bord, chaque geste doit être réfléchi, anticipé.

Un choc violent sur une vague, et voilà les livres qui lui échappent des mains et s'étalent sur le plancher. Se pencher et les ramasser lui demande un effort surhumain. La tête lui tourne. « Arrête-toi, bateau, s'il te plaît ! » Ses jambes flageolent, son corps est lourd, elle est en nage. Ça tangue. À chaque descente dans une vague, la nausée monte, lentement, inexorablement. « Je dois me dépêcher… »

Elle est volontaire, Caroline. Elle résiste, tente de continuer, mais rien à faire, elle n'a plus la force, il faut qu'elle sorte, et vite !

– Tu n'as pas l'air bien, Caro…

Les haut-le-cœur l'empêchent de parler. Elle vacille et s'écroule sur le banc. La peau de son visage est si pâle qu'elle en est translucide.

– Tu as pris un truc contre le mal de mer ?

Elle fait non de la tête. De toute façon, maintenant c'est trop tard. Le mal s'est installé pour de bon. Depuis l'oreille interne, la surcharge nerveuse, conséquence des mouvements du bateau, s'est propagée le long des neurones jusqu'au centre de l'équilibre, totalement submergé. Il ne reste plus qu'à subir. Combien de temps ?

Caroline s'allonge, ferme les yeux. Dormir, oublier ce vide dans sa tête et ces spasmes qui remontent du fond de son ventre. Elle a froid, elle grelotte.

– Faut te couvrir. Je vais chercher ta veste de quart, un bonnet et un coussin pour le mettre sous ta nuque.

Nicolas revient, l'aide à soulever sa tête et glisse le coussin dessous. Ce simple geste paraît insurmontable à Caroline tellement elle se sent lourde et amorphe. Elle enrage de ne pouvoir refuser son aide. Elle qui se croyait une grande navigatrice ! La voilà avachie comme une loque, incapable de bouger. « Bonne à rien, oui. Et dire qu'on est en mer depuis quelques heures seulement. La honte ! »

Ainsi installée, elle somnole, sans pouvoir vraiment s'endormir.

« Je ne comprends pas, d'habitude je ne suis pas malade. Un peu barbouillée parfois, mais jamais dans cet état ! L'appréhension ? Une si longue traversée… Avec ce type que je connais à peine ! »

Elle s'était documentée, le mal de mer, la règle des trois F : « Froid, Faim, Fatigue, les trois facteurs déclenchants… »

« Non, ce n'est pas ça, j'étais en forme en partant. Et bien couverte, avec le lycra en dessous. Les barres de céréales, j'en ai mangé encore une tout à l'heure… La cause, je la connais, c'est le quatrième F, celui dont on ne parle pas et qu'on ajoute toujours après, discrètement, dans la liste : la Frousse… »

Ni le vent ni la mer ne lui font peur. Le bateau est solide, bien construit. Le skipper est compétent, il a de l'expérience. Quant au mauvais temps, elle a déjà vécu un force 8 dans le golfe de Gascogne. Alors ce quatrième facteur, d'où vient-il ?

Caroline pense de nouveau à sa conversation avec Nathalie, au bar *Chez Peter*. L'histoire d'Audrey, disparue sans donner de nouvelles. Les réponses évasives de Nicolas ne lui ont pas plu.

« Chaque fois que j'ai eu cette sensation, cette intuition un peu floue, je ne me trompais pas. »

Les yeux mi-clos dans la brume de sa somnolence, elle le regarde, debout à l'arrière, derrière la barre. Il se balance sans effort, épousant les mouvements du bateau comme s'il faisait corps avec lui. Son regard est ailleurs, en symbiose avec le vent, les nuages et les vagues. Elle voit ses coups d'œil incessants vers les instruments, le mât, les voiles.

C'est la fin de journée, le ciel bleu turquoise s'assombrit peu à peu. Le passage entre les îles est délicat. Même à plusieurs dizaines de milles de distance, l'effet du relief se fait sentir. Les rafales sont plus fortes, la direction du vent plus irrégulière.

Par prudence, Nicolas décide d'abaisser la grand-voile avant la nuit. Caroline, recroquevillée sur la banquette du cockpit, s'est enfin endormie.

La manœuvre, Nicolas l'a accomplie des dizaines de fois. Il branche le pilote automatique, détache la drisse au pied du mât et la voile descend lentement. Il reprend le tissu au fur et à mesure en dosant ses efforts. Il connaît son point faible : le bas de son dos et ses lumbagos à répétition. La fatigue permanente et l'essoufflement qu'il traîne depuis les Antilles n'arrangent rien, il doit se ménager, sans trop le montrer. À cette allure proche du vent arrière, les rafales gonflent la voile. Pas facile de l'étouffer. Il y parvient en la tirant vers l'arrière et sans se faire mal.

Lorsque Caroline se réveille, il fait nuit noire. Quelle heure est-il exactement ? Elle distingue à peine Nicolas dans la pénombre. Il n'a pas bougé. Elle peut voir le reflet de son visage dans la lueur rougeoyante du compas qui l'éclaire par en dessous. Un visage qu'elle ne reconnaît pas, tant son teint est blafard et ses yeux comme injectés de sang.

– Nico ?

– Ah ! tu es réveillée !

– Ça va, tu n'es pas fatigué ?

– Si, un peu. Le bateau avance bien. Il faut juste surveiller. Une fois qu'on sera un peu plus loin, le vent va se stabiliser et je pourrai laisser le pilote automatique faire le boulot tout seul.

Caroline s'en veut de son inaction. Ce mal de mer la terrasse et annihile sa volonté. Elle préférerait agir.

– Tu as besoin de moi ?

– Non, non, c'est bon, je me débrouille.

– Dès que j'en aurai la force, je descendrai m'allonger sur la couchette. Je rêve d'être au chaud dans mon duvet, mais vu les spasmes de mon estomac, c'est encore un peu risqué.

– Alors attends, ne t'en fais pas, j'ai l'habitude de naviguer seul !

– Je m'en veux ! D'habitude je ne suis pas malade. J'avais prévu de préparer un truc sympa pour notre première soirée en mer, mais là je m'en sens incapable.

– Le mal de mer, ça arrive à n'importe qui. Moi, il suffit que je reste trop longtemps à terre pour ne pas être bien.

En réalité, Nicolas est très peu sujet à ce genre de trouble, mais il a envie de la rassurer, de lui redonner confiance.

– Je vais faire des pâtes avec des *linguiças*. Tu en voudras ? Il ne faut pas rester l'estomac vide.

Elle ne répond pas. La simple idée de nouilles et de saucisses lui soulève le cœur. Après les fettucines carbonara du premier jour, les tagliatelles au fromage et les spaghettis bolognaise, il faudra lui expliquer que l'on peut manger autre chose que des pâtes. Vivement qu'elle ait retrouvé son énergie pour cuisiner les légumes achetés au marché de Horta.

En milieu de nuit, à l'abri de Terceira, l'île au nord de l'archipel, le vent se calme et la mer redevient lisse malgré une grande houle provenant d'une dépression plus à l'ouest. Les conditions sont de nouveau agréables. Caroline commence à sortir sa torpeur.

– Tu as dormi, c'est le meilleur des traitements !

– Je vais grignoter un truc léger et après, si tu peux te passer de moi, je descends finir de récupérer dans ma couchette. Je suis toute courbaturée. Le bois de la banquette manquait de moelleux. Réveille-moi au lever du jour. L'aube est le moment que je préfère en mer.

Le ciel s'est bien dégagé. Au large, loin de la pollution lumineuse de la terre, les étoiles brillent d'un éclat incomparable. Désormais seul, Nicolas, debout devant le foc, contemple la voûte céleste, avec, en fond musical, le bruissement de l'eau sur l'étrave, et là-haut, les constellations qu'il sait reconnaître ; Céphée, Cassiopée, le Grand Chien et les étoiles Vega, Capella, Aldébaran et bien sûr l'étoile Polaire. La lune est tout juste levée, son mince croissant se reflète sur l'eau en un tapis scintillant que les vaguelettes animent d'éclats argentés.

Nicolas jouit de cet instant hors du temps dont le rythme est celui des vagues que le bateau salue d'un mouvement ample et paisible. La quiétude qui s'en dégage, même si elle est éphémère, l'emporte vers l'existence simple et tranquille à laquelle il aspire. Mais ses démons le ramènent inexorablement à la réalité qui l'angoisse.

Il se résout à rentrer en soupirant. Les LED rouges du plafonnier qu'il vient d'allumer diffusent une lumière apaisante.

– Caro, tu m'entends ?

Caroline ne répond pas. Puisqu'elle dort profondément, il s'installe à la table à cartes, saisit le téléphone satellite et y introduit la batterie qu'il avait cachée dans sa cabine. Il l'allume ensuite et le branche sur l'ordinateur portable, écran en mode nuit. Après avoir quitté le programme de navigation qui montre la route du bateau sur l'océan, il ouvre le logiciel de messagerie, puis la boîte aux lettres dont il est le seul à connaître le mot de passe.

L'éclat bleuté de l'écran durcit les traits de son visage. Il est tendu, nerveux. De temps en temps, il se retourne vers la couchette de Caroline. Aucun mouvement, aucun bruit, elle doit dormir à poings fermés.

Le petit sablier qui se remplit et bascule sur le fond uni de l'écran l'énerve.

Ça y est, enfin la liste des courriels s'affiche, le dernier date d'hier.

« Objet : Tes amis de Lagwiyann

Message : Confirmer lieu. Date d'arrivée entre le 13 et le 15/11. Plus tard impossible. »

La réponse de Nicolas est laconique : « Lieu confirmé. 15/11 OK. GSM à l'arrivée. »

Aussitôt après l'avoir envoyée, Nicolas la supprime, vide la corbeille et éteint le portable. Les yeux rivés sur l'écran noir, il se demande qui lui a répondu. Depuis sa mésaventure à Cayenne, il n'est plus sûr de rien. Un mauvais roman noir qui lui donne encore des sueurs froides quand il y pense. Il marche sur le trottoir, pas très loin du *Cocosoda Bar*. Il fait nuit, la chaleur est moite, pesante. Sa chemise lui colle à la peau. Deux types s'approchent, il croit les reconnaître : des passeurs de clandestins qu'il a déjà croisés, la mafia guyanaise. Ils le suivent sans doute depuis un moment. Malgré l'obscurité, il distingue leurs yeux brillants, injectés et fixes. Ils sont camés. Il voit aussi briller la lame d'un couteau. « *Tudo o que vocé tem, rapido* », « Tout ce que tu as sur toi, vite. » Comment savent-ils qu'il transporte une petite fortune dans son sac à dos ? Qui le leur a dit ? Il n'a pas le choix, il doit les neutraliser. Ses réflexes de petite frappe lui reviennent aussitôt. Coup d'œil circulaire instantané. Anticiper leurs réactions. OK, celui au couteau d'abord. Faire diversion en captant son regard. Son bras qu'il retourne en lui tordant le poignet. Puis le couteau. Il le lui arrache. La douleur de la lame qui le blesse. Mais l'autre est déjà sur lui, il sent ses mains autour de son cou. Sans réfléchir, il pivote et d'un coup violent, lui plante le couteau dans le ventre. Le gars, surpris, s'écroule sans un cri. Il revoit l'auréole de sang envahir le tee-shirt blanc. Il recule, aux aguets, balançant devant lui le couteau sanglant, pointe en avant. L'autre hésite. Son copain à terre ou l'attaque ? Quelques secondes de flottement dont Nicolas profite. Il se souvient avoir couru dans les rues sombres jusqu'au port. Ces truands ne lui laisseront pas une seconde chance, ici ou ailleurs. Le bateau. Larguer les amarres, quitter l'abri en pleine nuit, tous feux éteints. Audrey est là, paniquée, incrédule. Sa colère, ses reproches… Il aurait aimé son soutien, sa confiance. Elle venait d'introduire le ver dans le fruit de leur complicité. Mais sans qu'elle le sache, une autre larve était déjà à l'œuvre, bien plus nuisible pour elle comme pour lui.

4

Jack et William

À Plymouth, dans les locaux de la direction de course, Jack surveille de près la trajectoire d'*Univervie.* Ancien compétiteur, il connaît parfaitement les mers du globe pour les avoir parcourues dans tous les sens. Tous les skippers l'apprécient. Il a su établir avec eux une connivence rassurante. Beaucoup font partie de ses amis. Jack est un garçon à la fois discret et efficace, un bon vivant à l'énergie débordante que rien n'arrête. William est son assistant. Il n'a pas l'expérience du large de son aîné, mais il a été confronté à suffisamment de situations difficiles pour prendre les bonnes décisions quand Jack est indisponible. Lui, c'est un fondu de surf.

Sur l'écran de leurs ordinateurs, la tempête est symbolisée par des flèches orientées dans le sens du vent. Plus il y a de barbules aux flèches, plus il y a de vent. Au niveau d'*Univervie*, les flèches indiquent du vent d'ouest avec quatre barbules et demie – quarante-cinq nœuds, plus de quatre-vingts kilomètres à l'heure.

Les hauteurs de vagues relevées dépassent huit mètres à l'endroit où se trouve Manu. Et la zone de grains d'orages est particulièrement active. D'après Jack, ce front froid le survolera dans quelques heures. Une situation forcément préoccupante pour William au moment de reprendre sa veille après quelques heures de relâche.

– Qu'est-ce qu'il est allé foutre dans ce coin pourri ?

– Il n'est sûrement pas là par plaisir…

– Il n'avait pas d'autres options ?

– Pas vraiment. Il s'est fait coincer dès le départ dans les calmes en Manche. Puis il a chopé les deux dépressions à contretemps.

– Et ce coup de vent d'ouest l'a déporté le long des côtes d'Espagne…

– Du Portugal, tu veux dire.

– Ouais, si tu veux… C'est vrai qu'au niveau de Porto, c'est portugais…

– Tu as vu comment les premiers se sont échappés ? Ils sont déjà aux Canaries !

– C'est à chaque fois la même punition : ceux de l'arrière ont une météo compliquée.

– L'histoire classique des passages à niveau qui se ferment derrière les premiers…

Un clic sur la carte affiche le trajet d'*Univervie* : une suite de points rouges reliés par un trait, chaque point correspondant à un flot de données envoyées par la balise de positionnement installée à bord. L'analyse des informations transmises finit d'inquiéter Jack.

– À mon avis, il a eu un problème sur *Univervie*. Tu as vu sa vitesse ? Là, il a sacrément ralenti…

– Ça a duré combien de temps ?

– Deux bonnes heures. Tu étais parti à ce moment-là. On s'est posé des questions…

– Ouais, j'imagine…

– Un voilier qui dérive comme ça sans vitesse, c'est un démâtage ou une voie d'eau… Ou pire, le mec passé par-dessus bord ou inconscient, c'est déjà arrivé.

– C'est toi l'expert, mais, s'il avait démâté ou s'il était en train de couler, il aurait déclenché sa balise de détresse, non ?

– Probable. Par contre, s'il n'était plus à bord ou incapable d'agir… Tu te souviens de ce gars qui s'était embroché le bras avec un couteau lors d'une transat ? Il pissait le sang. Il est tombé dans les pommes pendant qu'il était au téléphone avec le médecin de la course !

– Chaud !

– Tu l'as dit ! Le médecin s'égosillait dans son micro, l'oreille collée à l'écouteur. Rien !

– Ç'aurait pu mal tourner !

– Si une artère avait été sectionnée, il serait mort vidé de son sang ! Heureusement, après quelques minutes d'angoisse, le toubib a eu la bonne surprise de l'entendre à nouveau.

– Un sacré coup de chance !

– Tu peux le dire ! Même les situations apparemment désespérées peuvent se retourner. Pour *Univervie*, je veux garder confiance, tout en restant lucide et attentif.

– Vous n'avez pas essayé de l'appeler ?

– Si, mais s'il est sur le pont en train de se bagarrer avec un cordage, une voile ou je ne sais quoi, il a autre chose à faire que de répondre au téléphone.

– Et avec la capuche et le bruit du vent, ce n'est pas évident d'entendre une sonnerie.

– Exactement. On s'était donné deux heures avant de déclencher l'alerte.

– Il y a des bateaux autour ?

– Tu veux dire des bateaux de la course ? Regarde les positions : *TeamGenius* n'est pas trop loin devant, il aurait pu faire demi-tour. Les autres, *BZD*, *Sea Spirit*, *Ocean Solo*, sont beaucoup trop éloignés. Il aurait fallu qu'ils entrent dans la tempête, c'était risqué, à mon avis.

– Vous avez dû aussi envisager qu'il soit gravement blessé ou dans le coma, et qu'il ait besoin d'une aide à bord ?

– Évidemment. Mais dans ce cas-là, un autre marin ne peut rien faire.

– C'est vraiment impensable ?

– Imagine le scénario : le gars approche son bateau, lâche la barre et saute à bord de l'autre. Les deux bateaux côte à côte vont se cogner, forcément. Résultat : deux bateaux coulés et deux types à la flotte ! Ces engins sont aussi fragiles que du cristal ; s'ils se touchent, ils partent en miettes.

– Et si Manu est tombé à l'eau, il a encore moins de chances…

– Repérer une tête au milieu des vagues, c'est quasiment impossible.

– Et si c'est la nuit, en plus…

– Au contraire, s'il a une lampe allumée sur lui, ça peut tout changer. En mer, dans une nuit bien noire, la moindre lumière se voit de très loin… Mais en ce qui concerne Manu, juste avant qu'on appelle le MRCC*, le bateau a repris de la vitesse avec une route stable et régulière. D'après moi, Manu est toujours à bord, c'est certain, sinon le bateau ne suivrait pas ce cap.

---

* Maritime Rescue Coordination Centre : système international de surveillance et de coordination du sauvetage.

– Pas de raison de paniquer, alors.

– Je ne dirais pas ça. Il n'est pas sorti d'affaire. Il faut qu'il traverse le front froid, l'arrière de la dépression. C'est la partie la plus délicate, tu peux me croire… Après, ça ira.

– On le rappellera pour savoir ce qui s'est passé…

Jack a beau avoir de l'expérience, ce qu'il a vu sur ses écrans de surveillance, c'est le moment où la voile d'*Univervie* s'est déchirée. Mais, ni William ni lui ne se sont rendu compte que, depuis, le signal GPS émis par le bateau est bloqué sur sa dernière position.

5

Rouge sang

La situation n'est pas brillante. Le voilier est couché sur l'eau tel un vulgaire dériveur dessalé devant une plage. Dans une obscurité quasi complète, Manu devine la cuisine au-dessus de lui, à la verticale. « Le mât est dans l'eau. Si la culbute continue, on va se mettre à l'envers. »

La bascule se poursuit, inéluctable. Bloqué dans ce coin sombre de la cabine, il assiste, désarmé et incrédule, au retournement de son bateau.

Il crie, il crie sa colère, son impuissance, il crie contre cette mer scélérate qui, d'une pichenette, ruine ses espoirs et ce rêve qu'il a mis tant d'énergie et d'années à construire.

D'un coup, son petit monde familier lui est devenu hostile. Un univers glauque désormais, avec pour seule lumière les reflets verdâtres de l'eau à travers les hublots noyés sous la surface. Un univers sens dessus dessous, avec le plafond devenu plancher et tous les objets qui flottent et roulent au gré du flux et du reflux de la mer qui s'est infiltrée malgré une étanchéité supposée parfaite.

Cette eau est glaciale. Dans ce nouvel espace sans repère, tout est danger. La coque, enfoncée dans la mer, est bousculée par les vagues. La cabine n'est plus qu'un immense shaker.

Manu a du mal à rester debout et à se déplacer. Il s'accroche là où il peut. Chaque élément de la cabine retournée est une menace. Il se cogne et se blesse, sans s'en rendre compte.

Dans ces moments d'extrême tension où la vie est en jeu, l'hypothalamus, au centre du cerveau, déclenche des réactions en chaîne qui boostent l'organisme et évitent d'être paralysé par la peur. La respiration et le cœur s'accélèrent. Son cerveau, dopé par ce surplus d'oxygène et d'énergie, fonctionne à 200 % pour évaluer la gravité de la situation avec une lucidité et un recul étonnants.

Il comprend pourquoi la coque reste à l'envers. La voile et le mât plongés dans l'eau jouent le rôle de quille. Ce tube de carbone si coûteux et tellement bichonné est devenu une entrave. Ironie du sort, Manu n'a plus qu'une obsession : qu'il casse, et vite ! Et qu'enfin le bateau se redresse !

Il est trempé, il a froid et grelotte. Le stress bien sûr. Dans cette eau dont la température doit avoisiner une dizaine de degrés, l'hypothermie s'immisce à toute vitesse dans le corps.

La combinaison de survie. Elle seule le protégera du froid. L'enfiler, vite. Il la cherche. La rage au ventre, il dégage les amoncellements de sacs. Elle est certainement coincée en dessous, mais où ?

Soudain, un violent craquement se répercute dans tout l'habitacle. Il a compris. Le mât. Le mât s'est brisé.

Pas le temps de s'accrocher. Dans un mouvement d'une brutalité inouïe, la coque, sous le poids de la quille, se remet à l'endroit. Manu est projeté, sa tête heurte le coin de la table à cartes. Le choc est si brutal qu'il perd connaissance.

Le voilà ailleurs. Son esprit flotte quelque part dans un monde où l'eau et l'air se mélangent en un nuage indistinct. Il se sent léger, apaisé, détaché. Son regard erre dans un brouillard lumineux, parsemé de taches sombres et de points brillants qui ressemblent à des étoiles. Ici, tout est silence, un silence épais, cotonneux. Il voit un corps allongé là, juste en dessous. Il le reconnaît, c'est le sien. Il est blessé, du sang s'écoule. Il se dit que ce corps doit avoir mal, mais il ne ressent rien. L'image s'efface, avalée par une brume dont les contours se déforment peu à peu et laissent apparaître une forme. Un animal dont le gris se différencie à peine de l'opalescence plus claire. La silhouette se précise. Il distingue une baleine. Ses yeux rouges en amande le fixent. Sa gueule s'ouvre lentement et les fanons qui se découvrent brillent comme des lames d'acier. Elle vient à sa rencontre. Il est maintenant cette baleine qui nage sereinement dans les profondeurs d'une onde dont les reflets laiteux se teintent des rayons dorés d'un soleil pâle. Au-dessus, une surface se dessine. Elle s'anime de bulles d'écume qui éclatent et s'étalent dans un roulement assourdi. Dans la réalité inconsciente de son cerveau blessé, il nage sans effort. Près de la surface, les vagues le ballottent. Ces mouvements le bercent sans vraiment le gêner. Soudain, il croit percevoir un bruit régulier, aigu, une plainte qui monte crescendo. Le bruit se rapproche, s'amplifie, envahit son espace liquide.

Et brutalement, là, juste au-dessus, la surface de l'eau est zébrée par un cône sombre ressemblant au ventre d'un énorme poisson. En dessous, à l'extrémité d'une longue nageoire rouge fluo, un bulbe effilé transperce l'eau comme une torpille. Il regarde, spectateur à la fois intéressé et détaché, cet objet acéré qui lui fonce dessus et le traverse sans effort. Il n'a rien ressenti, tout juste une sensation bizarre de frottement chaud qu'il a oubliée, instantanément. Dans cet autre ailleurs, du fond de sa mémoire agressée, il a reconnu une quille de bateau, celle de son bateau.

Bousculé par les vagues, glacé jusqu'aux os, Manu évolue à la frontière du néant. Mais depuis son coma, la quille qui l'a pénétré sans le faire souffrir agit comme un déclic : « Je ne peux pas laisser mon bateau tout seul, il faut que je le rejoigne. »

Il reprend lentement conscience. Le froid est la première sensation qui l'agresse. Il a la chair de poule, il claque des dents. Puis son regard découvre qu'il baigne dans une eau qui l'éclabousse. Dans son cerveau embrumé, une question obsédante : « Pourquoi est-elle rouge ? L'eau n'est jamais rouge… »

Dans les bureaux de l'organisation, Jack, le directeur de course, est inquiet. Cette fois, ce n'est pas la vitesse du voilier qui le préoccupe, mais la balise de positionnement qui n'émet plus. Même si un simple problème technique est toujours possible, vu les conditions météo, un accident grave n'est pas à exclure.

– William ! Viens voir un peu par ici…

– Qu'est-ce qui se passe ?

– On a perdu *Univervie.*

– Ça fait combien de temps ?

– Les données GPS des bateaux arrivent ici toutes les demi-heures, là, ça fait trois fois qu'il n'a pas été repéré.

– C'est-à-dire une heure et demie ?

– Oui, à peu près… Il arrive que le signal ne soit pas transmis, mais trois fois de suite, c'est vraiment suspect.

– D'autant qu'il est dans la plus mauvaise zone de la dépression, comme tu l'as dit.

– Exactement.

– Tu as essayé de l'appeler ?

– Je n'ai fait que ça ! Aucune réponse. Il ne décroche pas.

– D'un autre côté, s'il était vraiment en difficulté, il aurait déclenché sa balise de détresse.

– À condition qu'il soit capable de le faire. On en parlait tout à l'heure.

– Tu as raison. Qu'est-ce que tu proposes ?

– On va réunir la cellule de crise, prévenir Julien, son chef d'équipe à terre. On décidera avec lui si on doit déclencher les secours.

6

Doutes et prémonitions

Au volant de sa voiture, Isabelle se rend auprès d'un patient. Quand elle avait voulu s'installer comme infirmière libérale à Guérande, Manu avait été réticent : c'était trop loin de la mer. Une réaction d'enfant gâté, car la ville est belle, avec ses remparts du XVe siècle, ses maisons en granit et ses rues pavées. Mais lui, il fallait qu'il puisse entendre le bruit des vagues en s'endormant. Pour lui faire plaisir, elle avait accepté qu'ils gardent la maison en location à Pornichet, même si cela lui demandait presque une heure de trajet chaque jour.

En cet après-midi ensoleillé de novembre, elle roule tranquillement sur la jolie route qui serpente dans les marais salants. D'habitude, elle remonte par le bourg, mais aujourd'hui, fenêtre ouverte et chauffage à fond, elle veut profiter de ce lieu privilégié où l'homme a su à la fois exploiter et protéger la nature. À cette période de l'année, les touristes ont déserté. Elle contemple les rayons obliques du soleil qui ravivent les couleurs chatoyantes de l'eau dans les œillets, ces bassins rectangulaires où se récolte le sel. Elle aime cet endroit où la mer et la terre se mélangent, exhalant une odeur iodée qui s'allie si bien au parfum des herbes humides. Elle s'arrête. Dans l'œillet le plus proche, des courlis plongent leur long bec recourbé dans la vase à la recherche de vers. Des mouettes rieuses au piaillement aigu si reconnaissable planent juste au-dessus. Là, un groupe d'oiseaux noir et blanc avec leurs pattes roses, leurs yeux rouges et leur bec orange. Dérangés par un animal – un ragondin sans doute –, ils s'envolent d'un coup en protestant bruyamment. Elle les a reconnus : ce sont des huîtriers pies.

Isabelle laisse ses pensées flotter avec, en filigrane, des flashs où Manu est omniprésent. Elle a détesté le départ, la foule, les parents trop émus, les mains qui se serrent, les longues étreintes, l'émotion palpable, les au revoir qui ressemblent à des adieux. Elle revoit son regard, les larmes qu'ils essayent de retenir, mais qui perlent au coin des yeux. Soudain, son visage s'efface comme derrière un rideau qui tombe. Elle aurait voulu que cette vision se prolonge. Elle, d'habitude si joyeuse, est mélancolique aujourd'hui, sans trop savoir pourquoi.

Revoilà le marais et ses eaux si calmes qu'elle regarde sans vraiment les voir. Derrière un petit monticule, elle remarque toutefois une perturbation sur la surface miroitante. Des vaguelettes sombres s'étalent en cercles concentriques. Un courant d'air ? Une pierre jetée par une main invisible ? Une forme se dessine. L'ombre s'affirme lentement. De ses contours un peu flous émerge l'image d'une baleine, immobile, posée au fond de la vasière. Au bout de quelques secondes, l'image s'atténue puis disparaît, comme avalée par des sables mouvants. « Ma pauvre Isabelle, tu deviens folle ! Secoue-toi ! Mme Macé et son diabète doivent déjà t'attendre. »

Elle poursuit sa route, l'image de la baleine dans un coin de sa tête. Qu'est-ce que ça veut dire ?

Elle a quitté le petit village de Saillé pour se diriger vers le hameau de Quéniquen, typique lui aussi avec ses maisons basses blanchies à la chaux et ses toits d'ardoises. Ces anciennes chaumières abritaient des paludiers, ces paysans de la mer qui récoltaient le sel à l'époque où il était une monnaie d'échange. Aujourd'hui, ce sont pour la plupart des résidences secondaires.

À l'orée du village, son portable sonne. Elle s'arrête.

– Bonjour Julien. Qu'est-ce qui se passe ?

– Je sors d'une conférence téléphonique avec la direction de course.

– Manu ?

– Euh, oui… Il semble qu'il ait un problème.

– Quoi ? Qu'est-ce que ça veut dire, un problème ?

– On a perdu sa position depuis au moins trois heures. On n'arrive pas à le joindre. L'ennui, c'est qu'il est dans un sale coin.

– Sois plus clair, s'il te plaît ! J'ai vu sur le site qu'il y avait un coup de vent. C'est ça, le sale coin ?

– Oui, c'est ça. Derrière la dépression, ça cartonne dur, d'après les mecs de la météo. On s'est posé beaucoup de questions. Le plus plausible est que plus rien ne fonctionne à bord…

– Je n'y crois pas ! Il avait tout super préparé, avec des pièces en double ou en triple, justement pour ne pas rester en rade. Comment vous pouvez en être sûrs ?

– Euh… ben… par exemple, si l'eau est entrée dans le bateau, ça a pu noyer les batteries. Plus de batteries, plus de courant.

– Mais il a un émetteur satellite qui marche sur sa propre batterie !

– Je sais, mais il ne s'en est pas servi…

– Il n'a pas déclenché sa balise de détresse ?

– Ben non…

– Tu es sûr qu'elle fonctionne ?

– Oui, oui, on l'a fait vérifier avant le départ.

D'un coup, son petit moment de quiétude dans les marais éclate en mille morceaux, balayé par l'angoisse glacée qui vient du fond de son ventre. La montée de stress est si brutale qu'elle a du mal à parler. De toute façon, que dire ? Que faire ?

– Vous avez prévenu les secours ?

– Non, pas encore.

– Mais vous êtes inconscients ! Il faut aller le chercher, tout de suite !

– Si on enclenche la grosse machinerie avec détournement des cargos, patrouilles d'avions et *tutti quanti*, ça va être compliqué de faire machine arrière, surtout si, en réalité, il maîtrise la situation.

– Mais ce n'est pas possible ! Vous êtes bornés ou quoi ! S'il est en détresse, chaque minute compte !

– Je sais, on a conscience du risque… Mais moi, je crois en Manu. Son bateau est solide. Même s'il a perdu le mât ou la quille, il est capable de flotter encore un bon moment. Manu a de l'expérience, il est réactif et ne panique pas. À mon avis, il est en train de chercher une solution. On en a discuté avec le PC course : si rien ne se passe d'ici ce soir, on déclenche. Je te tiens au courant dès que j'ai des nouvelles. Je comprends ton inquiétude, mais crois-moi, on ne prend pas la chose à la légère, on est tous à fond et on ne mettra pas la vie de Manu en danger.

– Je ne peux pas vous obliger, mais j'espère que vous mesurez bien les conséquences si c'est plus grave que vous le pensez.

Isabelle n'insiste pas. Elle leur a mis la pression, mais elle sait que les gars du PC course ont beaucoup navigué. Quant à Julien, impliqué dans le projet depuis le début, son amitié et sa complicité avec Manu lui font espérer qu'il agirait s'il l'estimait nécessaire.

Isabelle fait confiance, c'est sa nature. Malgré les épreuves qui ont jalonné sa vie. Petite, elle considérait le monde des adultes, et au premier rang desquels, les membres de sa famille, comme un cocon protecteur. On peut dire que sa petite enfance fut heureuse. Jusqu'au jour où ses parents divorcèrent. À l'âge de 8 ans, elle devint un oiseau migrateur voletant d'un appartement à une maison sans savoir où se poser. De disputes en injustices, elle se transforma en une enfant rebelle. Derrière sa colère se cachait l'innocence de la petite fille qu'elle était encore. Elle ne perçut pas la menace chez ce beau-père qui la câlinait quand elle avait besoin d'être consolée. Elle était trop jeune pour imaginer la perversité, l'acte criminel. Il lui faudra, pour crever cet abcès purulent, plusieurs années qu'elle vivra dans la solitude.

Sa mère ayant choisi le déni, elle confiera son désarroi à un oncle qui l'accueillera à Paris et l'aidera à retrouver confiance en elle.

Ses premiers amours furent décevants. Pas simple de libérer un corps qui avait appris à subir plutôt qu'à jouir. De passions en échecs, de voyages exaltants en labeurs exténuants, Isabelle avançait dans la vie pas à pas.

Elle se lança dans des études d'infirmière, mais son diplôme en poche, elle changea de cap. Le monde de la communication et l'événementiel, avec les stars, les médias et tout le cirque qui gravite autour lui parurent correspondre à une vie qu'elle voulait trépidante.

Elle rencontra Manu lors de la présentation de son premier projet de course au large. Il arrivait de Bretagne et était perdu dans le tourbillon parisien. Peu de temps auparavant, il travaillait encore comme responsable commercial dans l'alimentaire et passait ses week-ends à régater. Il avait du talent et s'était fait remarquer. Des propriétaires de bateaux lui confiaient souvent leur dernière acquisition qu'il mettait au point avec un soin méticuleux. Son exigence auprès des artisans n'était pas toujours bien perçue, mais la fiabilité, la vitesse du bateau et ses victoires constituaient le meilleur rempart aux critiques.

Pour se faire un peu d'argent, il passa un diplôme de capitaine et devint moniteur dans une école de croisière. Le monde de la mer et de la voile avait envahi sa vie, si bien qu'il accueillit son licenciement comme une aubaine. Il décida de se lancer dans le circuit des courses en solitaire. Parfois, il s'estimait audacieux et irréaliste d'oser se frotter aux meilleurs skippers. Il avait lu un jour une phrase : « Le dépassement de soi se nourrit de la satisfaction d'avoir réussi alors que l'on n'était pas sûr d'y croire. » Dans ses moments de doute, elle le remotivait. Il voulait se dépasser, lui, Manu.

Au cours d'une soirée, il fit la connaissance du dirigeant d'une chaîne nationale de pizzerias. Le gars, lui-même régatier à ses heures, était emballé par son projet. Il délégua une attachée de presse pour mettre en valeur son programme. Manu avait immédiatement été attiré par cette jeune femme dont le dynamisme le stimulait.

Son futur sponsor organisa un séminaire à Paris afin de mobiliser tous ses collaborateurs. Manu dut s'exprimer, expliquer la mer, le bateau, la compétition et l'intérêt pour l'entreprise d'être engagée à ses côtés. Il n'avait pas l'habitude de ce genre d'intervention où il faut se mettre en avant, faire preuve d'enthousiasme et de conviction. Face à ce taiseux méfiant, l'attachée de presse dut déployer tout son talent pour l'inciter à se livrer un peu plus auprès des médias. « Si vous voulez, je peux vous aider à extraire les points importants par écrit : "partager l'aventure", "inventer chaque jour demain", "se lancer des défis", "se fédérer pour exister". »

Manu accepta, évidemment. S'il parvint à convaincre son auditoire, ce fut grâce à Isabelle. Et c'est ainsi qu'une énorme pizza au fromage décora la coque de son bateau.

Leur histoire commença là. Question romantisme, ils auraient pu rêver mieux. Mais à chaque anniversaire de leur rencontre, ils s'offriraient, amusés, une pizza plantée de bougies.

Quelques mois plus tard, ils s'installèrent ensemble. Elle avait su dépasser peu à peu tous ses blocages. Il lui fit découvrir la mer et les semaines qu'ils passèrent à caboter le long des côtes ouest de l'Irlande figurent parmi les plus beaux moments de la vie d'Isabelle.

Son retour au métier d'infirmière fut l'aboutissement de ses remises en question. Inconsciemment, elle avait quitté son rôle de faire-valoir pour redevenir elle-même. Être utile aux autres, c'était plus important que de courir les mers à la recherche de ses propres chimères.

– Bonjour, madame Macé, comment ça va, aujourd'hui ?

– Il fait beau, mais un peu froid.

– C'est normal, madame Macé, c'est l'hiver…

– Ah bon… déjà l'hiver. Mais alors, c'est quel mois aujourd'hui ?

– On est en novembre… Je vais contrôler le sucre dans votre sang, vous voulez bien ?

– Faites ce que vous avez à faire, mademoiselle…

7

Sauver le bateau

Manu revient doucement à la réalité. « C'est du sang, je suis blessé, je saigne de quelque part ! » Mais sa curiosité s'arrête là.

De sa mémoire embrumée émergent des bribes d'information : le voilier, la course, le chavirage, la coque à l'envers, l'angoisse de couler puis le trou noir. Impossible de savoir ce qui s'est passé ensuite.

Il constate que le bateau est à l'endroit. Il flotte. Pourquoi toute cette eau à l'intérieur ?

Trempé, transi, somnolent, épuisé, Manu reste prostré dans son coin de coque. Il est vidé, sidéré. Un violent mal de tête pulse dans ses tempes. Ses pensées tournent en rond. Il n'en a pas conscience, mais ses neurones sont intoxiqués par les émanations du gas-oil échappé du moteur. L'atmosphère est irrespirable.

Quelque chose cogne à l'extérieur. « C'est quoi ce truc ? Manu, tu dois réfléchir, il faut que tu comprennes. » Il tente de retrouver ses esprits. « Le chavirage… Ah oui, le mât s'est cassé, c'est sûrement un morceau qui tape contre la coque… »

Son cerveau se reconnecte petit à petit, malgré la température de son corps déjà trop basse. Le bug a été sévère. Tous les programmes des systèmes neurologiques enfouis sous sa boîte crânienne sont à réinstaller. La restauration demande un certain temps.

Le programme qui va diriger sa survie est logé au niveau de la glande hypophyse. Il doit déclencher la sécrétion d'hormones, dont la cortisone, pour apporter à son organisme le surcroît d'énergie dont il a besoin.

« Peux pas rester là, trop froid. Si je ne fais rien, je vais m'endormir pour toujours. La combinaison étanche, vite, tout de suite. »

Il se lève, trébuche, glisse et tombe aussitôt. Le gas-oil s'est répandu partout. Manu s'accroche, ses mains glissent. Il rampe, avance à genoux, s'appuyant là où il peut, obnubilé par cette combinaison étanche qu'il ne trouve pas. Il se souvient l'avoir déjà cherchée au moment où le mât s'est brisé. Rageusement, il balance boîtes, caisses et sacs, le fameux matossage qu'il s'est employé à entasser à chaque virement de bord pour faire contrepoids. Il finit par la trouver.

Il l'enfile par les pieds, puis veut passer la cagoule. Il sent aussitôt une violente douleur derrière la tête. Il tâte son cuir chevelu. Le mal est là, au-dessus de la nuque, la peau est gonflée. Ses doigts sont poisseux de sang, mais impossible de voir la plaie. Il décide de ne pas y toucher. Tant pis pour la cagoule. Trop de risques de redéclencher l'hémorragie.

La course est finie, il commence à en prendre conscience, son challenge est désormais de maintenir son voilier à flot et de le ramener dans un port.

D'abord le mât, du moins ce qu'il en reste. Encore chancelant, Manu monte à genoux sur le pont. La bouffée d'air frais le revigore. Avec ses vêtements imprégnés de gas-oil, il doit faire attention à ne pas glisser. Sans le mât, les mouvements sur le pont sont violents et les déplacements risqués.

À première vue, la partie du tube qui tape contre la coque est assez longue pour construire un mât de secours. « Il faut la remonter à bord, ça ne va pas être évident. Faire gaffe quand il va falloir se pencher pour l'amarrer… S'attacher d'abord, c'est plus prudent. »

Le bateau qui roule bord sur bord ne facilite pas l'opération. Il lui faut d'abord ceinturer le tube avant de le hisser. Un cordage qui traîne sur le pont fait l'affaire. « Méfie-toi des éclis de carbone au niveau de la cassure. Ce n'est pas le moment de t'en planter un dans le doigt. »

Manu s'allonge sur le pont balayé par les vagues. Il réussit à faire un nœud avec deux boucles autour du tube. Un nœud de cabestan solide et serré, qui ne glissera pas.

Profitant d'un moment où la coque penche du bon côté, en tirant de toutes ses forces, il fait basculer le morceau de mât sur le pont. Vite, couper tout ce qui le relie aux voiles toujours immergées.

« Nickel. Terminés les coups de boutoir, plus de risques pour la coque. Bien joué Manu ! » Les mots qu'il prononce l'encouragent. Les entendre l'aide à surmonter le choc, la fatigue et son immense déception. Il est mieux. Il n'a plus froid. Sous sa combinaison étanche, son corps s'est réchauffé, mais sa peau le brûle carrément. Le pétrole a traversé ses vêtements et il baigne dans ce liquide corrosif.

Dans la cabine, l'air est saturé de vapeurs nocives. Son mal de tête, qui s'était calmé, reprend de plus belle. Il s'est transformé en une barre cuisante et pulsatile qui se concentre maintenant au-dessus des yeux. La douleur s'accentue quand il respire, avec l'impression qu'elle comprime sa poitrine. « Pourvu que ça ne déclenche pas une crise d'asthme, ça serait pire que tout… » Plusieurs centaines de litres d'eau visqueuse vont et viennent au gré des mouvements de la coque, explosant en geysers gluants au contact du moindre obstacle. Un peu d'air frais pénètre à l'intérieur lorsqu'il ouvre un capot, mais sans vitesse, il n'y a pas assez de vent, si bien que le courant d'air n'est pas efficace.

Manu essaie de mettre les pompes en route, sans résultat.

« Les batteries sont noyées. Tant pis, je vais écoper avec le seau. Quand il n'y aura plus d'eau autour du moteur, j'essaierai de le démarrer. »

Le niveau diminue peu à peu. Il doit sortir souvent pour éviter l'asphyxie. À première vue, la voie d'eau n'est pas importante. Rassurant. Mais après tous ces efforts, dans cette atmosphère gorgée de vapeurs d'hydrocarbures, son mal de tête empire. Il est tout juste capable de gestes automatiques : remplir le seau, le soulever et le vider dehors, avant de recommencer. Des dizaines et des dizaines de fois.

Enfin, le moteur est hors d'eau. Il essaie de le démarrer. Rien, même pas un hoquet. « Les batteries sont en court-circuit, je ne peux plus compter sur lui. »

Manu a retrouvé toute sa lucidité. Le PC course a dû voir le bateau arrêté ou disparu des écrans. Il faut qu'il les rassure.

Une balise est prévue pour envoyer un signal indiquant qu'il est toujours à bord. Un dernier recours, mais essentiel. Il suffit d'appuyer sur un bouton.

8

Au PC course, puis chez Isabelle

– Jack, Jack, regarde ! On a un message d'*Univervie.*

– Il dit quoi ?

– Juste « présence à bord ».

– Tu dis « juste », mais c'est super important ! Personne d'autre que lui n'a pu activer la balise. Il est à bord, et bien vivant. Magnifique !

– Sacré soulagement ! Imagine le bazar si on avait déclenché les secours alors qu'il se débrouille tout seul.

– Ça, on nous l'aurait reproché. Les médias se seraient jetés sur l'affaire, on aurait été en première ligne…

– Oublions ça, on appelle Julien, il faut le rassurer.

Isabelle a continué ses visites. Après Queniquen, elle est attendue dans une ferme où un gros chien aboie méchamment derrière un grillage. « Le jour où il saute par-dessus l'enclos, il me met en pièces ! » Elle traverse la cour à grandes enjambées, sa sacoche sous le bras. L'agricultrice lui ouvre. Son mari s'est blessé au pied et la plaie s'est infectée. Le pansement est à refaire, comme tous les jours. Isabelle se dépêche, ce soir elle n'a pas envie de discuter, elle veut juste rentrer chez elle. Elle est à bout de forces, avec, depuis quelques jours, des nausées qui ne la quittent pas. Le stress, certainement. Elle n'a pas cédé à la panique après l'appel de Julien, mais il ne lui en faudrait pas beaucoup plus... On lui cache quelque chose, elle en est sûre. Julien était plus soucieux qu'il ne voulait le montrer. « J'ai peur, mon Dieu que j'ai peur. Oh ! Manu, si je pouvais te donner mes forces ! »

Le trajet jusqu'à Pornichet est long quand on exerce autour de Guérande, pourtant Isabelle se sent bien dans cette ville dynamique et pleine de charme, avec la mer à ses pieds. La maison, enfin. Faire un feu dans la cheminée, s'enrouler dans une couverture, regarder les flammes, s'en imprégner comme si leur chaleur pouvait parvenir jusqu'à lui. Elle n'a rien mangé, pas faim, pas envie. Les yeux fermés, elle se recroqueville, se concentre sur ses pensées pour lui transmettre la puissance de son amour qui, elle en est sûre, l'enveloppera d'un halo protecteur, une aura d'énergie et de force vitale.

Les bras serrés autour de ses jambes repliées, la tête cachée sous la couverture, elle s'enfonce dans une somnolence où se mélangent des vagues monstrueuses, des voiles qui se déchirent et s'envolent. Dans son rêve éveillé, Manu est allongé sur elle. Il l'embrasse. Son corps est chaud, elle perçoit son odeur. Elle sent ses baisers, ses caresses, la tension de son ventre. Elle l'enserre dans ses bras pour le défendre contre cette mer menaçante et glacée devenue son ennemie.

La vibration du téléphone resté dans sa main lui fait l'effet d'une décharge électrique.

– Julien ! Il a appelé ?

– Il a déclenché le signal de présence.

– Comment ça ?

– Le bouton sur la balise. Lui seul peut le déclencher. Donc le bateau flotte et il est à bord, je n'en sais pas plus.

– Julien, tu me dis la vérité, n'est-ce pas ? Vous êtes sûrs qu'il est à bord ?

– Pourquoi je te mentirais ?

– Je ne sais pas. Excuse-moi, c'est le choc, j'ai eu tellement peur.

– Je me doute. Nous aussi on commençait à être inquiets. À quelques minutes près, on alertait les secours.

– Et maintenant ?

– Il a un téléphone satellite autonome, j'espère qu'il va appeler. On renforce l'équipe cette nuit, au cas où… On va envoyer une dépêche à la presse. Ça va faire le buzz, on va avoir des demandes d'interview. On risque de t'appeler aussi…

– D'ici là, on aura d'autres nouvelles, j'espère. Je vais joindre ses parents, je ne veux pas qu'ils apprennent l'histoire par les médias.

– Il faut aussi parler à Univervie…

– Oui, je sais, le boss va être désolé. C'est lui qui a insisté pour mettre en place leur partenariat…

9

Illusions perdues

Il reste de l'eau à l'intérieur du bateau, mais Manu abandonne. Trop fatigué. La cabine détrempée est glaciale. « C'est bon, je me pose. Il faut que je trouve quelque chose à manger. »

Assis sur la couchette qui n'est plus qu'une éponge mouillée, il regarde les instruments détruits, au milieu d'un fatras d'objets, tous imprégnés de gas-oil et d'eau de mer. Il ouvre une boîte de conserve. Des raviolis. Il les attrape avec ses doigts et les avale un par un, froids.

Comme par malice, la mer et le vent se calment. « C'était la dernière déferlante vraiment dangereuse, il a fallu qu'elle tombe sur moi. Toutes ces années d'efforts réduites à néant par cette vague de merde. Trop dur ! Trop injuste ! »

Pour la première fois de sa vie, lui, le battant, l'intrépide, l'optimiste, le confiant, baisse les bras, vidé, cramé.

Il essaie de dormir, mais la tension de l'accident est encore trop vive. Pendant une heure ou deux, il reste allongé, se repassant sans cesse les séquences du chavirage, du moins la partie dont il se souvient.

L'appui de sa tête entaillée sur le matelas le fait souffrir. Il explore la zone avec ses doigts. Une grosse balafre court sur tout l'arrière du crâne. Il a déjà vu ça, un type scalpé lors d'une manœuvre de voile. « Je vais faire une photo avec mon téléphone pour voir l'étendue des dégâts. »

La photo révèle un énorme caillot qui emprisonne ses cheveux sur tout l'arrière de son crâne. « Je ne vais pas y toucher… Juste un pansement par-dessus. »

La boîte à pharmacie est en piteux état. Explosée ! Mais les petits sachets individuels étanches dans lesquels Isabelle a rangé le moindre élément ont résisté. Il empile plusieurs compresses sur la plaie, puis, avec sa main libre, enroule une bande autour de sa tête. Ça tient.

Le geste n'est pas grand-chose, mais il l'aide à retrouver un peu d'énergie positive.

« Bon, la tête, ce n'est pas grave. Pour le reste, je ne suis pas le premier à démâter en course, on s'en remet. L'essentiel est de ramener le voilier, il est assuré. On refera un mât, en mieux, débarrassé de tous les défauts que j'ai repérés. Il y aura d'autres courses, et là, ils verront qui je suis. »

Isabelle maintenant. Elle l'a laissé partir à contrecœur. Elle aurait aimé qu'il la rassure sur leur avenir après cette course. Leurs divergences de vues l'avaient perturbé. Il ressasse cette brouille depuis le départ. Pour un peu, il la rendrait responsable de ce qui lui arrive. « Si j'avais été plus serein, je n'aurais pas fait les choix débiles du début de course qui m'ont mené là où je suis… » Malgré son désarroi et sa rancœur, il ressent le besoin vital de l'entendre. Le téléphone de secours est dans son caisson étanche. Son numéro, il le connaît par cœur.

– Isa ? C'est moi.

– Oh ! mon amour, si tu savais comme je suis heureuse de t'entendre !

– Comment tu vas ?

– Non, toi, dis-moi ce qui s'est passé ?

– J'ai chaviré, à l'envers, le mât s'est pété.

– Tu vas bien ?

– J'ai eu un blanc pendant un moment, là je suis mieux. J'ai super mal au crâne, avec une grosse coupure derrière la tête. J'ai mis des compresses et une bande. Tout seul, je ne peux pas faire plus…

– Surveille si ça continue à saigner. Prends du Doliprane, tu en as, ça va te soulager. Tu vas faire quoi maintenant ?

– Il y a un bordel monstre dans le fond de la coque. Tout le matériel s'est retrouvé là, la bouffe mélangée aux bouquins et aux vêtements. Le pire, c'est le gas-oil. Quand le bateau était à l'envers, il s'est répandu à partir du moteur. Il y en a partout. Je crois que ça aggrave mes maux de tête. J'ai du mal à respirer. Ma peau me brûle et me démange partout. C'est insupportable ! Mais il faut que je m'attaque au rangement, et vite ! Il y en aura pour des plombes. J'ai réussi à garder un bout du mât. Je vais le mettre debout et bricoler une voile.

Il lui parle doucement, il ne veut pas qu'elle remarque son essoufflement. Il ne dit rien de l'eau qui reste à l'intérieur.

– Tu te diriges vers où ?

– Le mieux, c'est le Portugal. Le moteur ne démarre plus, les batteries sont foutues. Je cherche une combine. Sans énergie, je ne pourrai pas appeler, sauf avec ce téléphone, mais ça ne durera pas longtemps.

– Tant pis ! Essaie au moins de relancer le GPS. Apparemment, le PC course ne reçoit plus tes positions.

– Appelle-les. Dis-leur : je prépare un gréement de fortune, tout va bien et je ne demande pas assistance. Je déclencherai la balise de temps en temps pour signaler que je suis toujours à bord. Tu as compris ?

– Oui, je fais ça tout de suite après.

– Je vais raccrocher. Dis-leur aussi que je fais le maximum pour sauver le bateau.

– Je suis là, Manu. Je pense à toi sans arrêt, tu me manques. Tout ça, ce n'est que du matériel. L'essentiel, c'est que tu reviennes, vite. Après, tous les deux, nous avons tellement de belles choses à vivre !

Il a été heureux d'entendre sa voix, mais ses derniers mots n'ont fait que renforcer son sentiment de solitude. Isabelle n'a pas senti son désarroi. Elle est si loin, bien plus loin que la distance qui les sépare. Pourquoi la laisserait-il prendre sa vie en main pour construire un avenir qui n'est pas le sien ? Pourtant, à cet instant, il voudrait poser sa tête sur son épaule et faire le vide, lâcher prise, se libérer de ses illusions perdues. Envolé, le tour du monde ! Il ne verra ni les vagues gigantesques des quarantièmes rugissants ni le vol majestueux des albatros.

Après son sursaut de courage, le voilà de nouveau abattu. Il se dit qu'il n'y arrivera pas. « Depuis le départ, je n'ai fait que des conneries. Même pas été capable de franchir l'équateur ! Une brèle, je ne suis qu'une grosse brèle. »

10

Amarinée

Une journée s'est écoulée. Caroline somnole, allongée sur sa couchette. Après avoir doublé sa nuit de sommeil, elle sort de sa léthargie avec précaution. Son système de l'équilibre, submergé par le mouvement incessant des vagues, est encore fragile. La montre de marine en laiton jaune fixée sur la cloison indique 16 heures. Dans la chaleur moite de son duvet, elle s'étire paisiblement. Elle perçoit une odeur qu'elle n'avait pas remarquée jusqu'alors, trop fatiguée sans doute. Un parfum dont elle cherche la provenance, accroupie sur le matelas. Là, sur l'oreiller, elle renifle un parfum de femme, trop sucré et trop épicé à son goût, à la limite de l'incommoder. « Moi qui suis encore barbouillée, je n'ai pas besoin de ça. Pas sûre de supporter cette odeur jusqu'à l'arrivée. Tant pis, j'irai coucher ailleurs ! » Puis la question surgit : « Qui a dormi ici ? Un couple ? Une copine ? Celle qui l'a largué avant de partir des Antilles ? »

Mieux vaut chasser les idées sombres en s'occupant. De sa couchette, elle crie :

– Nico ? Tu m'entends ? Ce soir, c'est moi qui fais la bouffe !

Il apparaît dans l'entrée.

– Content de le savoir, et heureux de voir que tu vas mieux…

– J'en ai marre de me faire trimbaler sans rien faire. Il faut que je me bouge ! Je suis gênée de ne pas t'avoir été plus utile.

– À vrai dire, je commençais à m'inquiéter. J'ai connu des gens qui ont traversé l'Atlantique sans quitter leur couchette et pratiquement sans manger. Sympa comme cure d'amaigrissement ! Mais puisque tu es d'attaque, je te propose de prendre le prochain quart de nuit. Comme ça, je pourrai me reposer.

– Demandé si gentiment, je veux bien ! On en est où ?

– On n'avance pas bien vite, mais on avance. On a dû faire un peu plus de cent cinquante milles.

– Trois cents kilomètres, pas mal !

– Tu as dû sentir que ça bougeait un peu plus depuis quelques heures. Il y a une dépression dans le nord qui nous envoie de jolies vagues. Je n'aimerais pas être sur les bateaux de la course autour du monde partis de Plymouth. Les premiers ont dû passer devant le gros du mauvais temps, mais je plains ceux qui se sont fait coincer.

– C'est si dangereux que ça ?

– Des coups de vent musclés en novembre, c'est de la grosse mer, toujours. Les ouragans perdent de leur force après avoir touché les Antilles ou la Floride, mais ils en ont encore assez pour retraverser l'Atlantique. Si tu es au mauvais endroit au mauvais moment, il y a vraiment des risques de démâtage ou de chavirage…

– Ce sont tous des monocoques ?

– Oui, ils font à peu près dix-huit mètres de long.

– S'ils se renversent, avec leur quille, ils peuvent revenir dans le bon sens. Pas comme les catamarans ou les trimarans.

– Tu as raison. Les multicoques, une fois retournés, la seule solution, c'est de les remorquer à l'envers jusqu'au prochain port…

– Oui, mais sans quille, au moins ils ne coulent pas !

– Tout juste !

– Bon, ce n'est pas le tout, il faut que je me prépare pour mon quart.

– En attendant, je remonte sur le pont. Habille-toi chaudement.

Caroline s'extirpe de son duvet, encore engourdie. Le froid humide la fait frissonner. Elle enfile une polaire sur son lycra. La mer est si agitée qu'elle doit se tenir pour passer les manches l'une après l'autre. Elle est en train de descendre de la couchette quand son regard est attiré par des taches brunes à la base du matelas. « Après le parfum, ces taches suspectes… Bizarre, ne te prends pas la tête avec ça. »

Elle regagne le pont au moment où le soleil, tout là-bas vers l'ouest, descend faire son show. Caroline ressent enfin la plénitude du grand large qu'elle est venue chercher. Immobile et fascinée, elle regarde le disque orangé se fondre dans un horizon aux reflets mordorés. Dans un mouvement infime et inéluctable, il est absorbé par l'océan. Ça y est, il a disparu. Ne reste plus qu'un flamboiement pourpre qui s'atténue peu à peu.

– Je n'ai pas vu le rayon vert !

– Sous les tropiques, ils sont plus fréquents qu'ici. Mais tu serais déçue.

– Pourquoi ?

– On imagine un coup de projecteur vert qui fuserait dans le ciel, mais c'est seulement l'ultime partie du disque qui devient un point vert pendant une fraction de seconde. Là, le vert est vraiment vert ! Ce serait lié au passage en oblique des rayons du soleil dans l'atmosphère. Une affaire de réfraction…

Pas de rayon vert ce soir. La mer est trop agitée. Avec le crépuscule, elle a revêtu une couleur bleu foncé. Quelques crêtes déferlent, laissant çà et là des traînées d'écume plus claires. Profitant de trouées dans les nuages, une poignée d'étoiles brillent de tout leur éclat. Le croissant de la lune est caché, seul son halo pâle se reflète encore sur les vagues. Le sillage du *Séréno* s'étire en longs méandres laiteux.

– Tu as vu là-bas, la lumière ?

– Le point vert ? C'est un cargo ou un bateau de pêche.

– Tu n'allumes pas les feux de navigation de nuit en haut du mât ?

– Pourquoi cette question ?

– Parce que c'est obligatoire.

– Au large, c'est très rare de croiser des bateaux. Pas la peine d'user les batteries.

– C'est important de se signaler, non ? Si un autre gars fait la même chose et qu'on se rapproche sans se voir, on risque le carton…

– La probabilité est nulle, mais pour te faire plaisir, je vais l'allumer…

Caroline est contente. Elle avait besoin de lui montrer qu'elle n'est pas cette fille qu'il a vue malade depuis le départ, mais bien une équipière à part entière.

– Une grosse salade tomates, thon, riz, œufs et fromage des Açores, ça te va ? Et du pain perdu en dessert !

– Pendant que tu nous prépares tout ça, je boirais bien une bière, moi. Il y en a dans le frigo. Verse-la dans un verre, je préfère.

Caroline s'exécute. « OK pour cette fois, je le sers, mais s'il croit que je vais être sa boniche, il se fourre le doigt dans l'œil, et grave. S'il insiste, je mettrai tout de suite les choses au point. »

La jeune femme a toujours revendiqué son indépendance, sa liberté. Avec des parents soixante-huitards, elle a grandi entourée de slogans encadrés sur les murs du salon comme des icônes – « Je ne veux pas perdre ma vie à la gagner », « Faites l'amour, pas la guerre », « Vivre sans temps morts, jouir sans entraves ». Tout en enseignant dans l'Éducation nationale, ils les avaient inscrits, son frère et elle, dans une école Freinet prônant l'expression libre des enfants et une progression à leur propre rythme. La télévision était bannie à la maison. On préférait les soirées de discussions, parfois enflammées. La musique, en revanche, était omniprésente, éclectique. Un fond sonore qui diffusait du classique, Bach en tête, Jimi Hendrix, Miles Davis ou Keith Jarrett. Caroline, elle, préférait Bob Marley, Manu Chao, Michael Jackson ou encore Amy Winehouse.

À 18 ans, après une année indigeste en fac de lettres, elle a considéré ses études terminées. Il était temps pour elle de découvrir le monde. Elle est partie en Inde avec une amie, Kickers aux pieds, sac au dos et bandana sur le front. La grande époque des backpackers à la recherche du nirvana était révolue, mais cet autre monde la fascinait. À Bangalore, elles ont rencontré un groupe de Californiens et Ted, le plus beau d'entre eux, l'a attirée dans ses bras. Elle a vécu une première aventure amoureuse particulièrement exaltante dans ce lieu hors du temps. Après quelques mois de vagabondage, à court d'argent, elle a préféré rentrer en France.

Sa réintégration dans la vie occidentale n'a pas été simple. Elle a trouvé un boulot de serveuse dans un bar, puis dans un restaurant, et finalement, elle a repris des études hôtelières. Son BTS en poche, elle a travaillé un peu partout en France, au gré des opportunités. Ensuite, elle a espéré voir du pays en se faisant engager sur un bateau de croisière, mais elle n'a visité que des ports, le temps d'une escale à la journée.

Sa vie sentimentale a été plutôt débridée durant toute cette période. Elle a enchaîné les amants, vécu des expériences érotiques excitantes, découvert en elle des voluptés insoupçonnées. Elle aimait ces moments de plaisir intense, sans réussir à s'attacher. Comment faisaient les autres pour se retrouver si vite mariées et avec des enfants ? Elle affirmait volontiers : « Construire une vie avec quelqu'un ? Il me faudrait des certitudes. Je n'en ai jamais eu, je n'en aurai jamais si celui que je cherche n'existe pas. »

Un jour, à La Rochelle, un type lui a proposé un week-end en voilier. Il lui plaisait bien et l'idée aussi.

Il faisait très beau ce jour-là. Après avoir quitté le port des Minimes, ils se sont dirigés vers le phare de Chassiron, à la pointe de l'île d'Oléron. Elle se revoit, allongée, nue, à l'avant du bateau. Au-dessus d'elle, la voile blanche gonflée par le vent pointait vers le bleu du ciel. Ils ont fait l'amour, caressés par le soleil, dans le doux balancement des vagues et les murmures de l'eau contre la coque.

De son partenaire elle a tout oublié. Elle se souvient juste de la beauté de l'instant, du pouvoir envoûtant de la mer, de la magie de cet élément liquide d'où sont issues nos vies.

Après ce week-end initiatique, elle a trouvé SA certitude. Ce n'était pas un homme qu'il lui fallait, mais un univers vaste, aventureux, intransigeant, à conquérir en permanence. C'est l'océan qu'elle voulait comme amant.

Elle s'est installée à Châtelaillon, tout près de La Rochelle et de son port de plaisance, l'un des plus grands de France, et s'est fait embaucher dans un des restaurants des quais, derrière la tour Saint-Nicolas. Là, elle a pu facilement trouver des embarquements sur des voiliers et naviguer.

– Nico, c'est prêt ! OK pour dîner dehors sur la petite table ? Je suis guérie, mais si je reste trop longtemps à l'intérieur, ça risque de recommencer.

– Pas de problème, passe-moi les assiettes.

Maintenant qu'ils sont installés côte à côte, emmitouflés dans leur veste de quart, bonnet de laine sur la tête, lampe frontale allumée, Caroline se dit que c'est le moment de mettre de nouveau les points sur les i, à sa manière.

– Tu connais la chanson de Renaud, j'imagine…

– Laquelle ?

– Celle où il dit : « C'est pas l'homme qui prend la mer, c'est la mer qui prend l'homme, mais elle prend pas la femme, qui préfère la campagne. » Moi la mer, elle m'a prise, et j'espère pour longtemps ! Pour être marin, il faudrait avoir un tricot rayé, de gros bras, une bite et un couteau ? N'importe quoi !

– Euh… moi je suis un marin et j'ai les deux sur moi…

– Les deux quoi ?

– Ben, la bite et le couteau !

– Trop drôle… Dis-moi plutôt, tu navigues depuis longtemps sur ce bateau ?

– Un certain temps…

– C'est ton métier ?

– Non, pas un métier, disons que j'occupe mon temps…

– Des vacances de plusieurs années, quoi ! C'est cool.

– Pas désagréable, en effet.

– Alors tu as gagné au loto ou tu as hérité d'un oncle d'Amérique ?

– Ni l'autre.

– Ah non, je sais ! Tu as monté une start-up, et quand ça a commencé à marcher, tu l'as vendue pour un gros paquet à Google ou à Facebook…

– Encore raté !

– Bon, ben je ne saurai jamais. Après tout, c'est ton histoire.

Le dîner se prolonge. Caroline tente encore quelques questions, mais Nicolas reste aussi peu loquace, s'en tenant à des généralités ou à des considérations techniques. Rien sur lui, rien sur sa vie.

– Pas mal ton pain perdu. On voit que tu as bossé dans un resto.

– J'ai appris pas mal de trucs, en effet. Mais toi, qu'est-ce que tu sais faire, à part les nouilles au gruyère, aux lardons ou à la crème fraîche ? Tu n'as pas l'air très doué en cuisine, ou plutôt tu t'en fous.

– Ça me gonfle de faire la bouffe. Je me nourris par nécessité. Pendant la traversée, avant les Açores, je préparais une gamelle de pâtes pour plusieurs repas. Je les mangeais froides, en ajoutant une fois du jambon, une autre fois du thon, ou encore des olives.

– Alors il va falloir que tu fasses un effort. Les femmes aux fourneaux, c'est fini ! J'ai vu un bouquin de recettes dans le carré, ça t'aidera.

– Du calme, ma belle, on verra… Tu ne crois pas que j'ai autre chose à faire ? Jusqu'à présent, les manœuvres, c'est moi qui me les tape, non ?

– C'est vrai, mais je ne suis pas là pour te nourrir. Tu ne l'avais pas précisé dans ton annonce. Pareil pour la vaisselle. Puisque j'ai retrouvé la forme, je vais assurer les quarts et les manœuvres comme toi. En attendant, je descends faire *ma* vaisselle.

– Ouais, c'est ça, *ta* vaisselle, c'est un bon début…

« Faudrait pas que j'aille trop loin… » se dit Caroline, à l'œuvre devant l'évier. « J'ai senti son agressivité qui montait quand je l'ai attaqué. Mais pas question qu'il me prenne pour un boulet. »

Le changement d'attitude, la petite poussée d'adrénaline de Caroline ont interpellé Nicolas. De son côté aussi, il a préféré calmer le jeu. En mer, un conflit peut vite dégénérer. Il a déjà vécu ce genre de situation. C'était sur une transat. Le gars prétendait tout savoir, il remettait en question ses décisions et critiquait tout : le bateau mal préparé, les voiles trop vieilles ou mal réglées, la route qui n'était pas la bonne. Un donneur de leçons qui, en plus de son incompétence, n'en faisait qu'à sa tête et rechignait à participer à la vie du bord. La traversée avait été un cauchemar. Il avait dû passer son temps à calmer le reste de l'équipage qui n'avait qu'une idée : casser la gueule de cet emmerdeur. Jour après jour, la tension était devenue de plus en plus insupportable, exacerbée par la promiscuité. Nicolas avait tout essayé : la négociation, la fermeté, l'autorité, rien n'avait eu de prise sur le type, et il avait fallu attendre l'arrivée en Guadeloupe pour jeter son sac sur le ponton en souhaitant ne plus jamais le revoir.

Avec Caroline, la relation est différente. « Ça s'est bien passé à Horta. Je l'ai trouvée plutôt facile, voire disponible si je savais m'y prendre. En fait, c'était sa période d'observation. Maintenant qu'elle se sent à l'aise, elle se rebiffe. J'ai intérêt à me méfier. Inutile de la laisser mettre son nez partout. »

Il est 2 heures, l'heure de la relève de quart. Caroline s'habille chaudement. Avec le vent et l'humidité, on a très vite froid, surtout la nuit. Avant, elle empilait les vêtements, quitte à ressembler à une matrone obèse. Depuis, elle a appris qu'il suffit de trois couches pour être bien protégée : des sous-vêtements en Lycra, puis une polaire épaisse, et enfin la veste de quart. Le bonnet est obligatoire, de même que les gants. Ne pas oublier les pieds ! C'est souvent par là que le froid remonte sur le pont mouillé d'un voilier. Sa solution : une paire de chaussettes fines en soie sous une autre paire, en laine. Elle enfile enfin les bottes offertes par son dernier compagnon. Il faudra qu'elle pense à le rappeler celui-là, une fois à terre…

Elle rejoint Nicolas dans le cockpit. Il lui donne ses instructions :

– J'ai vu plusieurs éclairs sous le gros nuage qu'on apercevait dans l'ouest avant la nuit. J'ai l'impression qu'il s'est rapproché. Faut que tu fasses gaffe, si tu vois qu'il va nous survoler, réveille-moi, n'attends pas le dernier moment. Je n'ai pas envie de passer un sale quart d'heure à réduire les voiles sous la pluie et les rafales de vent.

– Ne t'inquiète pas. Ce n'est pas la première fois que j'assure un quart toute seule ! Et la radio ? Elle est allumée sur le canal 16 ?

– Non, elle est éteinte, mais allume-la si ça t'amuse. Au large, ça ne sert à rien.

– Ah bon ? C'est comme les feux de navigation, alors ? Ni vu ni entendu, tu navigues incognito ?

– Si tu veux…

– Ce n'est pas ce que j'ai appris. Le canal 16, c'est la fréquence de veille. Si un navire voulait nous joindre par radio, il utiliserait ce canal.

– Oui ! Mais ça ne marche que si le navire est proche.

– C'est quoi proche ?

– Vingt milles, une trentaine de kilomètres

– Moi, on m'a dit qu'il fallait garder la radio allumée en permanence. Un bateau peut lancer un appel de détresse. C'est déjà arrivé. Des personnes ont été sauvées grâce à cette radio. C'est la solidarité des gens de mer.

– Oui, peut-être, mais moi, je compte sur personne. Chacun vit sa vie comme il veut. Point barre ! Maintenant, je vais me reposer. Sois vigilante, l'œil sur les nuages surtout.

– Je ne suis pas gourde, j'ai compris.

– Ouais, j'espère pouvoir te faire confiance…

Caroline ne répond rien, même si elle en a très envie. « Au lieu de m'aider, il profite qu'il est le skipper pour me donner des leçons et me mettre la pression. Pas simple à comprendre, le gars. Par moments, il est aux petits soins avec moi, et à d'autres, il joue le macho imbu de lui-même. Je ne supporterai pas ça longtemps. »

Elle s'installe sur la banquette du cockpit et se détend. Le vent est frais. Elle sent des picotements sur ses joues et sur ses oreilles qui se refroidissent. L'impression est stimulante sans être désagréable. Pas besoin de tenir la barre, le pilote automatique s'en charge. Son regard parcourt un horizon vide. La lumière verte aperçue au début de la nuit a disparu.

Après quelques heures à savourer cet air vivifiant qui remplit son corps d'une énergie nourrie au rythme des vagues, elle descend se faire un thé. Nicolas a fermé la porte de sa cabine, le bateau lui appartient. « Zut ! la boîte est vide. Il doit y avoir une réserve quelque part. » Elle ouvre le coffre sous la banquette. Raté, ce ne sont que des pièces d'accastillage. « Peut-être dans la cabine à l'avant.» Elle dégage le matelas, essaie d'ouvrir le coffre situé en dessous, mais le couvercle lui résiste. Il est vissé. Celui du coffre de gauche aussi. « C'est bizarre, ces coffres condamnés. Ils ont l'air d'être pleins et les vis semblent neuves. Il doit y avoir là des réserves de flottaison, en cas de voie d'eau.» Elle n'insiste pas et cherche ailleurs, sans succès. « Tant pis, ça sera un café.» La bouilloire se met à siffler. L'eau est chaude. Le Nescafé, sans sucre. À travers ses gants, la tasse brûlante lui réchauffe les doigts. Elle aime ces moments simples, la chaleur de la cabine, le voilier qui avance tout seul dans la nuit noire, l'aventure d'un voyage hors du temps, parfois rude, parfois inquiétant, mais rempli de sensations uniques et puissantes. L'épanouissement que la mer lui procure, jamais elle ne le trouverait à terre, cloîtrée dans une maison, dans une vie sans relief où les jours se suivent et se ressemblent.

Caroline remonte sur le pont, sa tasse à la main. « Six nœuds, ce n'est pas bien rapide. Dix kilomètres à l'heure, j'irais aussi vite en courant !» Rien à signaler. Le bateau continue sa progression. Il trace sa route, régulière et stable. Les mouvements de la coque sur les vagues sont amples et paisibles. Elle en compense désormais le balancement. Elle est amarinée, définitivement. Les nausées ne sont plus qu'un lointain souvenir.

Quand le vent tourne légèrement, elle relâche un peu les voiles. L'écran de l'ordinateur affiche la trajectoire du voilier : à gauche, on voit encore les dernières îles de l'archipel des Açores. Il est trop tôt pour que les côtes européennes se dessinent. D'un clic, elle diminue l'échelle. Cette fois, elles apparaissent. Si Nicolas décide de continuer dans cette direction, la pointe nord-ouest de l'Espagne et le cap Finisterre seront les premières terres qu'ils apercevront. D'un autre clic, elle calcule la distance jusqu'à ce point. Plus de neuf cents milles, mille cinq cents kilomètres environ. « On n'est pas encore arrivés, et c'est tant mieux, l'aventure vient juste de démarrer ! »

Elle regarde le tracé du chemin parcouru par le bateau. Les Antilles. Marie-Galante, le dernier mouillage devant Saint-Louis. Elle remonte le parcours. Les Saintes, la Dominique, la Martinique, les Tobago Cays, Grenade. Tous ces noms la font rêver. « J'irai naviguer là-bas un jour. On m'a si souvent dit que ces îles étaient des paradis… »

Le tracé se prolonge vers le sud, elle le suit comme un chien renifle une piste, les yeux rivés sur l'écran… Tobago, Trinidad, Venezuela… encore du sud. Elle déplace la carte en faisant glisser ses doigts sur le trackpad. « Tiens, il est allé jusqu'en Guyane ? Il a jeté l'ancre devant Cayenne. D'après ce que je vois, il y est resté un bon moment. Il m'a pourtant dit avoir fait route directe entre le Cap-Vert et Grenade. Il m'a même expliqué les alizés. Bizarre… »

Elle repositionne la carte : il ne doit pas savoir qu'elle a fouiné. La Guyane disparaît tout en bas, dans le coin gauche de l'écran…

11

Fred

À Lisbonne, au siège du Centre opérationnel d'analyse du renseignement maritime pour les stupéfiants*, on se pose des questions sur *Le Séréno*. Tout comme à la Direction nationale du renseignement et des enquêtes douanières (DNRED), en France. La suspicion est née lors de l'escale en Dominique, cette île située entre la Martinique et la Guadeloupe. Quand Nicolas, accompagné d'Audrey, est entré dans la baie de Portsmouth, le skipper d'un petit voilier français, ancré au milieu de dizaines d'autres, les a salués, en leur criant qu'il passerait leur dire bonjour. Son bateau était régulièrement accosté par des barques locales dans de grands éclats de rire. À tous les coups, un habitué du coin.

Chacune de ces petites embarcations effilées et colorées arbore sur ses flancs le nom de son propriétaire, histoire qu'on les distingue bien. Ils sont water-taxis et proposent, contre quelques dollars des Caraïbes, de vous emmener à terre, de prendre en charge vos courses ou de vous faire remonter la fameuse Rivière indienne, un petit cours d'eau serpentant

* MAOC-N : Maritime Analysis and Operations Centre Narcotics.

entre les énormes racines des palétuviers jusqu'à un bar en rondins enfoui en pleine jungle. Sur le parcours, il y a l'inévitable arrêt devant la cabane de Jack Sparrow, construite pour le film *Pirates des Caraïbes*.

Comme il l'a annoncé, le Français vient les voir avec le kayak gonflable qui lui sert à descendre à terre. Ce genre de visite de politesse est fréquent à l'arrivée d'un compatriote plaisancier dans un pays étranger. Accroché d'une main à l'arrière du *Séréno*, il crie :

– Y a quelqu'un ?

Une fille élancée sort la tête de la cabine et s'approche. À son teint cuivré et ses yeux noirs, on devine que c'est une fille des tropiques. Ses cheveux bruns bouclés descendent en torsades sur ses épaules, et au coin de sa narine gauche brille un diamant cerclé d'or. Elle porte un soutien-gorge blanc que sa peau ambrée fait resplendir, et son short ultracourt moule si bien ses fesses que Fred a du mal à en détacher les yeux. À son attitude, on sent la fille sûre d'elle et de sa féminité. Sa grâce un peu lascive est trompeuse. Il suffit d'observer son regard perçant pour comprendre que, derrière ce charme suave, se dissimule un caractère sauvage.

– Bonjour…

– Ça va ? Moi, c'est Fred, et toi ?

– Salut, moi, c'est Audrey.

Nicolas est venu la rejoindre à l'arrière du bateau.

– Bonjour ! Ça va ? répète Fred, toujours assis dans son kayak, les pagaies en travers. Sympa de naviguer à deux, moi je suis tout seul… Vous venez d'où ?

C'est Nicolas qui répond :

– Euh… du Sud…

– C'est grand le Sud ! D'Amérique du Sud ? De Rio ? Du cap Horn ? De l'Antarctique ?

– Non, non. Grenade, Carriacou, Bequia, enfin les îles du Sud…

– Ah ouais… chouette ! Moi, j'étais à Deshaies. Je suis arrivé ici direct, après une bonne branlée dans le canal des Saintes. Vous connaissez Deshaies ?

– Non, pas vraiment

– C'est une petite baie très chouette à la pointe nord de Basse-Terre en Guadeloupe. Coluche avait une maison là-bas. Si vous avez l'occase, arrêtez-vous.

– Je ne sais pas si on aura le temps, on rentre en France, enfin, en métropole.

– Déjà ? Vous n'êtes pas bien ici ? Le soleil, la mer à vingt-huit degrés, la vie simple, pas chère, les gens sympas… Moi, ça fait des années que je me balade dans le coin et je n'ai aucune envie de me retrouver là-bas… Mais bon, tout le monde n'est pas comme moi. Des fois, quand il faut, il faut… Pas vrai ? Au fait, vous avez besoin de quelque chose, des courses à faire ?

– Euh… un peu.

– Il n'y a pas beaucoup de choix, mais les fruits et les légumes ne sont pas chers et très bons. Si vous avez cinq minutes, je peux vous donner des adresses…

Une barque longe le bateau à pleine vitesse. Les vagues manquent de faire chavirer le kayak.

– Ah ! Ces gars qui font le taxi, ils sont sympas, mais toujours à fond. Lui, c'est Spaghetti, un rasta pure race, avec son bateau noir, rouge, jaune et vert comme son éternel bonnet collé sur ses dreads. Ces mecs-là, ils n'ont pas grand-chose à part leur bateau. Ils se sont bien organisés pour se partager le fric des plaisanciers. Si tu es en deal avec l'un deux pour faire tes courses ou te balader, les autres te foutent la paix, c'est super.

C'est Audrey qui propose que Fred monte à leur bord.

– Nicolas, tu ne peux pas le laisser là !

Nicolas, lui, ne le sent pas, le type, trop intéressé à son goût, mais s'il refusait, il passerait pour un goujat.

– Euh… Monte, si tu veux !

– Ah, c'est sympa. Je commençais à avoir les fesses mouillées dans ma baignoire !

Ils l'aident à embarquer.

– Waouh ! super beau canot ! et bien équipé en plus ! Belle électronique ! Moi, à bord, j'ai le strict minimum, pas de risque que ça tombe en panne ! Alors comme ça, vous êtes en croisière au soleil ?

Audrey répond la première :

– Moi, je me balade à la découverte de gens et de lieux. Je suis d'abord partie en Amérique du Sud, sac au dos, puis en remontant vers le nord, je me suis dit que ça serait sympa de faire un peu de bateau. J'ai des ancêtres en Martinique. J'avais envie de visiter ces îles. Et je me suis retrouvée ici !

– Ça fait longtemps ?

– Euh… quelques semaines.

– Tu t'y plais, alors… Je te comprends ! Un chouette bateau, un bon skipper… Tu as embarqué où ?

– J'ai embarqué à…

Nicolas lui coupe brutalement la parole.

– Elle est avec moi depuis Grenade.

– Grenade… Magnifique, cette île, bien tenue en main par les Américains. Et toi, Nicolas ?

– Quoi, moi ?

– Ben, ta balade ? Tu sais, moi je suis devenu sédentaire ici. À présent, ce sont les voyages des autres qui me font rêver. Et des rêves, j'en ai entendu, vu le nombre de plaisanciers qui passent…

Fred sent bien que Nicolas se méfie. « La fille, c'est elle que je dois pousser à parler… » Il poursuit :

– C'est dingue, le parcours de certains voiliers. Il y a une semaine, un Anglais est arrivé sur un engin vraiment pourri. Devinez d'où il venait ? De Nouvelle-Zélande, et tout seul, le mec ! Par le cap Horn ! Gonflé quand même… J'ai fait comme avec vous : je suis allé le voir, on a pris l'apéro, on a vidé une bouteille de rhum. Il avait une sacrée descente ! J'ai eu du mal à rejoindre mon bord !

Audrey saute sur l'occasion :

– L'apéro, c'est sacré ! Je ne connaissais pas les voileux, mais ça, par contre, j'ai vite compris ! Le ti-punch ici, c'est incontournable ! Puisqu'on en parle, Nicolas, on pourrait s'en faire un, d'apéro, non ?

– Ouais, si tu veux. Je ne suis pas sûr qu'il reste du rhum… Tu t'en occupes ?

– Je voudrais pas déranger… Alors, Audrey, la voile, ça te plaît ?

– Oui, c'est chouette ! Je n'y connaissais rien, mais Nicolas m'a déjà beaucoup appris.

Elle descend dans la cabine pour remonter bientôt avec les verres, le rhum, le sirop de canne et les citrons verts.

– J'ai déniché une bouteille au fond d'un coffre ! Fred, le ti-punch habituel, ça te va ?

– Comme on dit ici : « *Tout bwason ka soulé, sé ronm sel ki ni bon do !* » Ça veut dire : « Toutes les boissons soûlent, seul le rhum a bon dos ! » Je vous aime bien, tous les deux. Si vous voulez, demain midi, on se fait une petite bouffe à bord de mon bateau. Je préparerai un colombo de poulet, vous m'en direz des nouvelles !

– Impossible, demain, on s'en va…

– Nicolas, s'il te plaît… On n'est pas pressés… Fred, tu me donneras ta recette ?

– Oui, sans problème. Avec ça, tu feras sensation en France. Il faut que tu achètes tes épices ici.

Nicolas est mutique. Pas question d'en rajouter. « Qu'il boive son verre et vite, celui-là. De toute façon, demain, au lever du jour, on aura quitté le mouillage… »

De son côté, Fred est plutôt content de son intrusion à bord. « Bien joué ! Elle, je la tiens, même si je ne suis pas sûr qu'elle sache grand-chose, ou alors elle cache bien son jeu, possible aussi… Lui, par contre, il n'est pas clair, trop sur la réserve. »

Il est agréable, ce Fred, avec son air un peu naïf, ses grands yeux clairs, sa barbe de soixante-huitard et ses longs cheveux blancs sous sa casquette en toile délavée. À l'observer attentivement, on remarque son regard mobile, à l'affût du moindre détail.

– Et ton bateau, Nicolas, tu en es content ?

– Oui, ça va…

– Jamais de problèmes techniques ? Moi, j'en ai sans arrêt. Mon moteur est au bout du rouleau, un peu comme moi… À chaque fois, je me demande s'il va démarrer. Faudrait que je le change, mais je n'ai pas les moyens.

– Pas de souci en ce qui me concerne, le mien marche très bien…

Fred laisse filer la conversation. Les questions mécaniques, ça n'engage à rien… Juste attendre que le ti-punch produise son effet. En général, les langues se délient. Et puis, il a son arme secrète…

– Et donc, Audrey, tu rentres en France travailler ?

– Oui, faut bien, j'ai bouffé tout le fric que j'avais de côté…

– Tu fais quoi en France ?

– Je chercherai un boulot en rentrant. Avant, je travaillais dans une boîte d'import-export en région parisienne. Je faisais beaucoup de sport. J'ai enseigné les arts martiaux : krav-maga, taekwondo, jiu-jitsu…

– Waouh ! Mieux vaut ne pas te chatouiller, alors…

– Je ne le conseille pas !

– Trouver un job, avec le chômage qu'il y a en ce moment, ça va être compliqué ! Toi aussi, Nicolas, tu rentres pour le travail ?

C'est Audrey qui répond :

– Lui, il avait un bon job dans l'informatique, et puis tu en as eu marre, hein, Nicolas ?

– Oui, c'est ça.

– Ça fait longtemps que t'es parti ?

– Euh… un an, un peu plus, enfin… environ…

– Lui, dans l'informatique, au moins, il est sûr de retrouver un poste. Moi, une nana, je vais galérer…

– Tu cherches dans quelle région ?

– D'abord en Bretagne, c'est là que je compte me poser.

Nicolas aimerait qu'elle se taise. Elle en a déjà trop dit.

Ils en sont au deuxième punch. Audrey a les yeux brillants et les joues rouges. Fred passe à l'attaque.

– Un p'tit joint, ça vous dirait ? J'en prépare toujours à l'avance pour les amis. La beuh ici, il y en a partout. La meilleure, c'est à Sainte-Lucie. Celle-là en vient, d'ailleurs… Nicolas ?

– Oui, pourquoi pas…

– Toi, Audrey ?

– Non, merci. Je ne fume pas.

– Tu sniffes, alors ?

– Pas plus, je n'ai pas besoin de ça…

Ils s'installent confortablement sur les coussins pour tirer sur leur pétard.

– On n'est pas bien ? Paisibles, à la fraîche, décontractés du temps… et on nagera quand on aura envie de nager ! Hein ? qu'est-ce que t'en dis, Nicolas ?

– Ouais, pas mal.

– Nickel, tu devrais dire ! À l'aise dans tes tongs, relax, à l'ombre, avec juste ce qu'il faut de vent pour ne pas avoir trop chaud. Qu'est-ce que tu veux de mieux ?

– Ouais, c'est vrai, c'est chouette !

Audrey, assise devant la barre à roue, renchérit :

– Tu vois Nico, là, relax, il y a rien de meilleur pour ton dos. Depuis trois jours, il se traîne un lumbago. Il me dit que tout va bien, mais quand je le regarde manœuvrer, on dirait un petit vieux. Il se bourre de médocs. Je n'arrête pas de lui dire que le plus important, c'est le repos, mais il n'écoute rien !

– Et tu oublies le haschich ! Contre les douleurs chroniques, paraît qu'il n'y a rien de mieux, enfin, d'après ce que j'ai lu… J'en prends en préventif, des fois que j'aurais mal… Toi, Nicolas, avant Grenade, tu as fait quoi ?

– J'ai traversé l'Atlantique.

– Direct ?

– Oui, c'est ça…

– Depuis où ?

– Depuis le Cap-Vert…

– Moi, j'ai traversé, ça doit faire à peu près huit ans. Je n'ai pas eu de vent, je me suis traîné, je pensais que je n'arriverais jamais. Et toi, c'était quand ?

– En janvier…

Doucement, Fred entre dans le vif du sujet. La bouteille de rhum est toujours sur la table. Il l'a reconnue : du « Belle Cabresse », un rhum que l'on ne trouve qu'en Guyane. Sans le vouloir, en allant chercher cette bouteille oubliée, Audrey lui a mis la puce à l'oreille. Néanmoins, il lui en faut plus.

– Pendant ma transat, à un moment, j'ai pensé faire un saut jusqu'en Guyane. Ce n'est pas très loin et la remontée vers les Antilles est facile avec le vent et les courants qui te poussent. Tu n'y as pas pensé ?

– Non, non, qu'est-ce que je serais allé y faire ?

– Je ne sais pas, moi… La défonce, là-bas, c'est facile et pas cher !

– Ce n'est pas mon truc.

– Comme tu as l'air d'aimer le chichon, je me suis dit…

– Tu m'as regardé ? J'ai l'air d'un camé ?

– Non, pas du tout !

– Alors on en reste là, OK ? Point barre !

La discussion est devenue tendue. Fred l'a amenée où il a voulu. La nervosité de Nicolas est un indice. Il a des choses à cacher, mais quoi ? À vrai dire, ce n'est pas son problème. Le job, il l'a fait. Le marché passé avec la douane s'arrête là. « Toi, on t'a évité la taule, alors maintenant, avec ta barcasse, tu vas jouer les indics dans les îles, et si tu nous ramènes de bons tuyaux, on fermera les yeux sur tes petits trafics minables. Donnant, donnant, compris ? »

Il avait dû dire oui.

12

Lola

À Plymouth, c'est l'heure de la vacation avec les concurrents. Sur une estrade, derrière un long bureau blanc encadré de grandes affiches aux couleurs de la course, deux journalistes, assis face à un micro, attendent les appels. Dans la salle, d'autres sont installés sur les premières rangées de fauteuils, prêts à retransmettre les informations à leur rédaction. Plus en arrière, un public de fidèles, silencieux et attentifs, est venu vivre en direct les dernières péripéties. Jack prend la parole :

– Avant d'appeler les bateaux, si vous le voulez bien, je vais faire le point sur les concurrents en difficulté, et particulièrement sur *Univervie* dont nous avons perdu la position et la liaison satellite. Nous savons qu'à la suite de son chavirage, son installation électrique est hors service. De plus, ses batteries en court-circuit sont déchargées. Il n'arrive pas à démarrer son moteur.

– Comment avez-vous eu ces informations ?

– Il nous a appelés avec son téléphone satellite de secours. C'est lui qui nous a expliqué ce que je viens de vous rapporter. Comme l'autonomie de l'appareil est réduite, il va l'utiliser au minimum afin de pouvoir nous joindre si sa situation s'aggrave.

– A-t-il d'autres possibilités pour se signaler ?

– Sur la balise extérieure, il peut déclencher manuellement le message « je suis à bord et ne demande pas d'assistance ».

– Avez-vous une idée de ce qu'il envisage ?

– Il lui reste un morceau de mât. S'il est assez long, il se débrouillera pour envoyer une voile et rejoindre un port. Actuellement, il est à cinq cents milles, soit environ neuf cents kilomètres des Açores. Nous avons étudié la direction des vents à venir dans la zone, et c'est la destination la plus facile à atteindre. Nous vous informerons dès que nous aurons du neuf.

Pendant que les skippers en course échangent avec la presse, à bord d'*Univervie*, Manu a enfin vidé le mélange d'eau et de gas-oil qui stagnait à l'intérieur de la coque. Son mal de tête a empiré, il tousse et commence à être gêné pour respirer. Vite, il monte chercher de l'air sur le pont et va s'asseoir dans un coin, à côté de la barre. Il est livide, épuisé. Les quintes de toux s'aggravent, il est de plus en plus oppressé, essoufflé, avec la sensation angoissante que sa poitrine est comprimée dans un étau. Ces symptômes ne le trompent pas. « Merde ! une crise d'asthme, ça faisait longtemps ! Il doit y avoir de la Ventoline dans la trousse d'urgence, en bas. Je suis sûr qu'Isabelle en a ajouté. J'irai plus tard. Trop fatigué. D'abord évacuer cette saloperie de mes poumons. »

Debout dans le cockpit, il observe la mer qui, après avoir cassé son rêve, s'est calmée en longues ondulations inoffensives. Le ciel s'est dégagé, démaquillé par de petits nuages blancs cotonneux. Le regard de Manu s'attarde, rempli d'amertume, sur la bande brumeuse sombre qui s'étale vers l'est, l'arrière-garde du mauvais temps qui l'a terrassé.

Ses yeux se posent sur son bateau amputé de son mât, blessé, figé. Ce n'est plus qu'une plate-forme immobile qui roule bord sur bord. Une vulgaire épave dont le pont dévasté paraît incongru sous ce ciel paisible et ensoleillé. Il faudrait qu'il réagisse, mais il se rassoit au fond du cockpit, au milieu des cordages emmêlés, la tête dans les mains, déprimé. Ses pensées se projettent vers les concurrents qui continuent leur route au sud. Il se refuse à l'idée de ne plus être avec eux.

Soudain, dans le silence à peine troublé par les claquements de l'eau contre la coque, Manu perçoit une sorte de bruissement irrégulier, comme des battements d'ailes. Il cherche et le repère, là, sous la voile. Un oiseau tente de se poser sur le tube du balcon. Il a dû être pris dans les courants ascendants de la tempête. Il est visiblement à bout de force. Manu n'ose pas bouger, de peur de l'effrayer. S'il s'envole, c'est la mort assurée, car le bateau est le seul objet sur lequel s'accrocher à des kilomètres à la ronde. Après plusieurs tentatives, l'oiseau s'est perché et le dévisage, aux aguets, prêt à s'enfuir. Avec son jabot et son dos orangés, sa tête bleutée et ses ailes sombres bordées de jaune, ce n'est pas un oiseau de mer. Leurs couleurs sont plus tristes, dans des tons de gris ou de blanc. Les oiseaux de mer, Manu sait les reconnaître et distinguer une mouette d'un fulmar ou un puffin d'un goéland. L'animal reste immobile, ses pattes agrippées sur le tube, sa tête dodelinant comme s'il n'était plus capable de la porter.

La présence de cet être vivant est un déclic. Manu lui parle. Il a trouvé un compagnon avec qui partager sa solitude et sa détresse.

– Salut, moineau, tu t'es perdu, hein ? Reste ici, c'est ta seule chance. Je promets de faire de mon mieux pour te ramener vers la terre.

Manu descend dans la cabine chercher de l'eau et un peu de nourriture. L'atmosphère à l'intérieur est toujours aussi irrespirable. Il ouvre un deuxième panneau d'aération au plafond afin d'augmenter le courant d'air. Oui, c'est mieux. Un fond de bouteille plastique servira d'abreuvoir. Trouver de la nourriture est plus compliqué. Il n'a aucune idée de ce que mange ce genre de bestiole. Il pense aux canaris qu'élevait sa mère. La cage était accrochée dans la cuisine et, enfant, il avait la charge de les nourrir d'un mélange de graines dont il ignorait le nom. Aujourd'hui, de toute façon, c'est sans importance : il n'a pas ce genre d'aliments à bord. Avant de fouiller dans les réserves de nourriture polluées par l'eau et le gas-oil, il fait le tour de ce qui est à portée de main. Du beurre de cacahuètes et une biscotte émiettée devraient lui plaire. Le mélange lui paraît assez consistant pour ne pas couler, suffisamment mou pour que l'oiseau puisse y plonger le bec, il est surtout hyperénergétique. Il approche doucement l'assiette de son passager clandestin et la cale dans le coin d'un coffre.

L'oiseau se met à picorer. Un bon signe, et s'il est malin, il devrait rester là, sur ce bateau qui lui offre le gîte et le couvert. « Moi, je pense que tu es une fille, si, si… Que dirais-tu si je t'appelais Lola ? C'est le nom de l'autruche de l'émission *Téléchat* que je regardais à la télé quand j'étais enfant… »

Cette compagnie inattendue apaise Manu et lui insuffle de l'énergie. Sur le pont, il reste le morceau de mât qu'il a réussi à arrimer. « Ça ne sera pas simple de le mettre debout. Ce truc fait plus de dix mètres de haut, un sacré ballant ! Faut pas que je me rate ! S'il m'échappe, hop ! terminé ! » Il imagine en détail le déroulement de la manœuvre, réfléchit aux risques, trouve les solutions pour tenir le mât à la verticale. Il installe poulies, cordages, palans. Au prix de beaucoup d'efforts, *Univervie* retrouve une silhouette de voilier. Vu de l'extérieur, il doit avoir une allure bizarre avec son mât tronqué, mais peu importe. Pour Manu, l'essentiel est fait.

Bientôt, avec les deux voiles qu'il réussit à adapter, il navigue de nouveau. Sacrée victoire ! Il avance, lentement mais sûrement. Manu peut maintenant affiner le réglage des voiles et bloquer la barre au bon angle. L'important est de garder une trajectoire à peu près droite. Il n'est pas peu fier d'avoir réussi à redonner vie à son bateau. Le chuintement de l'eau s'écoulant le long de la coque est une musique qu'il n'a jamais écoutée avec autant de plaisir.

Mais toutes ces manœuvres ont réactivé son asthme. Sa respiration est sifflante, l'oppression encore plus marquée. La Ventoline l'aidera, pourtant il redoute de se retrouver à l'intérieur, au milieu de ce « foutoir puant », comme il se dit à lui-même. Il finit pourtant par se résoudre à descendre. Parmi les trousses éparpillées de la pharmacie, dans la poche « urgences » se trouve effectivement le flacon salvateur. Quatre inhalations suffisent pour qu'il respire un peu mieux.

Sa peau, en contact avec le gas-oil imprégné dans ses vêtements, le brûle. Les démangeaisons sont devenues insupportables. Trop occupé, son cerveau n'avait pas eu le temps d'y penser.

Où Isabelle a-t-elle rangé le linge de rechange ? Elle a insisté pour mettre sous vide des paquets séparés qu'elle a stockés à l'abri de l'humidité. Lui n'était pas convaincu, la précaution lui semblait inutile.

Il commence par se laver avec un peu d'eau douce. Du liquide vaisselle fera l'affaire. Le rinçage est succinct. Puis il se sèche avec un torchon. Les sous-vêtements secs et légèrement parfumés lui donnent l'impression de renaître. Le bonheur. Merci Isa !

Isa… Le téléphone de secours est là, sous ses yeux. Pris d'une pulsion soudaine, il décide de l'appeler de nouveau. Tant pis pour les batteries.

– Allô, Isa ?

– Oh, mon chéri ! C'est si bon de t'entendre…

– Tu ne sais pas ce qui m'arrive ? J'ai une compagne à bord ! Elle s'appelle Lola.

– Qu'est-ce que tu racontes ?

– Un don du ciel a atterri à bord…

– Un don du ciel ? Tu vas bien, Manu ?

– J'ai recueilli un oiseau et j'ai décidé de le ramener à terre !

– Ah bon ! C'est bien de te dévouer pour un oiseau, mais c'est à toi qu'il faut penser, tu ne crois pas ? Tu sais que je t'aime, que je souffre moi aussi. Manu, il faut que je te dise…

La conversation est coupée. Isabelle s'assoit, pâle, au bord des larmes. Elle aurait voulu lui dire, elle n'a pas eu le temps… Ce n'est pas son homme qui lui a parlé, mais quelqu'un qui lui a semblé ailleurs, sur une autre planète. Elle a entendu, il était essoufflé, son asthme…

Plusieurs fois, elle tente de rappeler, mais un message lui répond en anglais que son correspondant est injoignable. Doit-elle appeler la direction de course ? Si elle fait part de son inquiétude à Jack ou à William, ils n'auront d'autre solution que de déclencher les secours… Elle appelle d'abord Julien.

– Oui, Isabelle. Qu'est-ce qui se passe ?

– Je viens d'avoir Manu et il m'a paru étrange…

– Explique…

– La conversation a été très courte, il m'a parlé d'un oiseau, un don du ciel… Je n'ai rien compris. D'habitude, il est concret, or là, il était complètement ailleurs… Ça m'inquiète, beaucoup même… J'aurais voulu qu'il me dise comment ça se passait à bord, ce qu'il envisageait, mais il était focalisé sur cette bestiole ! Il lui a donné un nom, comme s'il n'avait pas d'autre souci… Et puis, on a été coupés.

– Tu as raison, ce n'est pas lui, ça… Il n'est pas du genre à divaguer. Je connais d'autres skippers qui pourraient partir dans des élucubrations abstraites ou mystiques, mais sûrement pas Manu…

– Qu'est-ce qu'il faut faire ? On prévient la direction de course ?

– Je les contacte et je leur dis qu'il t'a appelée. Ils me préviendront s'il active sa balise « présence à bord ». Dans ce cas, ça voudra dire qu'il est toujours dans la réalité. S'il ne le fait pas dans les heures qui viennent, il faudra aller le chercher, on n'aura pas d'autre choix. S'il était vraiment en danger, il te l'aurait dit. Je le connais assez pour le penser.

– D'accord Julien… Fais au mieux… Merci… Ah ! J'ai oublié de te dire, il doit faire une crise d'asthme, il avait du mal à parler et il était très essoufflé.

– Il a ce qu'il faut à bord ?

– Oui, de la Ventoline, entre autres. J'espère qu'il l'a trouvée.

Elle éclate en sanglots.

– Isabelle ?

– Je le sens si loin ! Et cette voix !

– Ne pleure pas, garde confiance. Manu est à bord, c'est l'essentiel. Cet oiseau doit être important dans sa solitude. Laissons-nous quelques heures. Je t'appelle dès que j'ai du nouveau.

13

Jeu de quilles

Dans sa bulle posée sur l'océan, Manu a confiance. Il va y arriver, il va le mettre en lieu sûr, ce bateau. Ce sera une belle satisfaction pour lui comme pour son sponsor. Il voit déjà le slogan : « Chez Univervie, rien d'impossible, il suffit d'y croire. » Il espère qu'ils le soutiendront encore. À la prochaine course, le mauvais sort en touchera un autre, et lui, il aura sa chance. Il en est sûr. C'est ce qu'il leur dira.

Maintenant que le bateau avance et que la puanteur de l'intérieur est supportable, il se lance dans une grande opération de nettoyage et de rangement. « Je ne vais quand même pas vivre dans ce cloaque. Allez Manu, bouge-toi ! Commence par vider l'eau qui reste au fond de la coque. »

Juste après le chavirage, il avait, en urgence, évacué avec un seau la plus grande partie de l'eau dans la cabine. Doutant de l'étanchéité de la coque, il avait tracé un repère sur une cloison pour vérifier l'évolution du niveau d'eau.

Impossible de retrouver cette marque. Il se penche, cherche, mais avec la nuit qui tombe, la clarté n'est pas suffisante, et le gas-oil mélangé à une partie de l'huile du moteur a laissé une couche grasse qui recouvre tout d'une couleur sombre uniforme. Fébrile, Manu s'équipe de sa lampe frontale. Il faut qu'il sache.

D'une main, il frotte la cloison. Rien. Sous l'eau peut-être ? « Puisque je ne trouve pas le repère, il faut que je vire l'eau restante. » Il reprend sa corvée. Remplir le seau avec une vieille boîte de conserve, puis le porter et le vider à l'extérieur. Et recommencer encore et encore. Avec les oscillations de la coque sur les vagues, impossible de garder le seau droit. Il perd une grande partie d'eau à chaque trajet. Il s'acharne, il est trempé, mais au bout d'une heure, il ne reste plus que quelques flaques dans les recoins les plus profonds. Il fait nuit noire maintenant, et cette cabine jadis chaleureuse est devenue une cellule froide et inhospitalière que le faisceau blanc de sa lampe balaie d'une lueur fantomatique.

Le repère est bien là. Il était donc sous l'eau. Manu est consterné : il y a une voie d'eau quelque part. Il faut qu'il la trouve s'il veut la contrôler, sinon, il le sait, il coulera.

Très vite, il repère la fuite. Les fuites, à vrai dire. Après avoir épongé l'eau autour des écrous des boulons qui tiennent la quille, il a vu, à la base du plus proche, un mince filet d'eau briller sous l'éclat de sa lampe. Il a épongé de nouveau et le filet est réapparu, instantanément. Il le voit qui serpente jusqu'au fond de la coque. Elles n'ont l'air de rien, ces quelques gouttes qui se sont faufilées sous l'énorme écrou, mais elles se suivent à touche-touche comme une cohorte obstinée, impossible à arrêter. Le constat est le même au niveau de l'écrou suivant, le filet d'eau est même plus important. Incrédule, la gorge serrée, Manu découvre une fuite à chaque écrou. Ces minuscules ruisseaux ne forment qu'une toute petite rivière, mais s'il n'arrive pas à les juguler, elle deviendra assez grande pour envoyer *Univervie* par le fond. « Quand la coque s'est redressée, après le chavirage, la fixation de la quille a été ébranlée par la violence du choc… » Avant de partir, Manu savait ce montage fragile. La quille est une lame d'acier longue de quatre mètres avec, au bout, une sorte de bulbe contenant plus de trois tonnes de plomb. Un énorme porte-à-faux solidaire de la coque par de simples boulons. « J'aurais dû la renforcer avant le départ, comme l'avait conseillé Julien. Maintenant, si je n'arrive pas à la bloquer, les mouvements de la coque vont accentuer le jeu, à la manière d'un pendule, et là, je n'y pourrai plus rien. Ce sera la catastrophe. »

Dans la caisse à outils, il trouve la clé prévue pour ce genre d'intervention. Il n'a jamais pensé en avoir besoin aussi vite. À genoux dans l'eau, il resserre les gros écrous comme il peut. Il y met toute sa force. Sur certains, il gagne un quart de tour, sur d'autres, pas un millimètre. Il ne voit pas grand-chose… *A priori*, l'eau ne rentre plus. Satisfait et un peu plus confiant, il trace un nouveau repère, plus visible et plus accessible.

Manu est fatigué, tendu, ses mains tremblent, les battements de son cœur sont trop rapides, l'effet de la Ventoline sans doute. Il a dépassé la dose. Trop d'inhalations pour tenir la cadence pendant qu'il vidait l'eau. Mais les vapeurs de gas-oil sont toujours la cause de son mal de tête.

Il remonte sur le pont. La petite lumière clignotante de la balise lui rappelle qu'il doit activer le bouton « présence à bord » selon les instructions de la direction de course. Il y a longtemps qu'il aurait dû le faire, mais trop de choses se sont précipitées.

L'oiseau est descendu de son perchoir et s'est blotti contre une poulie, juste en dessous de la balise. Lola dort, la tête enfouie sous son aile. Comme il ne veut pas l'éblouir, il permute l'éclairage de sa frontale sur la lumière rouge, moins agressive. En contournant l'oiseau, il parvient à déclencher le bouton de la balise sans le réveiller. Un coup d'œil à son assiette lui montre que Lola a apprécié son repas…

La fatigue submerge de nouveau Manu. À ce rythme, il ne pourra pas tenir très longtemps. Une heure et demie de sommeil, ça serait déjà bien. Mais où s'allonger ? Pas dans la cabine en tout cas, trop polluée. Alors, il sort le matelas trempé de sa couchette, l'installe au fond du cockpit et s'y étend, tout habillé.

Au bord de l'endormissement, son esprit s'évade. Isabelle… Il a tenté plusieurs fois de la rappeler après la dernière communication interrompue, mais les ondes ne passaient pas. Ces appels infructueux ont consommé pas mal d'énergie. Il se relève pour contrôler l'état de la batterie du téléphone. Il reste un peu moins d'un tiers sur la barrette de charge, de quoi tenir encore quelque temps.

Isabelle est au bout des treize chiffres qu'il connaît par cœur. Il essaie de nouveau. L'attente est longue. Il imagine les ondes qui montent là-haut, à huit cents kilomètres, rebondissent sur le satellite et rejoignent la terre, captées par une parabole avant de passer de relais en relais jusqu'au portable posé à côté du lit. Ça sonne, elle décroche.

– Isa, j'ai essayé de te rappeler. La batterie baisse, je vais faire court. Tu n'as pas dû comprendre. Je me sens bien. Cet oiseau me booste, il me fallait ça. J'ai remis un bout de mât et deux morceaux de voile. J'avance.

– Qu'est-ce que tu m'as fait peur tout à l'heure ! J'en ai pleuré… J'ai appelé Julien.

– Dis-lui que ça va. Je n'avance pas vite, mais j'avance… Je tente les Açores. T'inquiète, je vais m'en sortir.

– Manu ? Tu m'entends, Manu ?

Trop tard. Il a raccroché ou la liaison a été coupée. Ce qu'elle avait à lui dire, elle aurait aimé le faire maintenant. Mais le soulagement de l'avoir entendu est immense. La tension accumulée depuis son précédent appel se libère enfin dans un flot de larmes qui, cette fois, l'apaise.

À 2 heures du matin, la sonnerie du téléphone résonne de nouveau.

– Oui, Julien, qu'est-ce qui se passe ?

– La direction de course m'a appelé, il a déclenché sa balise. Il est donc bien à bord et… comment dire ? opérationnel !

– Ah ! Julien, désolée, j'étais trop bouleversée pour te téléphoner tout de suite, mais il m'a rappelée. Il a été clair, précis, rassurant, il avance avec un bout de mât en secours. Il se dirige vers les Açores…

– Donc, tout va bien. Reste plus qu'à attendre son arrivée dans un port. Il te rappellera d'ici là… Ne t'inquiète pas, ça va bien se passer.

– Merci. Je crois que je vais enfin dormir.

Manu lui aussi s'est endormi, mais il a plongé dans un sommeil agité, peuplé d'images et d'émotions qui se bousculent comme dans ce moment où, paraît-il, on repasse le film de sa vie juste avant de mourir.

La voile est orange et rouge. Avec sa planche, une des premières, il glisse sur l'eau, aérien. Premières sensations exaltantes d'être le maître du vent, dans la baie à Pornichet. Puis le voici à la barre d'un voilier de course. Il gagne. C'est un bon, on le lui dit. Fierté de se savoir admiré. Dans son inconscient, il éprouve encore le stress de ce fameux départ de course, l'excitation des longues glissades sous spinnaker. Puis les images se confondent et s'évanouissent. Ne reste qu'un flou d'où émerge un sentiment de plénitude, celui ressenti le soir, lové dans la couchette inconfortable de ce bateau de régate. Il était seul, le bateau oscillait sous les rafales de vent. Dans ce rêve si réel, il perçoit encore le clapotis des vagues et le floc des gouttes épaisses de la condensation de sa respiration qui tombaient sur son duvet. Pourquoi ce moment plutôt qu'un autre ? L'émergence des souvenirs qui nous habitent est un mystère…

Une secousse un peu plus forte le dérange. Il ne se réveille pas, mais flotte désormais à la lisière de la conscience. Les images se succèdent à un rythme plus lent. L'énorme pizza qui décorait sa voile surgit. Une odeur l'accompagne, comme un dégoût. Celle de la « maroilles-camembert » aux effluves âcres et piquants. Honteux d'être devenu un homme-sandwich. Plus jamais.

Et puis Isabelle. Diaporama en fondu enchaîné. La rencontre, les dossiers de presse, les pizzas encore, les projets, l'argent, indispensable, et puis l'amour, dans un hôtel de Cherbourg un jour où elle lui avait fait la surprise de l'attendre à l'arrivée d'une course. Il la revoit comme au premier instant. Ses cheveux châtains, son teint clair, son énergie débordante et surtout son humour. Elle riait. De tout et de rien, insouciante, heureuse de vivre. Derrière ses lunettes d'écaille, ses yeux marron foncé le fixaient avec malice. Pour donner plus de profondeur à son regard, elle avait rehaussé ses paupières d'un léger fard violet et un mascara noir allongeait ses cils. Un rouge à lèvres discret soulignait sa bouche. Son sourire permanent révélait ses dents blanches. Entre les deux incisives supérieures, un diastème, « les dents du bonheur ». L'image est nette, puissante, avec des effluves si sensuels qu'ils pourraient le réveiller. Quitte à rêver, autant que le film qu'on déroule aide à s'apaiser, l'inconscient l'a bien compris.

Le battement des voiles met un terme à son voyage onirique. Ce bruit tombe à point nommé, juste avant les souvenirs de tensions entre eux, lorsque la mine contrariée d'Isabelle avait remplacé son sourire craquant et sa joie de vivre.

Encore englué dans son sommeil tronqué, Manu, les yeux dans le vague, observe la trajectoire du bateau. « Comment faire pour qu'il aille droit ? » Après plusieurs essais, *Univervie,* ou ce qu'il en reste, retrouve tant bien que mal la bonne direction. Manu s'allonge de nouveau. Il contemple le ciel, noir depuis que la lune a disparu. À la verticale, il reconnaît la constellation d'Orion et ses deux étoiles les plus brillantes, Bételgeuse la rouge et Rigel la bleue. Ses pensées divaguent puis convergent sur le démarrage du moteur. « Si j'arrive à brancher les panneaux solaires du pilote automatique et de l'électronique directement sur la batterie, je parviendrai peut-être à le faire démarrer. La manip est tirée par les cheveux, mais j'ai une chance. »

Trop impatient pour attendre le jour, il se relève, fixe sa frontale et l'allume. Lola n'est plus à l'endroit où il l'avait laissée. Pourvu que cette idiote ne se soit pas envolée ! Le faisceau de sa lampe fouille le cockpit et retrouve la boule de plumes lovée au milieu d'un cordage. Rassuré, Manu descend à l'intérieur et s'attaque au démontage du démarreur et de l'alternateur, pour les sécher.

Au bout d'une heure, sa gêne respiratoire reprend. Comme deux bouffées de Ventoline ne le soulagent pas, il s'accorde une pause.

Le reste de la nuit est compliqué. Il se réveille sans cesse et reprend à chaque fois le réglage des voiles et de la barre. Parfois, à moitié endormi, il lui faut un bon quart d'heure pour limiter les zigzags du bateau. Peine perdue. Il suffit d'une vague un peu vicieuse pour anéantir ses efforts.

Puis arrive le matin, enfin. Manu est déjà debout, épuisé, mais debout. Il prend le temps de contempler les premières lueurs de l'aube et cette imperceptible clarté apparue là-bas, à l'est. Elle a d'abord dessiné la ligne d'horizon puis s'est élevée, dévoilant peu à peu les nuages. Le fond bleu marine du ciel s'est éclairci, il est devenu turquoise, avant que le soleil naissant ne le colore de ses rayons orangés. Un groupe de dauphins s'est approché. Ils sautent autour de l'étrave, heureux de lui dire bonjour.

Le vent est léger et la mer a retrouvé son calme. S'il ne fallait corriger régulièrement l'équilibre des voiles et composer avec l'inquiétude qui le tenaille, ce serait une partie de plaisir. Il s'offre un petit déjeuner énergétique avant de reprendre ses travaux. Lola est réveillée elle aussi.

– Salut Lola, comment tu vas ? Je t'ai cherchée, cette nuit. Tu t'es bien baladée autour du cockpit, pas vrai ?

L'oiseau cligne de l'œil, intéressé.

– Ne me dis pas le contraire ! Avec tes fientes, je peux te suivre à la trace ! Tu as dormi là, là, et là ! Je ne t'en veux pas. La preuve, je t'ai préparé le même menu qu'hier !

La bouilloire siffle sur le réchaud installé près du seau qui sert aussi d'évier. Une cuillère de café soluble, de l'eau bouillante et, la tête dans la fumée du bol, Manu échappe enfin à l'odeur du gas-oil. Ce premier café depuis le chavirage est le symbole de sa renaissance. Il va assumer la suite, il le sait.

– Ah ! Lola ! Puisque nous sommes deux à bord de ce bateau, il ne s'appelle plus *Univervie*, mais *Univerdeuxvies*, la tienne et la mienne. Logique, non ?

Déterminé et positif, Manu reprend son combat avec le moteur. Il a enlevé sa combinaison de survie, désormais inutile – c'est du moins ce qu'il espère. Plus à l'aise, il finit d'assécher les pièces et les remonte. Maintenant, la batterie. « Mais ce n'est pas possible ! elle baigne dans l'eau ! Pourtant, cette nuit, à chaque fois que j'ai contrôlé le niveau, tout allait bien ! Putain, mais c'est quoi cette merde ? »

L'eau de mer qu'il avait soigneusement vidée puis épongée est revenue. Le repère est submergé. Pas de doute, il y a une voie d'eau. Son optimisme est balayé d'un coup, la douche froide…

Il y a de nouveau du jeu dans les boulons. La structure est fragilisée. Si la mer s'agite, elle ne résistera pas et la quille s'arrachera. Manu préfère ne pas y penser, pas à cet instant. « Il faut que j'arrive à démarrer le moteur. Après je brancherai la pompe de cale pour étaler la voie d'eau, ça sera beaucoup plus efficace qu'avec le seau. Et si je peux embrayer l'hélice, je ferai route directe au moteur vers les Açores. »

Comme il l'avait prévu, il branche les panneaux solaires sur la batterie. Le soleil est puissant, la production électrique est optimale. Reste à attendre que les électrons s'accumulent.

Manu s'active toute la matinée à l'intérieur. Il nettoie et range du mieux qu'il peut. Toutes les heures, il est obligé de reprendre la corvée des seaux pour que son système ne soit pas submergé par l'eau de mer. Il vide jusqu'à ce que son repère soit de nouveau visible. Pour l'instant, les entrées d'eau semblent stabilisées. En fin de matinée, il resserre encore les écrous. Échec. Les fuites restent identiques.

En début d'après-midi, le vent n'est plus qu'un souffle léger. Manu remonte sur le pont. Il faut qu'il ajuste de nouveau les voiles. Juste à côté du bateau flotte une sorte de croissant translucide d'une vingtaine de centimètres, avec une crête aux couleurs d'arc-en-ciel tirant sur le violet. Il a reconnu une physalie, une sorte de méduse appelée aussi galère portugaise. Ses filaments urticants s'étalent dans l'eau à plus d'une quarantaine de mètres. Un jour qu'il s'était baigné en pleine mer, il avait été touché par un filament. La douleur avait été si intense qu'elle l'avait paralysé. Il avait cru ne jamais pouvoir remonter à bord. Il en garde encore les cicatrices sur le bras droit.

Cette physalie n'est pas seule. Sous la surface, entre deux eaux, Manu aperçoit un sac plastique bleu, sans doute jeté d'un cargo. Un peu plus loin, c'est un morceau de filet de pêche vert qui défile le long de la coque. Il est colonisé par une multitude de crustacés, des anatifes. À travers les mailles, il voit des petits poissons qui en ont fait leur abri. Partout où il regarde flottent des morceaux de plastique. Là, une bouteille de détergent avec des inscriptions en chinois. Elle a encore de longs mois d'errance avant d'être dégradée et fragmentée par les rayons du soleil. « Le nombre de débris est vraiment incroyable ! Il y en a partout ! »

La vision de cette mer de détritus l'accable. Il a fallu cette eau toute lisse pour qu'il en distingue l'étendue. Il se trouve probablement au milieu de la soupe de plastique de l'Atlantique Nord, qui n'a rien à envier aux concentrations de milliers de tonnes de déchets de l'Atlantique Sud, du Pacifique ou de l'océan Indien, là où les vents et les courants forment d'immenses vortex océaniques. Et ce ne sont que les déchets visibles ! Soixante-dix pour cent coulent au fond de la mer ! Tant de poissons sont morts en ingérant ces saloperies ! Il a entendu l'histoire de ce cachalot échoué dont l'estomac contenait plus de quarante kilos de plastiques, une ignominie. Lors de sa prochaine course, il se promet de témoigner de ce fléau et de s'engager à fond dans la lutte désormais indispensable pour protéger la planète. Un combat que chacun doit faire sien, immédiatement, tant l'urgence est grande face à la disparition de milliers d'espèces en mer comme à terre. Il prend encore quelques secondes pour regarder l'eau dont l'opacité verte est due au phytoplancton. Ces microalgues s'étalent sur la surface de la mer comme de véritables prairies marines, produisant la moitié de l'oxygène indispensable à la vie. En même temps, elles absorbent une partie du gaz carbonique que nous émettons. Mais leur capacité a ses limites et l'acidification des océans détruit déjà coraux et mollusques. Pour noircir encore le tableau, ce plancton contient des microfibres de plastique qui, d'algues en crevettes, puis de crevettes en poissons, vont se concentrer avant de nous envahir.

À la tombée du soleil, le niveau de l'eau dans la coque n'a pas baissé. La corvée des seaux lui prend un bon quart d'heure à chaque heure. Manu compte le nombre de seaux vidés pour s'assurer que les fuites n'augmentent pas. Il est exténué, mais après cette journée ensoleillée, les panneaux solaires auront certainement rechargé la batterie. Il rebranche les câbles. Une étincelle. Bon signe, il y a du courant. Il vérifie les branchements et, le cœur battant, déclenche le démarreur en priant pour qu'il réponde. Mais après quelques hoquets peu convaincants, la batterie, vidée instantanément de toute sa charge électrique, n'a plus assez de puissance pour entraîner le moteur. Fin de l'histoire et de ses espoirs. Dépité, désabusé, Manu n'a même plus la force de se mettre en colère.

Il n'est pas au bout de ses peines. Un coup d'œil sur la mer lui suffit pour constater son agitation et une houle qui prend de l'ampleur. Quant au ciel limpide de l'après-midi, il est en train de se couvrir de nuages de mauvais augure. Combien de temps la fixation de la quille résistera-t-elle au balancement du bateau ? La nuit s'annonce difficile. Une nuit de lutte contre l'endormissement afin de régler les voiles et de gagner le plus possible vers la terre et son salut. Une nuit de combat pour évacuer l'eau seau après seau, et éviter l'enfoncement de la coque. Manu regarde l'oiseau qui n'a guère bougé de la journée et s'inquiète.

– Alors, Lola, tu tiens le coup ? Je t'ai négligée aujourd'hui, excuse-moi, je suis pas mal occupé… Je vois que tu as encore à manger et à boire… Continue à te reposer, à prendre des forces. Moi aussi, je vais en avoir besoin…

La mort dans l'âme, Manu se résout à s'organiser pour faire face à ce naufrage qu'il pressent inéluctable. D'abord, il déplace le radeau de survie pour pouvoir le jeter à l'eau. Puis, dans un sac étanche, il range ses papiers et ceux du bateau, son argent, ses cartes de paiement et son téléphone mobile. Il vérifie le fonctionnement de sa petite radio portable. Sa portée est limitée à quelques kilomètres. Si un navire dans le voisinage veille sur le canal 16, il lui viendra en aide.

Il active une nouvelle fois la balise « présence à bord » : à ce stade, pas de raison de déclencher la fonction alarme.

L'eau est encore montée, elle a noyé les écrous. Désormais, ce ne sont plus de simples ruissellements qui s'écoulent dans le fond du bateau, mais des tourbillons d'eau qui s'échappent au niveau de chaque boulon et remontent à la surface. Il est temps d'en informer la terre.

– Allô, Julien ? Isabelle a dû te dire où j'en suis…

– Oui, elle m'a prévenu.

– Je ne lui ai pas tout dit.

– Ah bon ?

– La quille a pris du jeu et une voie d'eau est en train de progresser.

– Tu as resserré les boulons ?

– Oui. À fond. Ça été efficace au début, mais plus maintenant.

– Les pompes fonctionnent ?

– Non, il n'y a plus de jus. La batterie est en court-circuit et je n'ai pas réussi à démarrer le moteur. J'ai débuté avec la pompe manuelle, mais une pièce en plastique s'est cassée à l'intérieur. Impossible à réparer. Depuis, j'évacue l'eau avec un seau. Si ça s'accentue, je n'arriverai pas à étaler…

– Qu'est-ce que tu comptes faire ?

– Surveiller et vider. Si ça devient impossible, je t'appelle et je déclenche la détresse.

– Je vais prévenir la direction de course. Leur demander qu'ils se mettent en pré-alerte comme c'est prévu dans les instructions.

– Appelle aussi Isabelle, s'il te plaît, et fais en sorte de ne pas l'alarmer.

La nuit est longue à bord d'*Univervie*. Manu réussit tant bien que mal à dormir par tranches de dix minutes, comme au meilleur temps de ses régates en solitaire entre la France et l'Espagne. Cette fois, ce sommeil segmenté n'est pas motivé par le désir de gagner, mais par sa détermination à sauver son bateau.

Par moments, malgré la Ventoline, il est si essoufflé qu'il doit arrêter ce qu'il fait, pour reprendre sa respiration. Le manque d'oxygène et la fatigue lui brouillent la vue. Il sent qu'il divague, il perd la notion du temps, un autre lui-même pilote ses gestes comme un automate : remplir, porter et vider le seau avant de recommencer. Le supplice ne lui laisse aucun répit, il doit continuer pour ne pas couler.

Le vent a forci. Avec ses voiles raccourcies, *Univervie* avance dans une direction à peu près stable. Dans ces moments de lucidité, Manu pèse le pour et le contre : « Est-ce que je dois me rapprocher au plus vite des Açores en faisant souffrir la quille ou faut-il que je ralentisse pour la protéger ? » Un vrai casse-tête.

En fin de matinée, la mer se met à s'agiter sérieusement. La perturbation n'est pas très active, mais encore trop pour ce bateau blessé. Des craquements sinistres se font entendre. La structure qui tient la quille est en train de lâcher.

Manu, le dos et les bras douloureux, se bat, seau après seau, mais l'eau monte inexorablement et dépasse le plancher. De rage, il jette le seau, à bout de forces. Il va couler. Son souci n'est plus de sauver son bateau, mais de sauver sa peau. Il reste assez de batterie sur le téléphone satellite, pour rappeler Julien.

– Julien ? C'est fini…

– Comment ça, fini ?

– Le bateau va couler, la quille est en train de se détacher.

– Donne-moi ta position GPS.

– 41 degrés, 31 minutes nord, 22 degrés et 1 minute ouest.

– Qu'est-ce que tu comptes faire ?

– J'ai préparé le radeau. J'embarquerai dès qu'il le faudra.

– Tu as enfilé ta combinaison de survie ?

– Oui, depuis longtemps. J'ai mis aussi le gilet gonflable.

– Je préviens la direction de course. Déclenche la balise de détresse, on te suit et on organise ton sauvetage.

14

Des questions sans réponse

À Plymouth, c'est William qui reçoit l'alerte transmise par Julien. Immédiatement, il informe le Centre régional opérationnel de surveillance et de sauvetage qui relaie la demande d'assistance auprès des autorités maritimes des Açores. Mais *Univervie* se trouve trop loin de la terre pour qu'un hélicoptère puisse hélitreuiller Emmanuel Jourdan. Un avion de reconnaissance décolle de l'île de São Miguel. Par satellite, un message d'alerte est envoyé aux cargos sur zone. La légendaire solidarité des gens de mer se met en place.

Manu, lui, se démène, focalisé sur sa survie. Peut-être un bateau croise-t-il déjà dans les parages ? Mais en cet après-midi sombre, il a beau fouiller l'horizon, avec la pluie fine qui l'enveloppe, il a peu de chances de voir quoi que ce soit. Il allume sa petite radio VHF et la cale sur le canal 16.

« MAYDAY, MAYDAY, MAYDAY de *Univervie, Univervie, Univervie*. Position 41 degrés, 31 minutes 29 nord, 22 degrés 14 minutes 75 ouest. Le navire est en train de couler. Demande assistance immédiate. MAYDAY, MAYDAY, MAYDAY. »

Il répète le message en anglais, puis de nouveau en français. Plusieurs fois de suite. Pas de réponse.

L'eau lui arrive maintenant aux genoux. Les craquements s'amplifient, la quille risque de se détacher à tout instant. Manu monte sur le pont, pousse le lourd conteneur blanc protégeant le radeau de survie plié, le balance à la mer et tire le cordage rouge qui déclenche son ouverture. Dans un grand pfuit ! le conteneur se sépare en deux, faisant surgir le canot jaune vif, gonflé par sa bouteille d'air comprimé. C'est maintenant un rectangle de deux boudins superposés surmonté d'une tente rouge vif. Manu jette à l'intérieur le sac de survie ainsi que la balise de détresse qui indique en permanence sa position. Il l'attache à l'arrière d'*Univervie*, en remorque, avec une amarre suffisamment longue pour limiter les à-coups. Il n'aura plus qu'à le rapprocher et sauter dedans quand son bateau coulera.

Puisqu'il a encore un peu de temps, il descend dans la cabine, remplit un sac de nourriture et d'eau, au cas où il resterait plusieurs jours à la dérive sur le radeau. Il n'oublie pas la Ventoline et, par précaution, en inhale quatre bouffées. Puis il regarde les instruments qui lui ont coûté si cher. Pris de remords, il démonte les plus accessibles et les enfourne dans le sac.

Ses appels de détresse sont restés sans réponse. L'eau dépasse maintenant sa taille. Elle roule dans toute la cabine en vagues désordonnées, provoquant de violents remous qui le bousculent. Cela fait plus d'une quinzaine de minutes qu'il est à l'intérieur. Il faut sortir, définitivement. Pendant quelques secondes encore, il parcourt du regard la cabine inondée, dévastée, et grave cette vision dans ses souvenirs.

Le voilà dans le cockpit, tirant son sac, sa petite radio étanche à la main. Le radeau, où est le radeau ? Une terreur monstrueuse le saisit soudain, pire qu'un coup de poignard. Une épouvante qui lui coupe la respiration. Manu a beau regarder là où il devrait être, il n'y a rien. Il a disparu. Il voudrait se persuader qu'il s'agit d'une hallucination, un mauvais tour que lui joue son cerveau. L'évidence s'impose pourtant quand il voit, dans la grisaille du soir, l'esquif rouge apparaître par intermittence au sommet des vagues. Un moment, il pense le rejoindre à la nage, mais il est bien trop loin pour espérer l'atteindre. « Je l'ai mal attaché ou le cordage s'est coupé. Je suis foutu ! »

Manu n'a pas vu l'amarre déchiquetée sur l'angle vif d'une poulie tout à l'arrière. Quand il contemple l'immensité vide qui l'entoure, son angoisse ne fait qu'empirer. Le sentiment d'horreur est tel qu'il doit serrer la barre de toutes ses forces pour ne pas s'évanouir. Le souffle court, altéré par l'asthme, le cœur battant la chamade, le ventre réduit à une boule douloureuse, il a compris qu'il va connaître l'inéluctable, seul, au milieu de nulle part.

La cabine s'est remplie d'eau. Quand elle arrivera au niveau du pont, *Univervie* entamera son voyage vers sa dernière demeure, au fond de l'océan. Il se posera sur un lit de sable ou au milieu de rochers escarpés, à cinq mille mètres sous la surface, dans un noir profond, et deviendra le refuge de créatures aveugles aux formes bizarres.

Manu se tient debout à l'arrière, paralysé par la peur et le sentiment d'impuissance. Les voiles prennent leurs derniers souffles d'air, elles s'animent et battent lentement, comme des mains qui s'agiteraient dans un ultime adieu.

Il lance un nouvel appel de détresse, « mayday, mayday, mayday », et donne la dernière position qu'il a enregistrée. L'oiseau est toujours là, inconscient de l'imminence d'un drame auquel il ne survivra pas.

Manu attend, stoïque, que la coque s'enfonce sous ses pieds. Il contemple la mer qui se faufile, s'immisce, s'insinue, pour envahir le moindre recoin du bateau. Elle s'en empare et le fait sien, à jamais. Les premières vagues viennent lécher le pont. D'énormes bulles d'air s'échappent de la cabine.

De l'eau jusqu'aux épaules, Manu a froid, il grelotte malgré la combinaison. Il sent encore le pont sous ses pieds. Puis un dernier contact et c'est fini : *Univervie,* son bateau, est parti vers un autre monde. Alors qu'il nage, le mât disparaît à son tour.

Hébété, incrédule, Manu flotte, anéanti. Sa volonté se dissout dans cette eau glaciale qui l'emprisonne. Il est vide, sans pensées. Il fait quelques brasses, par réflexe, pour ne pas s'engourdir. Au-dessus de lui, l'oiseau volette et tente de se poser sur l'eau. Il pressent que s'il mouille ses ailes, il ne pourra plus s'envoler, alors, dans un sursaut, au dernier moment, il s'élève de nouveau. Jusqu'à quand ?

Manu flotte grâce à la combinaison et au gilet qui s'est gonflé au contact de l'eau. Il doit s'économiser. À chaque brasse, la chaleur de son corps s'échappe et se dilue dans les flots. La suite, il la connaît : les frissons pour quelques éphémères calories supplémentaires, puis une douce léthargie qui s'installe, peuplée d'hallucinations au fur et à mesure que la conscience s'éloigne, enfin l'endormissement final, résigné, presque apaisé. « Trop tard, mon pauvre Manu. Autant en finir au plus vite. Tu n'as que ce que tu mérites, depuis le chavirage, tu n'as fait que des conneries. »

Pourtant, il s'accroche à la vie, désespérément. Il a recouvert sa tête avec la cagoule, pour protéger sa nuque du froid, tant pis pour la plaie. C'est là que se situent les commandes de la vie, celles des battements du cœur et de la respiration.

Ses bottes pleines d'eau le tirent vers le bas. Il préfère s'en débarrasser. Allongé sur le dos, immobile, il regarde intensément le ciel du dernier jour de sa vie, un ciel teinté de l'orange du couchant qui se reflète sur les nuages. Il voudrait arrêter le temps, voir le jour durer encore, mais le soleil s'en moque, il s'en va. Manu boit la tasse, plusieurs fois. L'eau froide le pénètre, une eau dont la température avoisine les quinze degrés.

La nuit est là, voilà maintenant plus de deux heures qu'il est dans l'eau. Son instinct lui dit de tenir encore. Faire le minimum de mouvements pour garder sa chaleur et éviter d'attirer les requins qui, la nuit, remontent des profondeurs et chassent à la surface. Leurs capacités de détection sont prodigieuses. À plus d'un kilomètre, le bruit de la nage les informe. Ils s'approchent. L'odeur les guide, puis les vibrations émises par la proie. Comme pilotés par une tête chercheuse, ils chargent sans hésiter dans la bonne direction. À une dizaine de mètres, ils voient la bête et l'identifient. À moins d'un mètre, leur système d'électrolocation finalise l'attaque avant que le toucher, puis le goût les décident à en faire ou non un repas. Imparable.

Comme tout ce qui concerne la mer, ces animaux intéressaient Manu. Il n'a jamais pensé que leurs pouvoirs exceptionnels pourraient le conduire à la mort. Si l'un d'eux l'a repéré, il sera impossible de lui échapper. Il attaquera ses pieds qu'il doit bouger pour maintenir sa tête en surface. Un leurre irrésistible. À chaque seconde, il s'attend à ressentir la douleur fulgurante d'une de ses jambes déchiquetée, arrachée par la morsure brutale. Le sang qui se répand, la vie qui s'échappe par la plaie béante, l'animal excité qui s'acharne.

Ballotté par les vagues, encore lucide, il déroule le scénario macabre qui l'a conduit là où il est. Il se souvient du départ et du regard d'Isabelle. Elle avait tenté de faire bonne figure, mais il avait perçu ses efforts pour ne pas montrer son désarroi. Elle n'avait pas réussi à le dissuader de faire cette course. Devant tous ces gens rassemblés, elle avait, au contraire, joué la fille fière de l'avoir aidé à réaliser son rêve. Il s'en veut de lui faire du mal, de lui avoir imposé ce défi égoïste, à elle qui voulait une vie rangée, normale. Il s'en veut de la quitter pour toujours, de lui enlever l'amour. Pendant quelques secondes, lui reviennent en boucle ces paroles de *Orly*, la chanson de Brel qu'elle aimait tant :

La porte est refermée
La voilà sans lumière
Elle tourne sur elle-même
Et déjà elle sait
Qu'elle tournera toujours
Elle a perdu des hommes
Mais là elle perd l'amour

Les éclats de la flash light du gilet gonflable l'éblouissent. Les fractions de seconde de lumière qui se reflètent sur l'eau ne lui laissent pas le temps de voir alentour. Il préfère ne pas savoir et garde les yeux fermés. À milieu de ses divagations, ces éclairs lui font penser à la discothèque de Plymouth, avec le stroboscope qui découpait les gestes des danseurs en scènes immobiles. Soirée sympa, un peu trop arrosée. Il y avait là les amis venus fêter son départ. Leurs visages lui apparaissent avec une telle acuité qu'il a l'impression de pouvoir les toucher et leur parler.

Les accès de torpeur s'accentuent. Les frissons ont cessé. Une douce hébétude l'engourdit peu à peu, des fourmillements insupportables remontent de ses mains et de ses pieds.

Sans la poche de flottabilité autour du cou, il y a bien longtemps qu'il aurait coulé. Sa tête tangue d'un côté à l'autre, ballottée par les vagues. Ses jambes sont maintenant inertes, mortes. Le froid remonte inexorablement vers ses centres vitaux. Il s'attaque d'abord au cerveau, puis il arrêtera son cœur.

Dans cet état proche du coma, ses pensées lui échappent, il plane au-dessus de son corps désarticulé.

Le voilà à Paris, gare Montparnasse. Il marche à côté d'Isabelle. Elle part pour Pornichet. Il lui serre très fort la main, une main raide et glacée. Des gens le bousculent, il passe au travers sans que cela l'étonne. Il se retourne, approche son visage. Curieusement, il ne sent pas son parfum. Pourtant, il peut le reconnaître entre tous. Un de ses premiers cadeaux. Chanel N° 5. Elle n'en a jamais changé. Au départ de la course, il lui a offert un petit flacon et lui a dit :

– Je serai de retour avant qu'il soit fini.

– Alors, je vais m'en asperger à longueur de journée, on va me sentir à deux kilomètres !

Sa réponse était bien dans sa manière : pas d'épanchements éplorés, juste un peu d'humour pour lui dire qu'elle l'aimait.

Il voit ses lèvres bouger, mais le film est muet. Rien qu'un silence ouaté, épais, lourd. Et puis le visage d'Isabelle se déforme. Revoilà la baleine, celle du chavirage. Pendant qu'il était inconscient, elle s'était imbriquée dans ses neurones. Elle le regarde d'un air malicieux et esquisse un sourire, découvrant ses longues dents brillantes. Rien de plus facile que de la suivre. Elle se retourne, s'assure qu'il est là et sa nage s'accélère. Il se déplace soudain à une vitesse vertigineuse dans un tunnel blanc tapissé d'images qu'il croit reconnaître et qui se mélangent, se brouillent, se percutent.

Tout à coup, il entend une voix dans le lointain. À peine audible. Cette voix a quelque chose d'incongru, de dérangeant.

Oui, c'est cela, de dérangeant. Brutalement, sa béatitude aux prémices de la mort est troublée. Qu'on le laisse tranquille !

La voix est insistante. Il ne veut pas l'entendre. « Qu'elle se taise, qu'elle parte ! Foutez-moi la paix, à la fin ! »

Et puis, il est tiré en arrière. Il tend les bras vers la baleine, mais ses doigts ne trouvent que de l'eau. Il résiste. Rien à faire, il ne peut pas lutter. Dans un éclair, il revoit Isabelle, le quai, la gare, le tunnel, puis plus rien.

15

Divergences

Caroline est contente, la nuit s'est bien passée, elle a assuré sa veille sans difficulté, voire avec entrain. Vers 4 heures du matin, elle subit le coup de barre habituel, avec une irrépressible envie de dormir et une sensation de froid intense qui la fait frissonner. Rien de plus normal, c'est l'heure où l'organisme se met spontanément au repos et où la température du corps est la plus basse.

La clarté du jour est apparue peu à peu. Après le passage d'un front nuageux qui a levé une mer chaotique et des grains épars, le temps s'est dégagé. Ce matin, les rangées grises des nuages obstruent le ciel à la manière d'un store vénitien. La pâle lumière d'automne ne l'aide pas à se réveiller.

Tout en s'étirant, elle fait un dernier tour d'horizon à la recherche d'un nuage menaçant ou d'un bateau, puis elle descend à la cuisine, remplit d'eau la bouilloire et la met à chauffer. Rien de tel qu'un café à cette heure trop matinale. Dans sa somnolence, elle se revoit enfant, assise à la table du petit déjeuner familial. Elle sent l'odeur un peu âcre du pain toujours trop grillé, la douce amertume du café se mélangeant à la fadeur du lait. Pour un peu, elle prendrait son cartable pour partir à l'école. Il ne lui manque que la saveur du beurre salé mêlée à celle de la fameuse confiture de fraises du jardin.

Nicolas dort encore. En attendant son réveil, elle fouille dans la cuisine et, heureuse surprise, découvre quelques sachets de levure.

« Chouette ! J'ai aussi des œufs, du lait, du sucre et de la farine. Je vais faire des pancakes. »

L'odeur de la pâte qui dore dans la poêle réveille Nicolas.

– Des crêpes, mouais… Avec la houle, si la poêle glisse du réchaud, tu risques de te brûler ! Bonjour les dégâts !

– Je voulais me faire pardonner ma première journée…

– C'est très gentil, mais je préfère que tu t'abstiennes de faire des trucs dangereux.

« Sympa, l'accueil ! Et je laisse un mec me parler comme ça ? Sans moufter ? Qu'est-ce qui t'arrive, Caroline ? Le contrecoup du mal de mer ? Après tout, ce n'est pas plus mal, mieux vaut la jouer sympa, diplomate, ne pas m'énerver, ne pas gâcher la balade. »

– Tu sais, Nico, j'essaie de faire de mon mieux pour que l'ambiance soit agréable. J'avais envie de te faire plaisir. Apparemment, c'est raté !

– Pas du tout ! Mais je pense d'abord à t'éviter des ennuis. Allez, on n'en parle plus ! Je dois avoir un pot de miel quelque part. Je l'ai acheté aux Canaries, à La Palma, il est encore bon.

Ils s'installent sur la table du cockpit qui est devenue leur salle à manger. Face à eux, le sillage s'étire mollement sous une brise qui s'essouffle. Ils prennent leur temps, rien ne presse.

Nicolas descend dans la cabine et, sur le PC, ouvre le fichier « zik ». La voix de Sting s'élève et se mélange au murmure de l'eau repoussée par la coque. Il a choisi « Shape Of My Heart », un morceau en accord avec sa nostalgie, son mal-être, ses inquiétudes sourdes.

Après des années de relations conflictuelles avec son père dans une cité HLM sans âme, très tôt il a vécu de petits boulots pas toujours avouables, de trafics en tout genre. La cicatrice sur sa joue droite est le souvenir du coup de couteau d'un dealer pour un problème de territoire. Il lui a fallu s'échapper pour ne pas sombrer définitivement dans la délinquance, avec la prison à la clé. Après un premier jugement pour voie de fait, on lui a proposé de rejoindre une association de réinsertion des jeunes dans un milieu à l'opposé des banlieues, la mer en l'occurrence. La voile a été sa rédemption. D'abord équipier, il a vite appris, puis s'est vu proposer de convoyer des bateaux. Un travail au black qui lui rapportait de quoi se balader et l'autorisait à profiter de voiliers qu'il n'aurait jamais eu les moyens de se payer. Il ne l'a pas dit à Caroline, mais *Le Séréno* n'est pas à lui. Un propriétaire lui a demandé de le ramener en Bretagne depuis la Guyane, sans limite précise de temps, l'essentiel étant d'arriver en bon état au printemps suivant. À lui de s'organiser. Il en a profité pour faire un peu de charter autour de la Martinique, histoire d'améliorer l'ordinaire avant d'entamer son voyage de retour.

Caroline, elle aussi, se laisse porter par la musique, les yeux fermés. Cesser de réfléchir, juste ressentir, en symbiose avec le vent, la mer et la chaleur du soleil qui inonde sa peau.

Le morceau suivant est une valse lente d'Erik Satie, *Je te veux*, elle l'a reconnue.

– Éclectiques, tes choix musicaux… Tu connais le classique ?

– Non, pas vraiment, mais j'aime bien…

Ils écoutent en silence. Les accords du piano s'envolent pour aller se perdre dans l'immensité, tout là-bas, au fin fond de la houle. Le titre de la pièce de Satie la fait sourire. Le message est subliminal, même si lui l'ignore. À cet instant, elle aussi, elle le veut. Alors, elle pose doucement sa tête sur son épaule, ferme les yeux et se laisse bercer par l'harmonie des notes qui se combine si bien à celle des vagues. Le romantisme de l'instant la désarme. Elle sent monter en elle une pulsion qu'elle ne veut pas réfréner. Pourquoi y résister ? Là, au milieu de l'Atlantique, les parts d'ombre de Nicolas, ses secrets, la troublent et l'attirent. Elle veut savoir, pénétrer son esprit, en comprendre les circonvolutions et les détours, comme elle l'a fait à chacune de ses conquêtes. Elle se sait habile pour accéder aux pensées de l'autre à travers une relation amoureuse. Une fois qu'elle s'y sera enrichie puis rassasiée, quand il n'y aura plus rien à découvrir, elle ira voir ailleurs, comme une abeille butine les fleurs les unes après les autres. Tandis que la musique se prolonge, Caroline se blottit un peu plus contre Nicolas. Elle sent l'odeur de sa peau, l'âcreté de sa transpiration mélangée à celle de ses vêtements humides. Cette odeur mâle l'excite plus qu'elle ne la repousse. Elle tourne la tête pour souffler dans son cou, consciente de provoquer chair de poule et frissons de plaisir.

Nicolas se laisse aller, tout à cette jouissance, les yeux grands ouverts sur l'horizon. La chaleur de son souffle le saisit, il se colle à elle, mais sans esquisser le geste qu'elle attend. Il voudrait pourtant lui céder, l'entourer de ses bras et l'embrasser. Mais il sait où cela va les mener tous les deux. « Résiste Nicolas, ne lui fais pas de mal, elle, elle ne le mérite pas ! »

Le silence a remplacé la musique. Ils ont regardé le soleil s'élever dans le ciel, immobiles, sans un mot. Elle a attendu. Il a résisté. Une voile s'est mise à battre, il s'est levé pour la régler. Le charme était rompu…

La vie du bord reprend ses droits, mais l'atmosphère est morose. Caroline part se coucher. Nicolas remonte la ligne de pêche qu'ils traînent depuis le départ, bredouille. Puis il descend contrôler leur position sur l'ordinateur : 41 degrés, 18 minutes 56 nord ; 20 degrés, 3 minutes 18 ouest.

Il fait le tour du pont, vérifie les voiles, sans parvenir à chasser de ses pensées ce petit déjeuner où tout aurait pu basculer. Il aurait au moins voulu savoir ce qu'il a raté.

« Dommage. Probable qu'elle n'attendait que ça, qu'on termine sur la couchette… »

L'après-midi se déroule dans un climat paisible. Nicolas a déployé toute la garde-robe du *Séréno* et le voilier avance à bonne vitesse dans un vent redevenu régulier. Le ciel est couvert. Une pluie fine réduit la visibilité. La mer s'agite et, parfois, quelques vagues viennent, sans méchanceté, arroser le pont.

Puis c'est à Caroline d'assurer son quart. Elle est allée chercher le bouquin qu'elle a acheté à l'aéroport, le jour de son départ. Elle a choisi *Le Deuxième Sexe*, de Simone de Beauvoir, à cause de sa célèbre citation : « On ne naît pas femme, on le devient. » Elle a enfilé bottes, salopette de ciré, veste de quart et bonnet, avant de monter sur le pont. Assise dans le cockpit, elle lève de temps en temps les yeux de son livre pour faire un tour de l'horizon. La pluie a cessé, mais les nuages bas empêchent de voir au loin. Pas un bateau. Des vagues, rien que des vagues. Dans le respect des conseils de Nicolas, elle vérifie la trajectoire du pilote, surveille la charge des batteries. Si la tension chute encore, il faudra qu'elle lance le moteur. Pas de problème, elle sait le faire.

Vers 18 heures, elle entend le bruit incongru d'un avion. « Si loin de la terre ? » Elle ne parvient pas à le repérer dans le crépuscule. Il est trop éloigné ou caché par les nuages.

Une heure plus tard, la radio se met à crachoter. La voix est lointaine. Caroline croit entendre « m'aider » répété plusieurs fois. D'habitude, ce sont les longues conversations des pêcheurs qu'elle intercepte sur cette radio. Elle les écoute quand elles sont en français, des discussions souvent cocasses, centrées sur le poisson qui n'est jamais là où il devrait être. Cette fois, l'appel est sur la fréquence de détresse et elle a bien perçu le ton angoissé de la voix. Du coup, elle réveille Nicolas.

– Nico, je crois avoir entendu un appel de détresse à la radio. Ce n'est pas une blague.

Il se réveille, l'esprit complètement embrumé.

– Tu t'es sûrement trompée. En cas de détresse, on répète trois fois le mot « mayday », puis le nom du bateau, la position et la raison de l'appel. C'est ce que tu as entendu ?

– Non, juste des crachouillis, avec un mot prononcé plusieurs fois qui ressemblait à « m'aider ».

– Laisse tomber, c'était sans doute des parasites.

– Tu ne veux pas vérifier ?

– Sans enregistrement, comment veux-tu que je vérifie ?

– Je viens de capter un truc bizarre, et même inquiétant, et tu t'en fous !

– Parce que tu as dû mal comprendre. Il faut se méfier de ce qu'on croit entendre sur cette radio. Tu es fatiguée. Va te coucher, je vais te remplacer.

– Je préfère rester à côté de la radio.

– Pas la peine, ne perds pas ton temps pour des parasites. Point barre !

Caroline a compris. Quand Nicolas dit « point barre », la discussion est close. Circulez, y a rien à voir !

Dépitée, vexée de ne pas avoir été prise au sérieux, elle descend dans la cabine et prend son temps pour enlever ses bottes et son ciré. Avant de s'allonger, par acquit de conscience, elle revient s'asseoir devant la table à cartes. La radio reste silencieuse. Elle est toujours allumée, mais le bouton du volume est au minimum.

– Nico, c'est toi qui as baissé la radio ?

– Oui.

– Pourquoi ?

– Parce que ça ne sert à rien de s'encombrer la tête avec des bruits sans intérêt.

Discrètement, elle remonte le volume.

– Tu ne vas pas te coucher ?

– Je n'ai pas envie de dormir, je suis bien, là, à suivre notre route sur l'ordi.

Nicolas est remonté sur le pont. Elle est seule, en attente. De quoi ? Elle ne le sait pas elle-même. Elle se sent juste habitée d'une prémonition qu'elle aurait du mal à expliquer. Soudain, du haut-parleur de la radio jaillissent des mots que, cette fois, elle reconnaît : « Mayday, mayday, mayday. » Elle crie pour alerter Nicolas.

– « Mayday » ! Viens tout de suite !

– Quoi ? Qu'est-ce que tu dis ?

– Je viens d'entendre « mayday » trois fois de suite, dépêche-toi !

Nicolas descend sans se presser, sans y croire.

– Tu as entendu le nom du bateau et sa position ?

– J'ai juste entendu une partie de la position, 41 degrés 31… minutes 22 degrés… 14 peut-être ? C'était très haché, puis plus rien.

– Si tu n'as entendu que ça, on ne le trouvera pas, impossible.

– Tu plaisantes, Nico ? Le bateau n'est pas loin, vu la portée de la radio. Il faut qu'on y aille !

– Mais où ? Pas question.

– Je ne cherche pas à m'opposer à toi, Nico, je me fous de savoir pourquoi tu veux te défiler, même si je pense deviner. Ce qui compte, c'est de sauver des gens en danger de mort.

– Jusqu'à preuve du contraire, c'est moi qui dirige ce bateau. Si je décide de continuer, on continue.

– Si on ne fait pas route dans cette direction immédiatement, je te dénoncerai à l'arrivée. Non-assistance à personne en danger, tu saisis ?

Nicolas ne s'attendait pas à la véhémence de sa réaction. Il pèse le pour et le contre. D'un côté, une recherche improbable, de l'autre, la police, une enquête et tout ce que cela pourrait engendrer.

– Ton chantage est dégueulasse. De toute façon, personne ne te croira.

– S'il te plaît, fais demi-tour. Si on se rapproche et qu'il lance un nouvel appel, on entendra mieux. Qu'est-ce que ça coûte ? Quelques heures perdues. Arrête de tergiverser, vas-y !

Elle le regarde au fond des yeux, un regard si convaincant qu'il a du mal à le soutenir. Il se détourne, mal à l'aise.

– Nico, tu n'es pas le mec dur et intransigeant que tu veux paraître, tu es un sensible. Ôte ton armure, c'est cet homme-là qui m'intéresse.

Les mots de Caroline ont fait mouche. Elle sent qu'il cède.

– On n'a aucune chance.

– Essaie quand même.

– Puisque tu y tiens, mais c'est sans espoir.

– Merci, Nico. Peux-tu pointer la position sur la carte ?

– Ce n'est pas un point, mais une zone immense !

– Elle est toute proche, cette zone. Il faut l'appeler.

Nicolas lui arrache le micro des mains.

– C'est à moi d'intervenir, pas à toi !

Caroline le regarde, interloquée.

« Ici *Le Séréno*, j'appelle le bateau qui a envoyé un mayday. Répondez, s'il vous plaît. »

Il répète plusieurs fois le message en français et en anglais. La radio reste obstinément silencieuse.

– Pourquoi ne répond-il pas ?

– Je t'ai dit qu'on était trop loin. Tu t'entêtes, mais il ne répondra pas, c'est sûr.

– Je monte le volume à fond. Et je mets mon téléphone en mode enregistrement. On pourra réécouter si c'est brouillé.

Caroline se tient tout à côté du haut-parleur, prête à saisir le moindre mot.

Et puis, tout à coup, le même message, à peine plus net. Elle a néanmoins le temps de noter la position. « Ici *Le Séréno*, bien reçu, faisons route sur vous », répond Nicolas.

Il répète la position entendue, espérant une confirmation, et la reporte sur la carte. Mais la radio reste silencieuse.

– Il est à douze milles. Un miracle qu'on ait pu l'entendre ! Il faut naviguer face au vent. On va affaler les voiles et avancer au moteur. On en est à deux heures à peu près, le moteur n'est pas très puissant ni très en forme. J'espère qu'il tiendra jusque-là.

Nicolas regrette déjà sa décision. Il faut qu'il trouve un moyen pour ne pas y aller.

16

Conférence de presse

– Depuis ce matin, nous sommes sans nouvelles d'*Univervie*, annonce Jack à la presse. Nous craignons que le voilier ait coulé.

– Qu'est-ce qui vous le fait penser ? demande un journaliste.

– Lors de son dernier appel, Emmanuel Jourdan a expliqué avoir entendu des craquements au niveau de la fixation de la quille. Vu l'état de la mer, l'ancrage par les boulons a dû être très sollicité.

– Vous voulez dire que la quille a pu se détacher ?

– C'est possible. Sur ce bateau relativement ancien, s'il y a une voie d'eau importante, il ne restera pas longtemps à flot.

– Il a un radeau de survie ? interroge un envoyé spécial.

– Oui, évidemment. De plus, sa balise émet. Il a dû la prendre avec lui sur le radeau, cela va beaucoup simplifier les recherches.

– Vous avez prévenu les secours ?

– Bien sûr ! Mais il est hors de portée d'un hélicoptère. Un avion a survolé la zone. Il a cru repérer le radeau grâce à la balise. À cause des nuages et de la brume, ils ne sont sûrs de rien. Il repart dès demain matin des Açores. Des cargos sont déroutés, ils seront sur place au lever du jour. On a demandé aux concurrents les plus proches de faire route sur la position. On refera un point presse demain matin si nécessaire.

Les appels des journalistes se succèdent chez Julien, le préparateur de Manu, ils veulent des témoignages exclusifs. Une équipe de télévision est venue enregistrer pour le prochain journal.

Isabelle est terrée chez elle, recroquevillée sur son canapé, dans une angoisse extrême. Quand le téléphone sonne, c'est son amie Laetitia, venue la soutenir, qui répond. Seuls les proches possèdent son numéro. Depuis que Manu est entré dans le circuit des médias, Julien est l'unique porte-parole du skipper. Elle a choisi de se protéger, de rester dans l'ombre, à l'abri de la frénésie médiatique qu'elle connaît si bien.

La télévision est allumée. C'est l'heure du journal. Elle suit chaque jour le compte rendu de la course sur cette chaîne. Après le classement et les nouvelles des premiers apparaît *Univervie*. Les images ont été tournées depuis un hélicoptère avant le départ et, en voix off, le journaliste résume la situation préoccupante. Puis le visage de Julien remplit l'écran, il a l'air fatigué, mais tente de faire bonne figure.

– Vous qui connaissez bien Emmanuel Jourdan, quel est votre sentiment ?

– Manu n'est pas le genre à se laisser abattre. S'il peut sauver son voilier, il le sauvera.

– Pensez-vous qu'il a coulé, comme le dit le directeur de course ?

– Si c'est le cas, il est dans son radeau avec sa balise de détresse. On suit sa position en permanence. Une alerte a été lancée. Beaucoup de bateaux naviguent dans la zone, des cargos, des pêcheurs, des plaisanciers, on va le retrouver très vite. Je ne suis pas inquiet, on aura de bonnes nouvelles dès demain.

Le patron d'Univervie est ensuite interviewé.

– Nous avons toute confiance en Emmanuel Jourdan. Toute l'entreprise est mobilisée. Nous attendons avec impatience son retour parmi nous pour l'assister et lui parler d'avenir. Ce n'est pas dans l'esprit d'Univervie de baisser les bras après un échec.

17

Flash light

Le Séréno n'avance pas assez vite au goût de Caroline. Est-ce que Nicolas pousse vraiment son bateau au maximum ? Son revirement l'a laissée perplexe. Certes, ses mots semblent avoir fait mouche, mais elle le surveille du coin de l'œil.

– Tu ne peux pas aller plus vite ?

– Le moteur est déjà en surrégime. D'ailleurs, il fait un bruit bizarre…

– Tu trouves vraiment ?

– Tu n'as pas l'habitude. Je connais la mécanique, et je préfère m'assurer qu'il n'y a pas de problème.

Impossible de se parler une fois que la porte du compartiment du moteur est ouverte. Le bruit est assourdissant. Un mélange d'odeurs de graisse, d'huile chaude et de gas-oil leur remonte en plein visage. Dans sa main, il a caché un chiffon. « Avec ça, je vais bloquer l'arrivée d'air, le moteur va caler. Sous voiles, ça va prendre des heures, donc aucune chance de les trouver. Caroline n'aura rien à me reprocher. »

Mais elle reste collée dans son dos. Impossible d'agir sans qu'elle le voie.

– Tu n'as pas besoin de rester là, va plutôt surveiller ce qui se passe sur le pont.

– Non, non, tes vérifications m'intéressent.

– C'est juste un contrôle.

– Tout a l'air d'aller bien, non ? Ce n'est pas dangereux d'intervenir sur un moteur en marche ?

– Euh… oui. Tu as raison. Je vais le stopper.

– Pourquoi ? Il ronronne gentiment. On dirait que tu cherches un prétexte pour t'arrêter ou faire demi-tour… Laisse ce moteur tranquille ! S'il y a un souci, il sera toujours temps d'intervenir.

– Mais de quoi tu te mêles ? C'est mon moteur et mon bateau. Alors tu te calmes, OK ?

– Tu crois que c'est le moment de faire une révision ?

– Oui, et pas besoin de tes conseils. Je regarde : la courroie, là, correcte. L'arrivée d'eau de mer, correcte également. Pas de fuites. Tout paraît normal

Il referme le compartiment. Le moteur tourne comme une horloge. Son stratagème a échoué.

– J'espère qu'on n'arrivera pas trop tard…

– En pleine nuit, sans lumière, aucune chance, autant chercher une aiguille dans une botte de foin. On perd notre temps !

– La pluie s'est arrêtée et le ciel est dégagé, ça devrait nous aider. Ah ! j'ai oublié de te dire : j'ai entendu un avion, tout à l'heure.

– Un avion, ici ?

Cette idée l'inquiète. Un avion pourrait le repérer. Autant en finir au plus vite et disparaître.

Il a ajouté une marque sur la carte à l'endroit des coordonnées entendues à la radio. La petite flèche stylisée qui représente leur bateau n'est plus qu'à deux milles, environ quatre kilomètres de l'endroit présumé.

– Monte sur le pont et regarde si tu vois quelque chose.

Debout à l'avant, Caroline écarquille les yeux dans la nuit noire. Pour qu'ils ne soient pas éblouis, Nicolas a réduit la luminosité de l'écran et éteint tout l'éclairage, même les feux de navigation. Après quelques minutes dans le noir, ses yeux se sont habitués, elle arrive à distinguer la ligne d'horizon. Une brume résiduelle limite son champ de vision, impossible de savoir à quelle distance porte sa vue.

– On arrive sur la marque. Tu ne vois rien ?

– Non, absolument rien. Du noir, rien que du noir.

– Bon, écoute-moi. À partir de ce point, on va tourner en cercles concentriques de plus en plus grands. Je vais me débrouiller pour utiliser le pilote automatique. Toi, tu ne quittes pas la mer des yeux. Si on ne trouve rien, on se tire.

Nicolas s'est pris au jeu. Il en a oublié ses réticences. Pour un marin, réussir à sauver un naufragé au milieu de l'océan est un joli challenge. Lui qui n'a vécu que de combines médiocres a peut-être trouvé là l'opportunité de donner à sa vie une tournure plus positive.

Caroline a les yeux qui pleurent à force de scruter l'obscurité. Elle se demande si les aveugles ont ce même néant uniforme comme unique sensation.

Elle s'agrippe aux haubans, les vagues l'éclaboussent. Tout à l'heure, elle a failli basculer quand la coque s'est mise à rouler bord sur bord. Des objets sont tombés à l'intérieur. Ce n'est pas le moment d'aller ranger, même si elle est sûre qu'elle n'aurait plus le mal de mer.

L'attente est longue. Nicolas s'inquiète.

– C'est bizarre. Je suis au bon endroit, j'ai tenu compte de la dérive du bateau avec le vent. Regarde bien. Il faut qu'on fasse attention à ne pas taper dans une épave…

Caroline a cru deviner un point lumineux, à droite de son champ de vision. Elle n'est pas sûre.

– Là, Nico, à droite, une lumière !

– Ne la perds pas ! La direction, vite !

– À droite… Oui c'est ça. Je la vois ! Je la vois ! À gauche… Ralentis. Attention ! On est tout près ! Ralentis encore… C'est bizarre, je ne vois pas de bateau.

– Je fonce prendre le spot, s'exclame Nicolas.

– Dépêche-toi ! On va passer juste à côté !

Grâce au faisceau de son puissant projecteur, Nicolas repère une tête hors de l'eau. La lumière est celle de la lampe flash fixée sur le gilet de sauvetage du naufragé.

– Un gars tout seul dans l'eau. Incroyable ! Eh ! oh ! vous m'entendez ?

Aucune réaction. Nicolas crie encore plus fort.

– Eh ! oh ! vous m'entendez ?

Le corps reste inerte, ballotté par les vagues.

– Nico, je crois qu'il est mort.

– Attends, il faut le monter à bord. Prends le projecteur et continue de l'éclairer. Surtout, ne le perds pas de vue.

Nicolas récupère deux gilets gonflables, un pour elle, un autre pour lui. Vite, les enfiler avant d'agir, sécurité d'abord, réflexe de marin. Une lampe frontale pour chacun. Obligatoire. De nuit, avec les vagues, la manœuvre est risquée, il faut pouvoir tout distinguer. Par chance, *Le Séréno* est équipé d'une belle plage arrière au ras de l'eau. Ce sera plus facile pour le remonter.

– On va le choper en reculant. Caro, tu vas prendre la barre. Moi, je me mets à l'arrière. Dès que je te dirai « Stop », tu débrayeras le moteur, sinon il risque de passer sous la coque, ou pire, il sera déchiqueté par l'hélice. Dès que je l'aurai attrapé, tu viendras me rejoindre. On ne sera pas trop de deux.

Nicolas manœuvre et amène le voilier dans l'axe du naufragé, avant de laisser la barre à son équipière. Caroline est tendue, pas le droit à l'erreur.

La marche arrière, elle maîtrise. Les moniteurs l'ont suffisamment entraînée. Elle sait le faire sans réfléchir. Elle est concentrée comme jamais.

– Recule… Doucement… C'est ça… Maintenant un peu à gauche. Moins de dix mètres. Ralentis ! À droite. Tout doux… Stop, stop !

18

Se rendre à l'évidence

Jack et William avalent café sur café, espérant un appel. Ils ont rassuré les médias, mais au fond d'eux-mêmes, ils ne sont guère optimistes. William, en particulier.

– Il y a un truc que je ne comprends pas. La balise émet bien, mais pourquoi n'appuie-t-il pas sur le bouton « présence à bord » ? Le déclenchement manuel est pourtant le seul moyen de confirmer qu'il est en vie !

Cette cascade de nouvelles négatives est déprimante. La fameuse loi de Murphy s'insinue dans leur esprit : « Tout ce qui est susceptible de mal tourner, par définition, tournera mal. » Les heures s'égrènent, sinistres sous l'éclairage blafard de leur bureau austère. Seules quelques affiches de la course apportent un peu de couleur à ce décor aseptisé. Chacun à son tour, ils s'allongent sur le lit de camp installé dans un coin, sans parvenir à dormir ne serait-ce que quelques minutes.

La sonnerie du téléphone les fait bondir. William reconnaît le numéro qui s'affiche : celui du Centre de coordination et de sauvetage portugais. Il décroche.

– Le radeau de survie a été récupéré par un navire militaire qui croisait dans les parages, grâce à la position transmise par la balise de détresse. Ils l'ont remonté à bord. Dedans, ils ont trouvé un sac avec son passeport, différents documents et la balise, mais aucune trace de son occupant. On a demandé au patrouilleur de rester sur place pour faire une reconnaissance au lever du jour. Si le navigateur passe la nuit dans l'eau, il y a peu de chances de le retrouver vivant. Si on le retrouve…

– Vous maintenez le dispositif ?

– Oui, plusieurs cargos vont quadriller la zone pendant quelques heures.

C'est la consternation. Jack et William savent que dans une eau à quinze degrés, l'hypothermie survient très vite. Au petit matin, il sera trop tard. Julien doit être informé.

– Julien ? Les nouvelles ne sont pas bonnes. Le radeau est à bord d'un navire militaire, il est vide. Pas de traces de Manu.

– Non ! Je veux pas y croire ! C'est pas possible…

– L'alerte est maintenue. S'il n'est pas retrouvé dans la matinée, il sera considéré comme disparu et les bateaux déroutés reprendront leur itinéraire. Julien, je propose que nous gardions cette info en off pour le moment. On fera un point presse demain matin. OK ?

– D'accord. Je fais pareil de mon côté, je ne dis rien à Isabelle pour l'instant.

L'information est trop brutale, trop définitive pour que Julien l'intègre tout à fait. Il le faudra pourtant, il en a une conscience, et il devra avertir Isabelle. Mais à cet instant, il n'en est pas capable.

19

L'air de la vie

– Tiens-le par son gilet. Je vais passer un cordage sous ses bras et le tirer, hurle Nicolas.

Caroline a débrayé le moteur et s'est précipitée à côté de lui.

Le Séréno, arrêté, est chahuté par les lames. Penché par-dessus bord, Nicolas prend tous les risques. Le cordage est passé. Il distingue la silhouette du gars avec sa cagoule orange, sa combinaison rouge et le gilet jaune gonflé comme une baudruche autour de son cou. Sa lampe flash fonctionne toujours. « S'il est vivant, celle-là, il pourra l'exposer dans une vitrine ! Sans elle, il n'avait aucune chance ! »

Nicolas parvient à accrocher le naufragé par le haut de son col pour maintenir sa tête hors de l'eau. Difficile, avec l'arrière de la coque qui tape sans arrêt dans les vagues. Parfois, la plage arrière disparaît sous les remous qui explosent en gerbes d'écume. Ils sont trempés. Mais le plus dur reste à faire : le remonter à bord. Il est inanimé, impossible de savoir s'il est encore vivant.

– Toi, tu le tires par le cordage, moi par son gilet. À trois, on y va. Tu es prête ?

– Oui, c'est bon, vas-y…

– Un… deux… trois ! Bordel ! Je n'arrive pas à le remonter,

il doit être coincé quelque part ! Je ne vais pas pouvoir le retenir longtemps, il est trop lourd. Oh putain, mon dos !

Ils tirent de toutes leurs forces. Par chance, une vague un peu plus grosse que les autres les éclabousse et soulève le corps inerte. Ça y est, il est hors de l'eau. Ils le traînent comme ils peuvent. Les mouvements du bateau à la dérive les bousculent. Plusieurs fois ils sont déséquilibrés et manquent de tomber, entraînés par ce pantin désarticulé. Ils ont du mal à le maintenir, il est si lourd, engoncé dans sa combinaison de survie !

– Attention ! Il est très refroidi, il ne faut pas le brusquer, c'est dangereux, il peut mourir !

Caroline prend les choses en main. Elle a fait un stage de premiers secours en mer il y a quelque temps, et l'hypothermie, elle en connaît les risques.

Ils le hissent en ahanant, puis réussissent enfin à l'allonger dans le cockpit, à l'abri.

Elle se rappelle qu'il faut rechercher les pulsations du cœur. Ses poignets gonflés sont trop serrés par la combinaison. Elle n'arrive pas à prendre son pouls. « Ah oui ! à la base du cou, il y a une artère, elle doit battre. »

– Dégonfle le gilet autour de son cou, vite !

Un coup de couteau fait exploser la bouée du gilet. Elle glisse sa main sous son col, tâtonne et, du bout des doigts, trouve quelques pulsations. Pas de doute, son cœur bat.

Elle se penche sur son visage. Un souffle d'air semble s'échapper de ses lèvres. Sa poitrine se soulève, c'est très lent, très faible, mais il respire.

– Monsieur ! Monsieur ! Vous m'entendez ? Répondez ! Qui êtes-vous ? Qu'est-ce qui vous est arrivé ?

Pas de réponse. Ses mains sont glacées. Elle les serre. Aucune réaction.

– Caro, on devrait le descendre à l'intérieur, à l'abri du vent.

– Non, il est trop refroidi. Un simple choc et son cœur peut s'arrêter. Le réchauffer est la première urgence.

– Comment ?

– D'abord, je vais souffler mon air chaud dans ses bronches. Du bouche-à-bouche, c'est ce qu'il faut faire.

Elle s'agenouille au niveau de sa tête. D'une main, elle appuie sur son front, et de l'autre, elle tire son menton pour maintenir sa bouche ouverte. Puis elle pose sa bouche sur celle du naufragé et lui insuffle l'air qu'elle vient d'inspirer. La barbe de l'homme lui pique les lèvres et la gêne. Difficile de suivre le rythme de sa respiration, elle est si faible et si lente ! Concentrée, Caroline continue sans relâche, coincée dans ce cockpit exigu, obligée de se tenir pour ne pas être entraînée par les mouvements violents du bateau.

Au bout d'une quinzaine de minutes, l'homme respire un peu mieux.

– Il faut réchauffer son corps, maintenant.

– Comment ?

– On va découper sa combinaison et ses vêtements. Il faut qu'il soit nu. Je vais me déshabiller aussi et me coller à lui.

– Tu vas faire ça ?

– Oui, pourquoi ? C'est la meilleure façon de lui apporter de la chaleur. Et je continue le bouche-à-bouche. Va me chercher un duvet, s'il te plaît.

Après l'avoir libéré de ses vêtements, elle ôte à son tour les siens sans la moindre pudeur. Elle s'allonge contre l'homme inanimé. Le froid humide de son corps la fait frissonner.

– Étends le duvet sur lui et sur moi, vite ! j'ai froid. Si tu trouves une couverture en plus, ce sera encore mieux.

La scène est surréaliste. Dans la pénombre, Nicolas ne peut s'empêcher de contempler le corps de Caroline, nu, la courbure de son dos, l'arrondi de son sein. Elle a gardé sa culotte, une culotte transparente qui laisse entrevoir le creux de ses reins, ses fesses rondes et leur peau claire, si attirantes qu'il ne peut en détacher les yeux.

– Dépêche-toi, Nico ! Qu'est-ce que tu attends ?

– Euh… Ben rien… J'ai trouvé une couverture de survie, je la mets par-dessus.

Il la dévore des yeux. Elle s'est collée contre le naufragé, un bras et une jambe en travers de son corps pour qu'il ait chaud. La bouche de Caroline se pose sur celle de l'homme à chaque respiration. Nicolas se voit à sa place, elle allongée sur lui, ses cuisses enserrant les siennes, leurs lèvres soudées. Il l'imagine bouger lentement, répondant au rythme de son propre corps. L'impression est si sensuelle que malgré le froid, il sent la transpiration sur son front. « Quel gâchis ! Tout ça pour un peu de chaleur, alors qu'elle aurait pu me donner la fièvre ! » Le fantasme le renvoie à leur petit déjeuner au soleil levant, à sa tête sur son épaule…

– Mais qu'est-ce que tu fous ? Couvre-moi !

Il sursaute. Comme à regret, il la recouvre du duvet et de la couverture. Bientôt Caroline a chaud et sent le corps de l'homme se réchauffer également. Sa respiration lui paraît plus profonde, plus ample. Elle demande à Nicolas d'éclairer son visage.

Effectivement, il a retrouvé un peu de couleur. Quel âge peut-il avoir, 35, 40 ans ? Sa peau tannée est celle d'un gars qui passe plus de temps en plein air que sous les néons d'un bureau. Quelques mèches blanches parsèment ses boucles de cheveux noirs coupés court. Il a une plaie à l'arrière du crâne. Son nez droit, ses lèvres fines adoucissent un visage dont la dureté est renforcée par des joues creusées par les efforts qu'il a dû accomplir pour se maintenir en vie. Elle se blottit un peu plus contre lui, portée par sa mission : ramener un être humain à la vie.

Caroline a conscience de donner sens à sa propre existence. Ce sens qu'elle cherchait depuis si longtemps. Pour une fois, elle est utile, indispensable, même. Une émotion exaltante la submerge, un sentiment qui, elle en est sûre, ne la quittera plus.

Nicolas a remis *Le Séréno* sur sa route. La voile claque un bon moment pendant qu'il peine à la border. Inutile d'attendre de l'aide de Caroline, toujours collée au naufragé. Cela fait plus d'une demi-heure qu'elle s'acharne. Elle lui parle, guettant son réveil.

– Monsieur, répondez-moi ! Où est votre bateau ? Depuis combien de temps êtes-vous dans l'eau ?

Malgré son absence de réaction, Caroline a confiance. Il faut attendre. Elle s'obstine, tout entière à sa mission. Elle le sauvera, c'est une certitude.

Elle en oublie le bateau. Ce corps à la fois inerte et vivant la captive, elle se l'approprie peu à peu. L'air qu'elle lui insuffle et qu'il respire est un lien de vie, comme un cordon ombilical. Spontanément, sa main se met à caresser le visage de l'homme inconscient.

Manu résiste. Il veut rester dans la ouate épaisse et froide qui l'enveloppe et le pénètre, dissociant son corps de son esprit. Il ne ressent aucune souffrance. Que cette voix insistante se taise !

Et puis, d'un coup, il a mal. Une douleur brûlante naît de sa bouche, se faufile dans sa gorge, s'infiltre dans sa poitrine. Elle irradie dans sa tête comme une lueur qui deviendrait lumière, s'immisce dans son ventre, le perfore jusqu'à la torture.

Manu est encore là-bas, hors du temps, mais son corps le brûle d'un feu qui s'insinue, tord et déchiquette ses muscles avant d'émerger sur sa peau.

Caroline sent qu'il reprend vie, sa respiration est plus franche, plus volontaire.

– Éclaire son visage, Nico, s'il te plaît. Regarde, il est moins pâle.

D'un coup, elle prend conscience de sa nudité et se couvre avec le duvet.

– Excuse-moi de m'être déshabillée devant toi, mais je n'avais pas le choix.

– Tu m'as impressionné…

– Ça sous-entend quoi ? Ne prends pas tes désirs pour des réalités ! Surveille-le pendant que je remets mes fringues.

Il la regarde, admiratif de sa détermination et en même temps dépité de ne pas avoir accepté son intimité. Surtout, il s'en veut de s'être laissé entraîner dans ce sauvetage. « Elle a pigé depuis le début que je ne voulais pas aller le chercher, et pourtant je lui ai obéi, comme un con. Maintenant elle va se pâmer devant son cher ressuscité, si elle le ressuscite, et moi, je serai tout juste bon à les trimbaler jusqu'au port. Quel imbécile, mais quel imbécile j'ai été ! Je sens déjà l'embrouille, les deux sur mon dos. C'est plié, j'ai perdu la main. Jusqu'à l'arrivée au port, personne ne doit savoir qu'il est à bord, sinon je vois le tableau : les journalistes, les *breaking news* : “Le miraculé de l'Atlantique et son sauveur”. Ma pomme dans tous les médias. Les flics qui posent des questions. Et les Guyanais derrière… No way ! Je n'existe pas ! Ils doivent jurer de ne rien dire, et ils ont intérêt à tenir parole. »

Caroline, qui a remis ses vêtements, s'est assise dans le cockpit.

– Je vais continuer le bouche-à-bouche pour le réchauffer.

– Tu y prends goût, on dirait ?

– Arrête s'il te plaît. Je veux avoir tout tenté pour le sauver, et ne rien avoir à me reprocher.

Malgré la brume laiteuse dans laquelle il flotte et la douleur qui le paralyse, Manu a distingué une forme au-dessus de lui. Un souffle chaud l'accompagne. Il le perçoit d'abord dans sa bouche, puis telle une onde brûlante, il se répand dans son corps. Ce souffle a une odeur qui se fixe dans ses souvenirs, un mélange suave de crème au chocolat, de café et de beurre parfumé. Peu à peu, de la forme brumeuse émergent les contours d'un visage, des yeux, une bouche qui s'ouvre. Il en a senti le contact quand elle s'est posée sur la sienne. Ensuite, c'est le froid au bout de ses doigts qui l'assaille, la roideur de sa propre peau, cartonnée, insensible. Une peau étrangère qu'il tâte pour la reconnaître.

– Il a bougé, il a bougé les doigts !

Manu, lui, n'a perçu aucun mouvement dans ses mains. Il sait juste qu'au moment où les lèvres le bâillonnent, de l'air est propulsé dans sa gorge et ses poumons gonflent comme des ballons de baudruche. Il doit s'en débarrasser.Alors, il l'expulse dans une violente expiration suivie d'un hoquet.

Caroline explose de joie :

– Je vais le sauver ! Je vais le sauver ! Nico, braque ta lampe sur ses yeux, que je voie s'ils réagissent.

L'éclair de lumière a la violence d'une balle qui transpercerait sa rétine. Par réflexe, Manu bat des paupières pour se protéger.

– Tu as vu, tu as vu ! Il réagit ! Monsieur, monsieur ! Répondez-moi ! Parlez-moi ! Qui êtes-vous ? Qu'est-ce qui vous est arrivé ?

– N'insiste pas ! C'est trop tôt. S'il est dans le coma, il ne te répondra pas, son cerveau est abîmé...

– Non, non, pas du tout ! Le froid protège. Moi je suis sûre qu'il va s'en sortir. Monsieur, monsieur, si vous m'entendez, clignez des yeux.

Manu a entendu. Le message circule lentement parmi ses neurones engourdis par le froid, comme dans un ordinateur à la mémoire saturée. Il serpente à tâtons dans un dédale de synapses affaiblies, à la recherche de circuits fonctionnels. De décodage en transcription, il finit par comprendre la consigne. Reste à activer les paupières. Il doit d'abord reconstituer l'image de son corps, un puzzle dont les pièces sont éparpillées dans son cerveau.

– Monsieur, monsieur, clignez des yeux, s'il vous plaît !

« Oui, j'ai compris ! Laissez-moi le temps ! Elle ne se rend pas compte de l'effort que ça me demande. » Les connexions se rétablissent peu à peu, les circuits neuronaux s'activent, les algorithmes de la lucidité retrouvent leurs interactions, doucement la machine cérébrale se remet en route.

– Il a cligné des yeux ! Je l'ai vu ! Essayez de nous parler... Faites un effort !

Des mots s'échappent de sa bouche, qu'elle ne comprend pas. Des propos incohérents.

– On va l'asseoir. Aide-moi, Nico. il faut lui donner à boire quelque chose de chaud. On peut maintenant.

– On n'aurait pas dû le faire avant ?

– Non, il aurait risqué d'avaler de travers. Fais chauffer de l'eau, s'il te plaît.

– Seulement de l'eau ?

– Oui. Pas trop chaude.

Caroline continue de parler au miraculé. Sans réussir à rassembler les mots pour lui répondre, Manu comprend ce qu'elle lui dit. Il se demande quel est cet endroit dont il ne distingue pas encore les contours. « Qu'est-ce que je fous là ? Qu'est-ce qui s'est passé ? » Impossible de trouver l'explication.

La personne dont il voit maintenant le visage lui donne à boire. L'eau tiède qui humecte ses lèvres s'écoule dans sa gorge et lui fait un bien fou. Il n'avait pas conscience d'avoir si soif. La chaleur de l'eau irradie jusque dans son ventre qui se réchauffe à son tour. Il regarde ses doigts bouger. Il découvre ses bras, ses coudes et ses épaules qu'à son étonnement, il arrive à mouvoir.

Il voudrait se lever, mais ses jambes sont trop faibles.

– Monsieur, comment vous appelez-vous ?

Dans un souffle, d'une voix lente et lointaine, Manu répond :

– Je… Je ne sais pas…

– Essayez de vous souvenir. Vous étiez sur un bateau ? Vous avez envoyé un message de détresse…

– Me souviens pas… Peut-être…

– On vous a sorti de l'eau. Vous flottiez, retenu par votre gilet gonflable. Vous étiez tout froid.

– Froid… Oui… très froid… fatigué, je suis fatigué…

– Vous étiez seul ?

– Non… Lola… partie…

– C'est qui Lola ? Il y avait quelqu'un avec vous ? Dites-nous… Il faut la chercher ?

– Lola partie… envolée… Je suis fatigué, trop fatigué… Dormir, s'il vous plaît…

Caroline comprend qu'il est inutile d'insister.

– On le laisse tranquille. Il est encore au bord du coma, épuisé, mais bien vivant. On va le transporter sur une couchette et le surveiller. Tu vas m'aider.

Le naufragé est toujours aussi lourd. Mais là, il se tient raide, le déplacer est plus facile. Nicolas organise la manœuvre.

– Pour descendre les marches de la cabine, tu lui soulèves les pieds, moi, je le retiens par les épaules.

– OK Nico. Après, je lui enlève le reste de ses vêtements mouillés et lui en mets des secs. Les tiens vont lui aller.

L'effort désespéré qu'il a dû fournir pour remonter le naufragé a réveillé le lumbago qu'il traîne depuis des mois. De violents élancements lui paralysent les jambes. En serrant les dents, il s'exécute sans rien laisser paraître. Ils l'allongent sur la banquette, dans le carré, et le calent avec des coussins. Le marin se rendort aussitôt.

Caroline est exténuée après ces heures de lutte. L'expérience a été aussi exaltante qu'éprouvante. Elle est fière d'avoir tenu bon, d'avoir sauvé cette vie.

– Il faut que je dorme moi aussi, sinon je vais m'écrouler. Tu le surveilles, hein ? Sa respiration et son cœur surtout. Tu prends son pouls de temps en temps. Et si tu as un doute, tu me réveilles. À tout à l'heure.

Quand le jour se lève, le naufragé dort encore. Peu après le sauvetage, Nicolas avait pris soin de mettre *Le Séréno* au bon cap, pilote automatique enclenché. Malgré cette nuit très spéciale, le bateau a tracé tout seul une belle route : quatre-vingts milles.

20

Sans espoir

La nuit a été longue et angoissante à la direction de la course. En l'absence de nouvelles, plus le temps passe, plus le pessimisme s'installe. Au matin, un silence de plomb accueille les journalistes. Il leur suffit de voir la tête de Jack et de William pour comprendre que l'espoir s'amenuise. Des avions, équipés de caméras thermiques pour détecter toute trace de chaleur sur l'eau, ont été envoyés sur zone. Ils ont commencé à patrouiller avant le lever du jour, sans succès. D'autres les ont rejoints dès que la visibilité s'est améliorée. Au vu de l'évolution de la situation, Jack a décidé de rendre leur liberté aux bateaux de la compétition déroutés.

Julien est resté en liaison quasi constante avec la direction de course afin de donner à Jack toutes les informations dont il aurait pu avoir besoin. Il ne parvenait toujours pas à intégrer l'idée de la disparition de Manu.

– Crois-moi, Jack, ce n'est pas possible. Manu est trop malin, il ne s'est pas laissé piéger de cette façon. Il est quelque part, vivant, j'en suis persuadé.

– Je comprends, Julien, je voudrais le croire aussi, mais dans une eau à quinze degrés, à moins d'un miracle, je ne vois pas comment il pourrait s'en sortir…

– Il faut que j'avertisse Isabelle avant que tu parles aux journalistes. Je me doute de ce que tu vas leur dire…

– Des faits, rien que des faits, désolé Julien…

Le temps presse, car l'information sera vite reprise par les médias. Isabelle décroche dès la première sonnerie.

– Isa ?

– Oui, Julien… Je sais ce que tu vas me dire… Manu a disparu, c'est ça ?

– Oui, Isa. Des avions et des bateaux continuent à patrouiller autour de sa dernière position. Comme tu dois t'en douter, plus le temps passe, moins on a de chances de le retrouver vivant.

– Un radeau, ça se voit sur l'eau, non ? Je n'ai pas arrêté d'y penser. Il a dû prendre sa balise de détresse avec lui.

– Isa, je n'ai pas voulu te le dire cette nuit. Ils ont retrouvé le radeau avec la balise, mais Manu n'était pas à bord. C'est dur à accepter. On a tous très mal…

Isabelle a entendu. Le choc est tel que l'information ne se fixe pas dans sa conscience. Elle est anesthésiée, comme gelée de l'intérieur. Elle essaie de parler, mais les mots se bloquent dans des sanglots, sa tête bourdonne, un vide insondable l'engloutit. Elle s'assoit, foudroyée. Devant ses yeux remplis de larmes, elle voit Manu sur son bateau, des images vivantes, comme un refus de sa mort. Puis, du fond de son ventre monte un chagrin irrépressible, qui crie son absence. Le cauchemar vrille son esprit. Oui, c'est vrai, c'est fini. Manu, le compagnon de sa vie, est parti à jamais. La voilà veuve, en deuil pour toujours. Son amie Laetitia la serre contre elle, comme si son affection pouvait réduire sa détresse. Le regard fixe, Isabelle voit fondre sur elle la vie qu'elle devra poursuivre sans la savourer.

Ses premiers mots sont ceux de la culpabilité, déjà : « Jamais je n'aurais dû le laisser partir, jamais. On avait tant de choses à vivre tous les deux. Saloperie d'océan ! »

Julien a raccroché. Il n'a rien dit qui aurait pu la laisser espérer. À quoi bon évoquer la conviction qui l'habite, sans fondement. Il préfère la garder pour lui.

Toute la matinée, les avions et les cargos continuent leurs patrouilles, mais *Le Séréno* est déjà loin de la zone de recherche. À midi, le Centre de sauvetage portugais lève le dispositif, les bateaux reprennent eux aussi leur route et les avions rentrent à leur base.

L'information fait l'ouverture des journaux télévisés, le visage d'Emmanuel Jourdan s'étale en une des quotidiens, une tragédie fait toujours vendre.

21

Avant et après

En fin de matinée, Manu ouvre les paupières. Ses yeux s'égarent sur un plafond blanc qu'il scrute en cherchant à comprendre, mais sa mémoire est trop perturbée pour reconnaître ce qu'il voit. Son désarroi déclenche une bouffée d'angoisse, il a du mal à respirer. Il a beau se forcer, il n'arrive pas à dilater sa poitrine. Il ne sait plus qu'il est asthmatique. Une sueur froide transpire de tous ses pores et le fait frissonner. Dans une fulgurance, ce froid le renvoie à l'étreinte glaciale de la mort. Une peur rétrospective décuple son anxiété. Sa respiration devient pénible, il faudrait qu'il se redresse pour retrouver son souffle.

Caroline a compris qu'il voulait s'asseoir, elle l'aide à se relever.

– Vous êtes gêné pour respirer ?

– Oui, très…

Il la regarde, découvre ses traits, ses longs cheveux blonds qu'elle repousse régulièrement pour dégager ses yeux verts à l'éclat vif malgré la fatigue. Qui est-elle ? Où est-il ? À ses questions, il n'a pas de réponses. Peu à peu, sa respiration devient moins sifflante.

– Vous vous sentez mieux ? Vous avez l'air de respirer plus facilement. Vous voulez boire, manger ?

– Oui, merci.

Caroline s'en doutait. Elle lui a préparé un chocolat chaud, un bol de muesli sucré et quelques barres de pâte d'amande.

– Vous voulez que je vous aide à manger ?

– Non, ça va aller…

En tremblant, Manu approche la tasse de sa bouche. Caroline doit le soutenir. Après une première gorgée, il parvient à dire :

– Ça fait du bien…

– Vous n'avez pas froid ?

– Non, plus froid du tout.

– Vous vous souvenez de ce qui vous est arrivé ?

– Je ne souviens de l'eau froide, c'est tout. J'essaie de savoir pourquoi j'étais dans l'eau, impossible de m'en rappeler.

– Votre nom, vous vous en souvenez ?

Il cherche, puis fait non de la tête. Son inquiétude est perceptible. Il a perdu son passé, il ne sait plus qui il est. Est-il dans un rêve ou est-ce encore la réalité ?

– Ne vous fatiguez pas à chercher, c'est sans doute un peu trop tôt. Votre cerveau n'a pas eu le temps de reconstituer vos souvenirs. Reposez-vous, en attendant que tout se remette en place.

Manu répond avec la sensation d'entendre un autre parler :

– Merci.

Obéissant, il s'allonge de nouveau. Caroline lui cale la tête avec un oreiller et le recouvre d'un duvet chaud et bien sec, avant de rejoindre Nicolas sur le pont.

– Il va bien. Il nous reste combien de jours avant d'arriver ?

– À peu près cinq, je pense.

– Il faut prévenir qu'on a récupéré ce type au milieu de l'océan. Des gens s'inquiètent sûrement. Tu te souviens de l'avion ? Ils devaient le chercher. Je ne veux pas savoir pourquoi tu as cherché à t'éloigner de la zone de recherche. Ni les avions ni les bateaux n'ont pu nous repérer. S'ils nous avaient vus, ils nous auraient demandé de chercher avec eux, non ?

– Oui, c'est possible…

– Tu t'imagines, sa famille, sa femme, sans nouvelles, leur souffrance… Sur le livre de bord, tu as les numéros des centres de sauvetage, n'est-ce pas ?

– Je ne suis pas sûr…

– Si, si tu les as, je les ai vus en le feuilletant pendant ma veille.

– Ah bon ? Si tu le dis…

– Alors qu'est-ce que tu attends ?

– Je fais ce que j'estime nécessaire, t'as rien à exiger. C'est moi le skipper. Point barre !

Une nouvelle fois, Caroline temporise. Pour l'instant. À sa grande surprise, Nicolas va chercher le téléphone satellite dans sa cabine. La manipulation est simple, identique à celle d'un smartphone. La seule différence est l'antenne un peu plus proéminente. Il essaie de l'allumer.

– Ah ! Il est déchargé ! Il faut rebrancher la prise.

Il s'active, mais a du mal à la remettre en place.

– Je n'y arrive pas ! Impossible de le réenclencher, ce machin-là…

Il triture la prise composée de plusieurs petites lames de cuivre pendant que Caroline le regarde faire.

– Si tu n'y arrives pas, on ne peut plus communiquer, c'est ça ?

– Si la batterie est déchargée, il ne peut pas fonctionner.

– Embêtant en effet ! On a quand même la VHF.

– Oui, mais elle fonctionne seulement à proximité d'un bateau ou de la terre.

– Alors on ne va pas pouvoir prévenir qu'il est à bord…

– En même temps, l'essentiel est qu'il soit vivant, non ? À terre, ils vont pleurer un peu plus longtemps avant d'avoir la joie de le revoir ! Pas très grave.

– Toi, tu vois ça comme ça… Le chagrin, ça peut tuer. Je ne veux pas torturer son entourage. Toi non plus, tu ne veux pas ça ?

– Je vais essayer de réparer le téléphone. Mais il y a plusieurs lames tordues dans la prise, je ne suis pas sûr d'y arriver.

Faut-il vraiment croire encore une fois au hasard ? Caroline n'a pas la réponse. Laissant Nicolas à son tournevis, elle monte sur le pont. « Si au moins on voyait un bateau… » L'océan est désespérément vide. Soulagée et heureuse d'avoir sauvé le naufragé, elle prend le temps d'apprécier de nouveau son bonheur d'être en mer. Le vent s'est calmé, la mer et le ciel ont retrouvé leur harmonie d'un bleu intense et chaleureux. Les voiles reçoivent encore assez d'air pour rester gonflées, mais le voilier avance beaucoup moins vite.

Soudain, Caroline entend des sifflements si aigus qu'elle se demande s'ils ne proviennent pas de l'intérieur de ses oreilles. « Des acouphènes à mon âge ? La fatigue sans doute… » Et puis, elle les voit. D'abord, c'est juste un tourbillon qui se mélange au sillage, puis une masse sombre double le bateau avant de jaillir à l'avant de la vague. Un dauphin, des dauphins. Elle les a reconnus avec leur bec fin, leur dos noir et leur ventre gris. Toute une troupe a rejoint maintenant les premiers. Ils nagent le long du *Séréno*. Caroline va jusqu'à l'avant du bateau, pour assister à un spectacle qui vaut tous les Marinelands du monde.

Plongeant sous la coque, la frôlant par en dessous, ils ressurgissent à l'étrave puis, d'un coup de queue, se propulsent en l'air et retombent à plat dans une gerbe d'écume. Ils évoluent côte à côte, se frôlent sans jamais se toucher. Voilà une mère avec son petit collé à son ventre. Leur agilité, leur exubérance montrent leur joie de cette rencontre. Elle croise le regard de l'un d'eux, un regard malicieux, complice, plein d'empathie, comme si un lien télépathique éphémère se créait entre elle et lui.

Dans son sommeil, l'oreille collée contre la coque, Manu, lui aussi, a entendu les sifflements. Parmi les rêves de son cerveau en reconstruction, ces sons deviennent des messages mélangeant des images et des mots. Ces stridulations le ramènent à La Gomera, où les Guanches, les paysans de cette île des Canaries, ont inventé le stilbo, une langue sifflée portant jusqu'à dix kilomètres. Manu entend des « i » aigus dans lesquels il reconnaît « Isa », « vie », « quille », « Isa » encore. Dans un premier temps, il ne comprend ni la signification de ces mots ni comment les associer pour leur donner un sens. Puis peu à peu, comme dans un puzzle, les images et les mots se rapprochent, se recomposent et convergent vers des pensées élaborées. L'ordinateur cérébral chamboulé, court-circuité par l'onde de froid se réorganise et retisse peu à peu les liens entre ses souvenirs.

Quand Nicolas retrouve Caroline sur le pont, les dauphins sont partis. L'horizon est toujours aussi désert.

– Alors, tu as réussi ?

– À quoi ?

– À réparer le téléphone, évidemment !

– Non, impossible ! Il est irréparable.

– C'est tout l'effet que ça te fait !

– Ben oui, j'y peux rien, c'est la faute à pas de chance…

– Facile… Tu ne l'aurais pas fait exprès, par hasard ?

– Comment tu peux dire ça ?

– Depuis que j'ai entendu le message de détresse du type, tu es sur la défensive. Tu as tout fait pour éviter de le sauver, et maintenant tu fais de ton mieux pour ne pas être repéré. Vrai ou faux ?

– Faux évidemment ? Pourquoi ferais-je cela ?

– Parce que tu as des choses à cacher et que tu préférerais naviguer incognito jusqu'à l'arrivée. Ce type à bord te pose un problème. Je me trompe ?

– Oui, complètement. Est-ce que je ne t'ai pas aidée à le sauver ?

– Si, si. Mais tu ne pouvais pas faire autrement. Tu n'avais plus le choix. Non-assistance à personne en danger, tu te souviens ?

L'échange se tend. Cette fois, c'est Nicolas qui temporise.

– Avant de venir te rejoindre, je suis allé le voir, il est perdu, incapable de parler… Tu vois que son cas m'intéresse !

– Admettons… On verra ça plus tard. Pour l'heure, ce n'est pas l'essentiel. Il a eu un sacré choc et il a vu la mort de près. Laissons-lui du temps.

– En tout cas, je suis bluffé.

– Pourquoi bluffé ?

– Par ta maîtrise des gestes d'urgence. Tu n'as pas paniqué. Tout ce temps à lui souffler dans la bouche…

– C'est venu comme ça, sans réfléchir. Par chance, j'ai suivi des cours de secourisme. Et puis, j'y ai cru. Je suis tenace. La vie des autres a de la valeur pour moi.

Il ne relève pas l'attaque.

– Il va récupérer ?

– Je n'en sais rien, mais je me sens responsable de sa survie. J'aurais bien aimé avoir les conseils d'un médecin, ça m'aurait drôlement rassurée ! La panne de ce téléphone est vraiment trop bête.

Nicolas reste silencieux. Caroline scrute son regard. Il est froid, impénétrable. Il se dérobe. Le silence se prolonge, puis il reprend :

– Je me demande si ce n'est pas un concurrent de la course partie de Plymouth. J'ai regardé sur la carte, ça pourrait coller.

– Si c'est ça, plein de gens doivent être à sa recherche. Sa famille, les journalistes aussi. J'insiste, avec le téléphone, on pourrait prévenir tout le monde.

– Dans quelques jours, il l'aura retrouvé, son monde !

– S'il reste avec nous ! Ça va dépendre de lui, de son envie de vivre. Moi je suis allée au bout, je ne peux rien faire de plus…

Manu, lui, aimerait entendre encore les cris aigus des dauphins. Ils ont été un électrochoc. Le silence le réveille. Le brouillard de ses pensées commence à se dissiper. Les souvenirs affluent, se bousculent comme les plaques de glace se télescopent lors de la débâcle d'un fleuve. « Où est mon bateau ? »

Il se lève en titubant, sort de la cabine et s'affale sur une banquette. Il a les yeux fixés sur Nicolas assis à la table à cartes. Sa voix, blanche, éteinte, semble venir de très loin.

– Qui êtes-vous ? Où suis-je, ici ?

– Vous êtes sur un voilier qui va des Açores en Bretagne.

– Comment je suis arrivé là ?

– Vous avez lancé un appel de détresse que j'ai entendu. Immédiatement, j'ai fait demi-tour pour rejoindre la position que vous aviez donnée. Je pensais voir un bateau, ou un radeau. Rien. Alors j'ai cerclé autour du point et vu les éclats de votre lampe flash. Je vous ai retrouvé grâce à cette lumière. De jour, ç'aurait été impossible. C'est votre lampe qui vous a sauvé la vie !

– Je crois me souvenir… J'ai voulu monter dans le radeau. Il s'était détaché. J'ai cette image dans la tête. Le radeau au loin et moi debout sur le pont.

– Le bateau a coulé ?

– Je ne me souviens plus… Si, si, il était sous mes pieds, je l'ai senti partir.

– Dans vos divagations, vous avez parlé d'une certaine Lola qui se serait envolée. Ça m'a beaucoup inquiété. Quelqu'un était avec vous ?

– Lola… Ah oui ! C'est un oiseau perdu en mer que j'avais recueilli. Elle s'est envolée quand le bateau a coulé. Elle doit être morte depuis.

Caroline les rejoint.

– Hé ! Salut ! Comment ça va ? Vous êtes réveillé ! Vous avez l'air en forme ! Enfin beaucoup mieux qu'avant. Et un sourire en plus ! Ça fait plaisir ! Jusqu'à présent, on vous avait trouvé plutôt froid, je dirais même glacial !

– Je me sens mieux, c'est vrai… Je recolle mes souvenirs. Votre ami vient de m'expliquer comment il m'a retrouvé…

– Enfin, plutôt comment on t'a retrouvé, lui et moi… Si tu veux bien, on se tutoie, on ne se connaît pas, mais on a été assez intimes pour se le permettre, il me semble.

Nicolas, conscient d'avoir été un peu loin dans ses prétentions, renchérit.

– Caroline a passé la nuit à te réchauffer ! Elle t'a même soufflé de l'air chaud dans la bouche…

– C'est vrai ce que dit Nico. Je t'ai soufflé dans les bronches ! Et fort en plus ! Il fallait au moins ça pour que tu reviennes avec nous. Tu étais parti pour un aller simple au royaume des glaces…

– Je me souviens de cette chaleur dans ma bouche…

– J'ai dû le faire un paquet de fois. La prochaine fois, tu te raseras ! J'en ai encore les lèvres irritées !

Manu retrouve peu à peu la force de parler. Il a toujours du mal à rassembler ses souvenirs.

– Au fait, on ne connaît ni ton prénom ni ton nom…

– Emmanuel, je crois…

– Et ton nom de famille ?

– Euh… je ne sais plus… Ah si ! Jourdan.

– Alors salut, Emmanuel, moi, c'est Caroline. Lui, c'est Nicolas.

– Sans vous je serais mort. Je vous remercie.

– On a fait notre maximum. C'était bien normal ! Hein, Caro ?

– Oui, bien sûr, Nicolas. Comme tu le dis, on a fait le maximum, chacun à sa manière…

– Merci ! Je n'arrive pas à trouver les mots. Quand ça ira mieux, je vous promets que je saurai vous le dire…

Caroline n'en demande pas tant.

– Ça, on s'en fiche, l'essentiel, c'est que tu t'en sortes !

– Je suis épuisé… Je vais aller m'allonger.

Il a du mal à se mettre debout. Nicolas et Caroline le soutiennent pour retourner dans la cabine. Il s'affale sur la couchette et ferme les yeux. Instantanément les images du naufrage reviennent en boucle. Cette fois, elles s'enchaînent dans une suite logique et Manu commence à prendre conscience de l'épreuve qu'il a traversée. Le sommeil viendra plus tard.

Pendant qu'il renoue les fils de sa mésaventure, Caroline se décide à tirer au clair l'attitude de Nicolas.

– Il est temps qu'on discute de nouveau tous les deux.

– Une discussion ? À quel sujet ?

– Pourquoi tu n'as jamais dit que tu étais allé en Guyane ?

– D'où tu sors ça, toi ?

– J'ai regardé le trajet de ton bateau sur l'ordinateur. Tu y es même resté un bon bout de temps…

– Tu m'espionnes ?

– Non, c'est un hasard. Je n'avais rien à faire pendant la veille, alors je me suis intéressée à ton voyage, c'est tout.

– Perspicace, la demoiselle !

– Si tu ne voulais pas que je le sache, il fallait effacer la trace.

– Je n'y ai pas pensé. Une erreur débile.

– Donc, tu avais des raisons de le cacher.

– C'est mon affaire. Ma vie ne te regarde pas, tu n'as rien à demander, encore moins à exiger…

– Exact. Tu n'es pas obligé de m'en parler. D'ailleurs, je m'en fous, dans quelques jours je serai partie. Mais je n'aimerais pas me retrouver impliquée dans une magouille, genre trafic ou autre…

– Qu'est-ce que tu insinues ?

– Avoue que tes cachotteries, ça ne donne pas confiance.

– Tu ne risques rien. Tu peux me croire !

– Mouais, alors pourquoi tu ne m'as pas parlé de la Guyane ?

– Bon, OK, je vais t'expliquer. Il fallait que je trouve de l'argent. Un jour, au Cap-Vert, un gars m'a proposé de faire passer des clandestins du Brésil en Guyane, un truc simple, sans risque et bien payé. Alors j'ai fait plusieurs voyages entre Cayenne et la côte brésilienne juste à côté.

– Je n'ai pas vu ça sur la carte.

– L'ordinateur était coupé, je ne voulais pas laisser de traces.

– Pourquoi ?

– Tu t'imagines bien que ce n'est pas légal, je risquais gros, tout de même…

– Effectivement…

– Sauf que la dernière fois, des passeurs à qui je faisais de l'ombre avaient appris qu'un Brésilien m'avait payé avec de l'or… pas mal d'or…

– Comment ça ?

– Le type avait l'air malade. Il était un peu barré dans sa tête. Il semblait souffrir des reins. Intoxiqué par le mercure, sans doute…

– Le mercure qu'on utilise pour extraire l'or dans la forêt amazonienne ?

– Exact. Il voulait se faire soigner à Cayenne, ça l'obsédait. Dans sa folie, il m'a donné la petite fortune qu'il avait sur lui. Je l'ai fait passer, je l'ai même emmené jusqu'à la porte de l'hôpital, et j'ai gardé l'or qu'il avait déjà oublié m'avoir donné… Je ne sais pas comment ces types l'ont appris. Ils m'attendaient en ville, dans un coin sombre, un vrai guet-apens. J'ai dû me défendre. Ça s'est sans doute mal terminé pour un des gars. Je l'ai blessé, et il est peut-être mort…

– Et toi ?

– Moi, j'ai reçu un coup de poignard. Enfin, j'ai réussi à l'esquiver… Tu vois la cicatrice sur ma joue, là ? C'est le souvenir que ces salauds m'ont laissé.

– Et après ?

– Il fallait que je disparaisse, et vite. Dans la nuit, je me suis échappé avec le bateau, mais ils me cherchent. Ils ont un réseau d'amis en métropole. Je ne veux pas me faire repérer.

– Et l'or ?

– Il est à bord. Ils aimeraient bien le récupérer et venger leur copain…

Caroline reste silencieuse, dans l'expectative.

– L'explication te convient ? Tu es satisfaite ?

– Pas vraiment. J'aurais préféré que tu racontes ton histoire sans que j'aie besoin de le demander. Maintenant, même si ton récit semble plausible, j'ai du mal à te faire confiance. J'espère que tout ira bien jusqu'à ce qu'on débarque, Emmanuel et moi.

– Il peut attendre d'être à terre pour dire qu'il est vivant. Il me doit bien ça, non ? Ma vie est en jeu. On l'a sauvé, c'est l'essentiel, tu ne crois pas ?

22

Défiance et résignation

Les appels de Julien, puis de Jack lui ont confirmé la disparition de Manu, mais Isabelle ne peut se résigner à l'inéluctable. L'un après l'autre, elle les recontacte, désespérée, les suppliant de continuer les recherches, pour y croire encore quelques heures. Elle imagine Manu se débattant dans l'eau glacée et tentant de reprendre un peu d'air avant d'être submergé par une nouvelle vague. Elle voit son regard effrayé. La mer ne l'a pas encore englouti. Il se battra jusqu'au bout, elle le sait, elle connaît sa ténacité, sa rage de vivre. Elle ne peut plus rien, mais voudrait pourtant le soutenir pour l'empêcher de se laisser happer par cette eau glaciale. Elle, d'habitude si pragmatique, se met à croire aux forces de l'esprit.

Assise dans sa cuisine, les yeux gonflés à force d'avoir pleuré, elle démarre son PC, puis lance Google Earth. Elle clique sur l'océan Atlantique et zoome sur l'endroit où il a dû couler. Les coudes sur la table, la tête entre les mains, elle se projette sur le lieu supposé du naufrage, perdu dans l'immensité bleue. Dans une émission scientifique qu'ils avaient regardée ensemble à la télévision, il était question de ces particules quantiques liées l'une à l'autre, quelle que soit la distance les séparant. Ils s'étaient demandé s'ils vivaient cette sensation quand ils s'étonnaient de penser l'un à l'autre, en éprouvant le besoin de s'appeler au téléphone. Alors, pendant plusieurs minutes, elle focalise son regard sur cette zone de l'Atlantique, pour que les particules élémentaires de sa pensée s'intriquent dans les siennes. Cette ubiquité qu'elle invoque va donner à Manu la force de survivre, elle en est persuadée. Certains parleraient de médiation, d'autres de prière, mais si on lui posait la question, Isabelle ne parlerait que de la puissance du lien qui les unit.

La sonnerie du téléphone la ramène à la réalité.

– C'est Julien…

– Euh… oui…

– Ça va ?

– Comment veux-tu que ça aille ? Qu'est-ce qu'il y a ?

– Je voulais te parler du radeau. Après examen sur le cargo, ils ont remarqué que le cordage qui le retenait au voilier était entaillé, il avait dû s'user très vite sur un objet coupant. À mon avis, c'est sur l'angle du rail de la grand-voile.

– Et alors ?

– Ben, c'est juste pour expliquer…

– Je vais te dire un truc, Julien. L'explication technique ne m'intéresse pas. Je me fiche pas mal que ce soit comme ci ou comme ça.

– Moi, j'ai besoin de savoir comment et pourquoi il a disparu…

– Ça changera quoi ? Tu veux te passer le film de son agonie, tranquille, bien calé dans ton fauteuil… Ça rassure, hein, d'être vivant et au chaud pendant qu'un mec est en train de crever de froid et de peur au milieu de l'océan ! Joli spectacle ! Du sang et des larmes ! La veuve au bout du quai qui pleure son mari avec son enfant dans les bras !

– Arrête ! Ce n'est pas du tout ça !

– Moi, je n'y crois pas, à sa mort ! Il est toujours là, je le sens, je le sais.

– Te mets pas en colère, Isa. Je suis sous le choc moi aussi…

– Pas en colère, ah ! c'est facile. S'il ne s'était pas engagé avec toi sur cette course, il serait toujours là ! Quelle idiote j'ai été de le laisser faire !

– C'était son envie, le rêve de sa vie !

– Oui, mais pas sur un engin pourri ! C'est toi qui le lui as trouvé, non ? Une super occase ! Tu parles ! Ce n'était pas un voilier, mais une tombe ! Je me souviens très bien quand tu lui as dit : un bon architecte, un bateau bien construit en super bon état…

– C'est ce que je pensais !

– Tu pensais mal ! Tu n'as pas su voir que la quille était à moitié branlante, toi, le soi-disant spécialiste des structures des bateaux de course !

– Dans des conditions normales, cette quille devait tenir. Maintenant, si elle a subi un choc brutal, c'est autre chose, cela a dû révéler une faiblesse que je ne pouvais pas détecter.

– Quand on a la charge d'un bateau, on a la vie du skipper entre ses mains. Tu n'y as jamais pensé ou tu l'as oublié, c'est pareil. Tu as trahi la confiance de Manu. Tu n'as aucune excuse.

– Je lui avais proposé de la faire expertiser. Il a refusé. Trop cher !

Isabelle est en larmes. Plus la discussion s'envenime, plus elle se persuade de la responsabilité de Julien. Une quille ne se détache pas aussi facilement, même après un chavirage.

– C'était à toi de le convaincre de faire ce contrôle !

– Le boss, c'était Manu, moi, je n'étais que l'exécutant !

– Facile de te débiner. Je pensais que tu étais son ami, mais tu n'es qu'un lâche, même pas capable d'assumer tes actes. Tu me dégoûtes!… Tu vas passer à autre chose, d'autres engins à préparer. Moi, je vais rester seule… avec mon enfant.

– Tu attends un bébé? Je ne savais pas. Je suis vraiment désolé.

Julien ne sait plus quoi dire, Isabelle n'arrive plus à parler, le chagrin la submerge. Elle raccroche en sanglots. Laetitia, restée auprès d'elle, la prend dans ses bras et la berce doucement.

– Tu avais besoin de vider ton sac, c'est bien de l'avoir fait. Tout ça est si terrible…

– Tu sais… le bébé… je voulais lui dire avant le départ, mais je n'étais pas sûre. Je n'ai pas voulu le perturber… J'ai encore hésité lors de ces appels après le chavirage. J'allais lui dire quand la liaison a été coupée. J'ai fait une photo du test de grossesse, je voulais la lui envoyer… Je n'ai pas pu me séparer de la boîte, c'est le dernier souvenir de nos jours heureux. Elle est toujours dans la salle de bains avec le résultat positif. J'aurais tellement aimé lui annoncer…

23

Julien dans la tourmente

Dans son bureau au-dessus du hangar où il stocke et répare les bateaux, Julien ressasse les accusations d'Isabelle. Oui, il aurait dû être plus vigilant, plus exigeant dans la préparation. La quille ? Il fallait mettre Manu devant le fait accompli, même si cela n'était pas dans le devis. Le bateau gruté, la quille démontée, il aurait eu tout le temps de contrôler et de renforcer sa fixation. Son admiration et son amitié pour Manu ont été à la base de ce manque de rigueur. Aujourd'hui, il ne lui reste que des remords. Et maintenant ce bébé que lui a annoncé Isabelle et qui, peut-être par sa faute, ne connaîtra pas son père…

Julien est bouleversé. Il n'a jamais été attaqué avec une telle violence. Il a péché par excès de confiance. On lui a si souvent dit qu'il était le roi du composite, capable de réparer une coque dans le pire état, qu'il a fini par y croire. Il y a eu toute l'excitation autour de cette course. Faire partie du cercle fermé des préparateurs de champions a été comme un aveuglement. Lui, petit ouvrier d'un grand constructeur de voiliers, s'était imposé comme une référence chez les coureurs au large. Peu après le départ, il avait été contacté pour devenir le chef d'équipe d'un des vainqueurs potentiels dont le budget était faramineux. La consécration.

Les tôles du hangar vibrent sous les rafales et résonnent des assauts de grains de plus en plus violents. Un coup de vent, classique en cette période, est en train de balayer la côte bretonne. Les collaborateurs de Julien ont terminé leur journée. Lui fait les cent pas dans la pénombre, bonnet rouge vissé sur la tête, contournant les coques posées sur le sol, sans vie, si gauches hors de l'eau que des béquilles les soutiennent.

Certaines étapes de la mise au point d'*Univervie* ont eu lieu ici. Quelles fautes a-t-il commises ? La quille, il en avait contrôlé les fixations, rien ne lui avait semblé suspect. Il aurait dû suivre la petite voix intérieure lui disant que ce n'était pas suffisant. Il est trop tard désormais. Désemparé, Julien appelle Jack.

– Oui, Julien, je t'écoute.

– C'est pas facile ce qu'on vit en ce moment…

– Ici aussi, c'est compliqué. L'ambiance est plombée. Lors des interviews, on ne parle plus que de ça, chacun évoque des souvenirs avec Manu.

– Je viens d'avoir Isabelle. Elle va très mal, c'est très difficile. Et elle vient de me dire qu'elle est enceinte.

– Ah ! quelle tristesse ! Elle est toute seule ?

– Une amie est avec elle.

– Et ses parents ?

– Ils sont à l'autre bout du monde. Je crois qu'elle n'a plus beaucoup de contacts avec eux.

– Les parents de Manu ?

– Ils sont partis pour les Açores dès l'annonce de sa disparition. J'ai une question à te poser Jack.

– Vas-y…

– Isabelle me reproche de ne pas avoir détecté la faiblesse de la quille. Toi qui as navigué sur ce bateau, tu n'as jamais remarqué de problème à ce niveau ?

– Pas que je sache… Mais depuis le temps, s'il a touché un rocher ou percuté un objet flottant entre deux eaux ou encore une baleine, ça a pu induire une faiblesse…

– J'en avais parlé à l'ancien propriétaire, il ne m'a rien signalé. Manu non plus ne m'a jamais informé d'un quelconque accident. Tu crois que j'aurais dû me méfier davantage ?

– *A priori*, non.

– Qu'est-ce que tu aurais fait à ma place ? Tu aurais démonté la quille ?

– Peut-être. Le bateau était ancien, les faiblesses de structure sont parfois indétectables sans un examen approfondi, il aurait fallu connaître son histoire dans les moindres détails…

Ses propos déstabilisent un peu plus Julien. Il va devoir vivre avec sa culpabilité. Un chemin difficile se profile devant lui. Dès le lendemain matin, alors qu'il vient à peine de s'endormir après une nuit d'interrogations et de remords, le téléphone le réveille en sursaut. Il décroche. Un journaliste. Il a compris : l'information est devenue publique. Il ne sait pas qu'elle est déjà relayée dans les journaux, avec son nom cité en bonne place.

– Bonjour, ici Bob Martin de *Globe Sailing*. Vous êtes Julien Guérec ? J'ai quelques questions à vous poser, si vous voulez bien.

Julien fait semblant de ne pas comprendre.

– C'est à quel sujet ?

– Au sujet d'Emmanuel Jourdan.

– Évidemment… Est-ce vraiment indispensable ?

– J'aimerais beaucoup avoir votre témoignage. Vous étiez très proche de lui ?

– Pendant la période où je l'ai aidé à préparer le bateau, nous avons collaboré étroitement, comme je le fais toujours avec les skippers qui m'engagent.

– Quand je vous ai vus ensemble avant le départ, j'ai compris que vous étiez très amis.

– Euh… on ne s'implique pas dans un tel projet sans tenir compte de la personnalité et des désirs de son client. Cela aboutit forcément à des liens dépassant la relation de travail, mais une fois la mission terminée, chacun repart dans sa vie professionnelle et ses préoccupations personnelles.

– Cette mission devait se poursuivre jusqu'à l'arrivée ?

– Oui, j'étais là pour l'aider à résoudre tous les problèmes techniques inévitables sur un si long parcours.

– Par téléphone ?

– Par téléphone et par Internet. Il pouvait même m'envoyer des photos. J'avais fait des clichés d'un tas de pièces pour comprendre chaque problème et comment le résoudre.

– S'il y avait eu plusieurs navigateurs à bord, est-ce que cela aurait changé quelque chose ?

– Si la quille a cédé, ça n'aurait rien changé. Même plusieurs personnes n'auraient pas pu la retenir.

– De façon plus générale, pensez-vous raisonnable de naviguer en solitaire autour du monde ?

– La mer est un espace de liberté et doit le rester. Manu connaissait les risques, il les a assumés seul et n'a pas mis en danger la vie d'autrui.

– Pensez-vous qu'un bateau ancien doit participer à ce genre de course ?

– Oui, absolument. Cette aventure fait rêver, mais pour toucher un large public, elle ne doit pas se résumer à la vitesse et à la technique. Les aventuriers à petits budgets y ont leur place. Leur ambition n'est pas de gagner, mais de raconter cette mer vivante si méconnue. C'était le désir de Manu. Malheureusement, il n'en a pas eu le temps.

– Vous l'avez dit, et l'organisation de la course le pense aussi, une faiblesse au niveau de la quille pourrait expliquer le naufrage. Vous qui avez préparé le bateau, aviez-vous un doute sur sa solidité ?

Après ses échanges avec Isabelle puis avec Jack, Julien s'attendait à la question. Cette histoire va lui coller à la peau, il se voit devenir le bouc émissaire de la disparition de Manu… Sa réponse est claire et nette.

– Non, je n'ai jamais eu de doute sur sa résistance. Il a fait plusieurs tours du monde sans avarie majeure. Il a certainement heurté quelque chose en début de course, peut-être un conteneur à moitié immergé. Près de mille conteneurs tombent à la mer chaque année. Beaucoup coulent, certains restent en surface, les conteneurs étanches ou ceux transportant du bois ou des matières légères.

– Il ne s'en serait pas rendu compte ?

– Avec les chocs dans les vagues, s'il est à l'extérieur, le bruit peut passer inaperçu, ou alors, il s'en est rendu compte, mais n'a rien constaté d'anormal. Il ne m'en a jamais parlé.

– Vous êtes convaincu qu'il a disparu ?

– J'ai discuté avec le médecin de la course. Dans une eau à quinze degrés, en combinaison de survie, on ne résiste pas plus de quelques heures, et beaucoup moins par mer agitée.

– Une journée souvenir est organisée au PC de la course, comptez-vous vous y rendre ?

– Oui, j'irai.

– Savez-vous si sa compagne viendra ?

– Je n'en sais rien.

– Pensez-vous que je puisse l'appeler ?

– Pour elle, tout ça est d'une violence extrême. Vous pouvez imaginer son chagrin : je ne crois pas qu'elle ait ni la force ni l'envie d'en parler.

Voilà Julien de nouveau face à lui-même. « Un conteneur ? Oui, c'est certainement la cause. » Peu à peu, cette idée lancée au journaliste finit par le convaincre. Inévitable. Il ne pouvait rien prévoir. Isabelle est injuste. Il a fait son travail comme il le devait, avec toute l'exigence qui est la sienne. Non, vraiment, il n'a rien à se reprocher.

Les appels se succèdent, une polémique s'installe autour de la disparition de Manu. Le discours de Julien est bien rodé : oui, le voilier était en parfait état et l'accident était imprévisible, la faute à pas de chance.

Sa situation se complique lors de l'émission *Jeu de piste*. Une équipe de télévision s'est déplacée jusqu'à son local, une demi-heure avant le direct. Pris au piège, il n'a pas pu s'opposer à l'interview. Malgré sa mauvaise humeur, il a suivi leurs instructions : il est assis dans son fauteuil de bureau, son atelier et les bateaux en arrière-plan, le micro-cravate fixé sur son pull et son visage en plein cadre de la caméra. Il se voit sur l'écran de contrôle et se compose tant bien que mal la figure d'un homme sûr de lui. De son côté, la présentatrice s'intéresse plus à la personnalité de Manu qu'aux problèmes techniques. Un marin connu pour son franc-parler et ses remarques pertinentes est également invité.

– Philippe Carré, nous vous avons convié sur ce plateau, car vous êtes un des meilleurs spécialistes de ces engins de course en haute mer. Quel est votre point de vue sur cet accident ?

– Ce bateau avait une faiblesse au niveau de sa quille, il n'aurait jamais dû partir.

– Monsieur Guérec, vous n'êtes pas à Paris, mais dans vos ateliers en Bretagne. Vous avez assuré la préparation du voilier d'Emmanuel Jourdan, *Univervie*. Les bateaux de course subissent-ils des vérifications périodiques, comme les avions, par exemple ?

– Oui, enfin… ce n'est pas systématique.

– Dans le cas d'*Univervie*, vous estimez avoir effectué tous les examens possibles ?

– Oui, tout à fait.

Le skipper présent sur le plateau intervient de nouveau :

– Julien, je connais tes qualités, mais pourquoi ne pas avoir contrôlé cette quille ?

– C'est Manu Jourdan qui a refusé l'inspection que je lui proposais.

– Si Manu était contre, il ne fallait pas le suivre.

– Il était le propriétaire du bateau, je ne pouvais rien faire sans son accord.

– Monsieur Guérec, nous ne sommes pas au tribunal, nous sommes là pour tenter, avec vous, de faire la lumière sur ce naufrage.

– Alors il ne faut pas mettre en doute ma sincérité. La mer est un milieu hostile. Par mauvais temps, les bateaux souffrent, quelle que soit leur taille, les contraintes subies sont incalculables.

Le skipper reprend :

– On ne te juge pas, Julien, on cherche juste à comprendre… Le boulot de préparateur est un contrat avec une obligation de résultat…

– Je n'ai pas à me justifier… Si quelqu'un est responsable, c'est Manu Jourdan et lui seul.

À l'écran, les images défilent. Le bateau à terre, posé sur son berceau, avec sa quille de quatre mètres de haut terminée par un bulbe effilé. Elle est peinte en orange fluo, une sécurité pour la repérer au milieu des vagues si le bateau est à l'envers, comme cela s'est déjà produit. Le commentaire en voix off explique le bras de levier de la quille et les efforts sur la coque. Puis ce sont des images filmées depuis un hélicoptère avant le départ, à la pointe de la Bretagne, une zone où la hauteur des vagues est spectaculaire. Julien se souvient de ce tournage. Avec le reste de l'équipage, il était caché à l'intérieur. On croit voir Manu naviguer en solitaire dans les quarantièmes rugissants. Le bateau est splendide avec sa déco aux couleurs d'Univervie sur les voiles. Il glisse sans effort sur les vagues, accélérant dans les descentes comme une planche de surf, puis rebondissant sur la vague suivante dans un nuage d'écume où il disparaît. Puis le cadre se rétrécit et se fixe sur Manu. Il est à l'avant, en combinaison étanche, se tenant d'une main à un hauban. Son visage est giflé par les gerbes d'eau, ses cheveux sont collés sur ses yeux et sa main gauche adresse un bonjour timide à la caméra. Il exécute une manœuvre censée illustrer la rudesse et les dangers de ces navigations en solitaire dans les mers les plus hostiles. Sur le plan suivant, on voit la foule sur le ponton le jour du départ, les étreintes émues, les yeux pleins de larmes, Isabelle, que Manu serre longuement dans ses bras en chuchotant ses adieux, puis l'ultime amarre larguée.

– Monsieur Guérec, que vous évoquent ces images ?

– Une grande tristesse. Manu Jourdan avait les compétences et un excellent bateau pour faire ce tour du monde. Je garderai toujours le souvenir d'un gars droit, déterminé, confiant en ses valeurs, heureux d'avoir réussi à prendre le départ de cette épreuve ultime, l'aventure de sa vie.

Isabelle n'a pas regardé l'émission en direct, elle l'a enregistrée. Après l'avoir visionnée, elle envoie un SMS à Julien, lui demandant de la rappeler.

– Isa, tu voulais me parler ?

– Oui, je voulais te dire que tu es vraiment dégueulasse de tout mettre sur le dos de Manu. Tu tentes de convaincre que tu n'y es pour rien, mais un jour, je le sais, la vérité éclatera, et ce jour-là, je n'aimerais pas être à ta place.

– Je suis désolé que tu le prennes comme ça, Isabelle, mais je n'ai fait que décrire la réalité !

– Ta réalité !… Celle qui t'arrange ! Quand j'entends avec quel aplomb tu parles, ça me fait mal ! Tu es pitoyable, Julien. Faut être un lâche pour trahir Manu comme tu le fais. Tu n'es qu'un minable, un pauvre type qui n'a rien dans le ventre. Tu me dégoûtes. Ne m'adresse plus jamais la parole, jamais !

24

Silence radio

La nuit est tombée sur *Le Séréno*. Manu dort encore. La mer, calme jusque-là, prend peu à peu des rondeurs. La faute à cette nouvelle dépression, pleine d'énergie, qui repousse l'anticyclone vers l'est et les pays scandinaves. Ce tourbillon a une longue histoire. Né d'un courant d'air au large de l'Afrique, il s'est nourri de la chaleur de l'eau au niveau des tropiques, avant de devenir un amas de nuages tournant sur lui-même tel un immense manège. Suivi par les météorologues, il a survolé l'Atlantique, fonçant droit sur les Antilles. Les photos des satellites dévoilent peu à peu une zone plus claire en son centre. L'« œil » qui s'est ainsi formé n'est pas celui du cyclope, mais bien celui d'un cyclone, la différence d'une lettre ne changeant rien au regard dévastateur de l'un comme de l'autre. Les cyclopes avaient un nom, les cyclones en ont un aussi. Il fut un temps où on ne leur attribuait que des prénoms féminins, ce qui manquait cruellement d'élégance. Ce tourbillon-là est un garçon, un certain *Kasper* qui a gonflé encore avant de s'abattre sur le nord des Antilles. Puis il a longé les côtes de Floride en remontant vers le nord. Rétrogradé en tempête tropicale, il a été repris par la circulation générale des vents d'ouest en est, et a retraversé l'Atlantique sans arriver à bousculer la masse d'air bloquée sur la France. Frustré, il manifeste sa mauvaise humeur par des vents violents dont *Le Séréno* commence à subir les effets.

Nicolas et Caroline sont assis à l'intérieur, lui à la table à cartes, elle sur la petite banquette en face. Le bateau, poussé par les vagues, roule bord sur bord dans un balancement qui, s'il s'accentue encore, va devenir désagréable. La cabine est plongée dans le noir, seule la lampe rouge au-dessus des instruments permet de distinguer leurs silhouettes. Leurs ombres accompagnent les mouvements de la mer et se déforment en contours fantasmagoriques. Le choc des vagues percutées par l'étrave participe à l'étrangeté ambiante, à plus de mille kilomètres de la terre et à la verticale de cinq mille mètres d'eau salée. De temps en temps, Nicolas monte sur le pont pour guetter l'apparition d'une lumière sur un horizon à peine distinct dans le ciel obscurci par les nuages. Rien, ni cargo ni bateau de pêche. À l'arrière, le sillage est zébré de longues traînées phosphorescentes vert clair. Des thons chassent dans les remous de la coque. Ils dérangent une microalgue, un dinoflagellé appelé *Noctiluca scintillans*. Grâce à sa bioluminescence, ce véritable prédateur microscopique fait des ravages parmi les populations d'autres microalgues comme les diatomées, essentielles à la régénération de l'atmosphère.

Une drisse tape contre le mât, le choc métallique du cordage résonne dans tout le bateau, Nicolas monte sur le pont, la change de place puis rentre au chaud dans la cabine. Caroline n'a pas bougé. De longues minutes s'écoulent avant qu'elle ne lui parle.

– On ne devait pas avoir du beau temps jusqu'à l'arrivée ?

– Tu ne m'as pas écouté. Je t'ai dit que le vent nous pousserait dans la bonne direction. Cela va être le cas, mais sans doute plus fort que prévu.

– Si le téléphone satellite fonctionnait, on aurait les infos météo. J'espère qu'on ne va pas se prendre une tempête… Avec le rescapé à bord… Sinon, par sécurité, on se déroute, on fait un stop en Espagne ou au Portugal, le temps que le coup de vent passe. Le gars pris en charge, tu en serais débarrassé…

– Pas question. La dépression est au nord, on est sur sa bordure. La courbe du baromètre le montre. On va avoir du vent et une mer bien formée, mais rien de méchant. Avant, les gens naviguaient sans fichiers météo, le baromètre était essentiel et il l'est toujours. On continue comme prévu. Point barre !

– Pourquoi ? Tu as un rendez-vous à l'arrivée ?

– Ce n'est pas ton problème. L'annonce indiquait qu'on toucherait terre au Crouesty, je respecte mon engagement.

– D'accord, c'est toi le skipper.

– Effectivement ! Skipper, capitaine ou commandant, comme tu veux, mais c'est moi qui dirige et prends les décisions, que ça te plaise ou non. Tu n'as rien à dire. Dans le livre de bord, je consigne tous les événements du bateau. C'est obligatoire. J'y ai décrit la récupération du gars… d'Emmanuel… Ce document fera foi si l'on me demande des explications.

– Un livre de bord qui commence après le départ de Marie-Galante et pas avant…

– Et alors ? Celui d'avant était complet. J'en ai commencé un nouveau.

– Ben voyons…

– Va jusqu'au bout de ta pensée, Caro. Tu veux me resservir l'histoire de Cayenne ? Je t'ai pourtant expliqué…

– Je ne suis pas rassurée, voilà tout…

– Je t'ai dit la vérité. On ne va pas s'engueuler sur un sujet qui ne te regarde pas.

– À condition que je n'y sois pas mêlée ! Imagine que la douane arraisonne le bateau et que ton or soit découvert, il faudra que tu t'expliques. Et moi, je serai soupçonnée…

– Il faudrait d'abord qu'elle le découvre ! Il est bien caché et les chiens renifleurs ne sont pas dressés pour ça. Aucun risque !

– Si tu le dis… Pas la peine de discuter plus longtemps, je vais me coucher….

Nicolas attend une bonne demi-heure pour s'assurer que Caroline est endormie. Il sort alors le téléphone satellite en panne, démonte la batterie déchargée, la remplace par une autre, cachée dans l'habillage d'un placard au départ de Horta. Il l'allume, tape les codes, contrôle la connexion, avant de démarrer le logiciel de messagerie puis d'observer le téléchargement des courriels. Un seul l'intéresse, mais il n'est pas dans la liste, or, d'ici l'arrivée, recommencer cette manipulation risque d'être compliqué.

À 2 heures du matin, Nicolas réveille Caroline pour qu'elle le remplace. La mer s'est creusée. Encore à moitié endormie, elle doit se tenir pour ne pas tomber. Sur l'écran de l'ordinateur en mode nuit, la progression du *Séréno* trace une ligne rouge régulière dont le prolongement butera sur la côte française au niveau de Belle-Île. Un coup d'œil dans la cabine avant lui permet de vérifier que le naufragé dort toujours.

Quand elle monte sur le pont, le ciel est toujours très nuageux, aucune étoile n'est visible. Seules les crêtes grises des vagues apportent un peu de clarté à ce noir uniforme dans lequel le voilier avance en aveugle.

Nicolas a déjà disparu dans sa cabine. Caroline apprécie ces moments où elle assume seule la charge d'un bateau pendant que l'équipage est endormi. Elle se retrouve ange gardien et maîtresse à bord, dotée d'un pouvoir que la vie de tous les jours ne lui reconnaît pas.

Éclairée par le faisceau de sa frontale, elle fait chauffer l'eau de la bouilloire en prenant le temps de savourer ces gestes simples. Puis elle s'installe dans le cockpit et boit tranquillement son café, gorgée par gorgée, ses mains enveloppant la moque pour les réchauffer.

Vers 6 heures du matin, elle voit apparaître la tête ébouriffée de Manu. Les traits de son visage sont à peine visibles sous la lueur rouge de l'éclairage du cockpit. Une barbe noire lui mange la bouche et masque ses joues creusées. Les rides autour de ses yeux sont accentuées par le manque de lumière. Elle a du mal à le reconnaître.

– J'ai dormi… Incroyable !

– Tu devais en avoir sacrément besoin !

– J'ai l'impression de renaître à la vie, comme si je sortais d'un long brouillard clair, presque transparent.

– C'est souvent ce que décrivent les personnes ayant vécu un état de mort imminente.

– Alors si c'est ça, je reviens vraiment de loin.

– C'est ce que je crois, Emmanuel.

– Parlons d'autre chose, si tu veux bien. Alors toi, tu t'appelles Caroline ?

– Oui, c'est ça… Enfin, Caro.

– Bonjour Caro ! Cette fois, j'ai recollé les morceaux. Le bateau s'appelait *Univervie*, je faisais la course autour du monde, tu sais, celle partie de Plymouth. La quille a lâché, le voilier a coulé et le radeau de survie s'est barré, cordage rompu. Je me suis retrouvé à barboter dans l'eau comme un imbécile.

– T'as eu un sacré coup de bol ! Heureusement que j'ai vu les éclats de ta lampe. Avant, j'avais capté ton mayday, j'avais cru entendre « m'aider, m'aider… ». J'ai prévenu Nicolas, le skipper. Je l'ai forcé à faire demi-tour…

– Ce n'est pas ce qu'il m'a dit. Il ne voulait pas ?

– Non, il était convaincu que cela ne servirait à rien. Enfin, c'est la raison qu'il a donnée.

– Il y en a une autre ?

– On en parlera plus tard, c'est compliqué.

– D'accord. Et tu m'as réchauffé, je m'en souviens vaguement.

– Oui, tu étais en hypothermie. Je me suis allongée contre toi pour te transmettre ma chaleur et j'ai soufflé de l'air chaud dans ta bouche… Tu as eu de la chance, j'ai suivi des cours de secourisme !

– Tu m'as sauvé la vie ! Tu permets que je te serre dans mes bras et que je t'embrasse ?

Caroline est trop émue pour lui répondre. Désormais, un lien indéfectible les unit, à travers cette vie qu'elle a su nourrir de son souffle.

– Qui est cette Lola dont tu as parlé quand tu t'es réveillé ?

– C'était un oiseau venu se poser à bord je ne me souviens plus combien de temps avant que je coule. Je lui avais donné ce prénom. Il a disparu dans le naufrage… Avez-vous prévenu à terre que j'étais vivant ?

– Non, Nicolas n'a pas pu le faire ! Le téléphone satellite est en panne… plus de batterie.

– Quoi ? Mais, il n'a pas de quoi le recharger ?

– Si, mais quand Nicolas a branché la prise, elle était tordue, les contacts à l'intérieur étaient bousillés.

– Je n'y crois pas ! Il n'a pas essayé de démonter ? De trouver une combine ?

– Je ne le connais pas trop, je ne suis à bord que depuis quelques jours. Il n'a pas l'air très bricoleur…

– Mais bordel ! Vous avez la radio, il fallait appeler un bateau ! Il n'a pas essayé ?

– Non. Il m'a dit que comme aucun n'était en vue, ce n'était pas la peine. En fait, après t'avoir récupéré, il a vite quitté la zone. Il y a certainement eu des recherches après tes messages de détresse. J'ai entendu un avion qui devait quadriller le secteur, il était loin, dans les nuages, je ne l'ai pas vu.

– Vous n'avez pas essayé de le joindre ?

– Ben non. À ce moment-là, on n'avait pas encore entendu ton appel. C'est après seulement que j'ai compris qu'ils étaient à ta recherche.

– Ce n'est pas très clair, tout ça. OK, vous m'avez sauvé, mais à terre, ça doit être l'angoisse… Je ne pige pas… Vous pouviez au moins lancer un appel radio et signaler le sauvetage… Des bateaux entendent même sans être à vue… Tu aurais pu le faire, toi…

– Interdiction de se servir de la radio sans son autorisation ! C'est la règle ici. Je n'ai pas voulu prendre le risque. L'essentiel pour moi, c'était que tu sois en vie.

– Je comprends, mais sa règle, je m'en fous, je dois absolument donner de mes nouvelles !

Manu redescend dans la cabine et va droit à l'émetteur radio situé près de la table à cartes. En parcourant du doigt le tableau électrique, il n'a pas de mal à trouver le bouton d'alimentation. Aussitôt la radio allumée, la fréquence 16 s'affiche sur l'écran jaune.

– Où est le micro ? C'est pas vrai ! Y a pas de micro !

– Il a disparu ? C'est dingue ! Il s'en est servi plusieurs fois pour répondre à ton appel !

– On ne démonte jamais un micro ! Sans micro, on ne peut plus appeler ! Je vais le réveiller, il faut que je prévienne tout de suite que je suis vivant ! Où est-il ?

– Dans la cabine arrière, à droite. Mais calme-toi. Je connais un peu Nicolas. Si tu l'agresses, il va se bloquer et tu n'obtiendras rien. Je te conseille d'y aller mollo.

Elle a raison. Il n'a rien à gagner dans une confrontation directe. « Je me calme… Je vais d'abord la jouer tranquille, amical, sans l'agresser. Si ça ne marche pas, ce sera le rapport de force. Obligé. Là, ça peut vite dégénérer. »

– Hé Nicolas ! Tu m'entends ?

– Oui… Qu'est-ce qui se passe ?

– C'est moi, Manu, Emmanuel. Je vais mieux, bien même. Excuse-moi de te réveiller, mais c'est grave. Est-ce que tu as prévenu que je suis vivant ?

– Non, le téléphone satellite est en panne, la radio aussi. J'ai perdu le micro.

– Les deux moyens de liaison bousillés, c'est vraiment con ! La loi des séries, quoi…

– Ben oui… Mais dis donc ? Tu vas mieux ! Je ne m'attendais pas à te voir debout et en si bonne forme !

– J'ai récupéré. Caroline m'a dit que tu avais essayé de réparer le téléphone ?

– Je suis content pour toi. Tu as vraiment failli y rester. Dès que j'ai capté ton appel, j'ai fait demi-tour et j'ai cherché autour de la position que tu avais communiquée. Ça été long, mais je suis têtu et je t'ai trouvé ! Je devais te tirer de là. La solidarité des gens de mer, ça ne se discute pas !

– Oui, oui, bien sûr. Tout ça, tu me l'as déjà dit… un vrai ange gardien ! Tu as cherché des solutions pour réparer ?

– Réparer quoi ?

– Tu te fiches de moi ? Le téléphone, évidemment !

– Attends, je me lève…

Nicolas allume le plafonnier, s'extirpe à moitié de son duvet, s'assoit sur le bord de la couchette et se frotte les yeux et les joues pour gagner du temps et échafauder ses réponses. Manu lui fait face, jouant le gars tranquille mais sûr de lui.

– Tu as fait de ton mieux sans doute, mais moi, je m'y connais un peu en électronique. Si tu veux bien, je vais tenter de le remettre en état de marche, ce téléphone…

– Il est là. La prise est toute déglinguée. Tu n'y arriveras pas, j'ai tout essayé, impossible.

– Et la radio ? Le micro est où ?

– Euh… Quoi, le micro ?

– Pour parler dans la radio, il faut un micro. Il n'y a plus de micro ni de fil…

– Le micro… Ah, oui, le micro ! Il était sur le siège de la table à cartes, sans faire gaffe, j'ai posé dessus tes vêtements trempés. Quand je l'ai branché, ça a fait court-circuit. Je l'ai mis à sécher au soleil sur le pont. Tout à l'heure, je l'ai cherché, pas retrouvé…

– Comment ça ?

– Ben… Il a dû tomber à l'eau avec les mouvements du bateau…

– Tu comprends que j'aimerais donner des nouvelles ?

– Oui, je m'en doute…

– Comprends aussi que tout ce matos en panne, ça puisse m'étonner.

– Mauvais concours de circonstances…

Caroline intervient :

– Un mauvais concours de circonstances bien commode, hein, Nicolas ?

– Comment ça ?

– Ne fais pas l'innocent. Tu as oublié ton histoire en Guyane ?

– Ça ne le regarde pas !

– Oui, mais je la connais, et tu dois bien te douter qu'à un moment ou à un autre, je vais la lui raconter.

– Tu ferais ça ?

– Pourquoi pas ? Qu'est-ce qui m'en empêche ? Par contre, si c'est toi, ça prouvera ta bonne foi.

Nicolas reste un moment silencieux

– Bon d'accord. Voilà, j'ai eu une grosse embrouille à Cayenne. J'ai été obligé de partir en vitesse. Un gang est à ma recherche et s'ils me retrouvent… Je n'aurai pas ta chance.

– Comment pourraient-ils te retrouver ?

– Je suis peut-être un peu parano, mais si on parle de ton sauvetage à la radio ou dans les journaux, le nom du bateau ou le mien risquent d'être cités et là, je serai en grand danger…

– C'est quoi ton embrouille ?

– J'ai peut-être tué un mec.

Il passe sous silence l'or caché à bord. Son secret, il veut le partager seulement avec Caroline. Des pépites, comme le symbole d'une complicité, d'une intimité à laquelle il croit toujours.

– Maintenant, tu saisis pourquoi je ne suis pas fâché de ces pannes, même si je n'y suis pour rien…

– Admettons… Voilà ce que je te propose : je vais essayer de réparer le téléphone. Si j'arrive à joindre la terre, je m'engage à ne donner aucune information sur l'endroit où je me trouve ni sur le nom du bateau, ça te va ?

25

L'enjeu du téléphone

Bien que tout juste réveillé, Nicolas a immédiatement senti que la situation pouvait dégénérer à son désavantage. Il a pris sur lui de désamorcer la crise. Il est là, assis torse nu sur le bord de la couchette, les jambes encore dans son duvet bleu. Il reste sur le qui-vive. Sa pâleur fait ressortir ses rides et la cicatrice sur sa joue. Sa mâchoire est contractée, ses lèvres sont serrées, sa moustache sombre souligne la tension qui l'habite. Son dos le fait souffrir. La douleur s'exacerbe à chaque effort. Depuis quelques jours, son fichu lumbago a atteint son paroxysme. Le contrecoup du sauvetage, sans doute. Sous la lumière crue du plafonnier, dans le clair-obscur de la cabine, il tient convulsivement le téléphone satellite comme si l'objet était devenu le maître de son destin.

Ses explications ont eu le mérite de faire retomber la tension. Manu n'est pas convaincu, mais conscient de la défiance de Nicolas, il ne veut pas le brusquer. Son seul but : avoir ce téléphone.

– Nicolas, ce serait bien que tu me le donnes…

– Je veux ta promesse devant Caroline que, si tu arrives à le réparer, tu diras juste que tu es vivant, que tu seras bientôt de retour. Après, tu me le rends. D'accord ?

Manu n'a pas le choix.

– Je te le promets.

Nicolas hésite encore. Résister pour ne pas paraître faible. Céder pour que Caroline ait de nouveau envie de poser sa tête sur son épaule. Ressentir une tendresse, une écoute, un accord. Un simple geste, une attitude lui signifiant qu'il n'est plus seul, que les autres ne sont pas toujours des adversaires. Peut-être n'est-il pas trop tard.

Caroline a perçu son combat intérieur. Ce n'est pas le moment de lui enlever ses illusions. Le mieux est de l'amadouer, le flatter, le cajoler comme un enfant qui se sentirait injustement rejeté.

– Nicolas, si Manu est là, vivant, c'est grâce à toi et il le sait. Tu es un super marin. Tu as été top.

– J'ai fait le job. Point barre !

– Oui, mais positionner le bateau comme tu l'as fait, juste à côté d'un corps à la dérive, ballotté par les vagues, et sans le heurter, le tout en pleine nuit, moi je dis bravo !

– C'est vrai que ce n'était pas simple.

– Tu as aussi fait des efforts de dingue pour le monter à bord. Manu, tu ne peux pas t'en souvenir, mais tu n'étais qu'un mannequin désarticulé, lourd comme un âne mort…

– Ça n'a pas arrangé mon mal de dos…

– Je m'en suis rendu compte, je t'ai vu grimacer de douleur et continuer malgré tout.

C'est à Manu de poursuivre l'opération de persuasion :

– Nicolas, je te serai toujours reconnaissant de m'avoir sauvé. Mais tu peux comprendre que je dois prévenir que je suis toujours en vie ! Ma compagne, ma famille, mes amis doivent souffrir, et tout ça pour rien ! Je ne veux pas que cela dure plus longtemps !

– Ce téléphone est cassé ! Je n'y peux rien ! Depuis le départ des Antilles, je ne m'en suis jamais servi, même pour la météo.

– Bon, peu importe la cause. Je peux essayer de le réparer, non ? Allez, s'il te plaît, donne-le-moi.

Manu tend les bras pour le prendre. L'instant reste suspendu comme ses mains ouvertes vers ce téléphone. Caroline essaie encore de le convaincre.

– Nicolas, il faut en finir ! Sois raisonnable ! Manu est déterminé. Je n'aimerais pas qu'on en arrive à une bagarre !

– Des menaces ! Je n'aurais jamais pensé que tu serais capable d'un tel chantage, Caroline !

– Je pense à la douleur de ses proches. Nicolas, tu es intelligent, sensé, dépasse ce rapport de force…

Elle a choisi son camp. Son alliance avec Manu rejette Nicolas au fin fond de sa désespérance. À quoi bon s'arc-bouter dans une opposition sans issue ? Dépité, à contrecœur, il laisse Manu lui prendre le téléphone. Il se console en se disant qu'il fonctionne parfaitement avec la batterie qu'il garde cachée. Petite satisfaction, mais satisfaction quand même. Le seul risque est qu'il le détraque.

Manu n'a pas la patience d'attendre le jour. Il s'installe à la table à cartes, fixe une lampe frontale sur son front et en dirige le faisceau sur l'appareil.

– La prise du chargeur a été détruite par un tournevis ou un couteau, et c'est récent !

– Ah, bon ?

– Passe-moi un tournevis, je vais le démonter.

– Tu vas démonter quoi ?

– Je veux juste regarder à l'intérieur…

L'opération est compliquée, les vis glissent sur la table à chaque coup de roulis. Le boîtier enfin ouvert, Manu inspecte la carte électronique. Elle présente des traces noires à l'endroit où sont fixés les fils de l'alimentation extérieure.

– Il y a eu un court-circuit, là. Impossible de rebrancher la prise. Trop con ! Tu n'as pas une batterie de secours qui serait chargée ?

– Non, non. Tout est là, malheureusement…

Nicolas esquisse un sourire, il est tranquille : pas de risque que Manu prévienne la terre.

– Tu as vu, Caro, il sourit ! Il est content ! Alors que là-bas, ils sont désespérés. Ce type est un pourri. Je devrais lui foutre mon poing sur la gueule.

– Manu, s'il te plaît, n'oublie pas qu'il t'a sauvé la vie…

– En plus, cet imbécile a perdu le micro de la radio. On est vraiment à poil pour prévenir…

– Mais il reste l'ordinateur ?

– Exact, mais sans liaison satellite, on ne peut rien transmettre. À moins que…

26

La douane surveille

Un Beechcraft King Air 350 de la douane a décollé de l'aérodrome militaire de Lann-Bihoué, direction le golfe de Gascogne. Sa mission : surveiller les bateaux, en particulier les voiliers dont la route vers le nord laisse supposer qu'ils arrivent du Maroc, de l'Amérique du Sud ou des Antilles.

En cette fin novembre, ils sont rares, la plupart des plaisanciers en mer naviguant vers le sud pour fuir tempêtes et frimas de l'hiver européen et rejoindre des contrées tropicales plus accueillantes.

Ils sont cinq à bord. Équipés de caméras ultra-puissantes, ils traquent les bateaux au comportement douteux. Sur la liste des bateaux suspects, fournie par les services de renseignements de la douane, figure *Le Séréno*. Il a été repéré par Fred à Portsmouth, dans l'île de la Dominique. Après sa visite sur le bateau, ses rires et ses blagues, destinés à donner confiance, il avait transmis à la direction des douanes en Martinique un rapport détaillé avec photos du bateau et de son équipage.

Une fois la fiche établie, il a été facile de pister *Le Séréno*. Naviguant dans les Petites Antilles, constituées d'un chapelet d'îles indépendantes, Nicolas avait obligation de se déclarer en arrivant dans chaque nouveau pays. Docilement, il avait hissé à chaque fois le drapeau national du côté droit du mât, ainsi que le pavillon jaune pour demander l'autorisation d'aller à terre. Une fois les documents du bateau et les passeports des occupants enregistrés par la police ou la douane, il avait reçu la fameuse « clearance », le droit d'accès au pays. Par pur défi, il avait quelquefois omis d'informer les autorités de son départ, quitte à avoir quelques soucis à l'escale suivante.

C'est ainsi que la douane avait suivi l'arrivée du *Séréno* en Martinique, puis en Guadeloupe. À Pointe-à-Pitre, la police des frontières avait enregistré le départ de son équipière Audrey sur un vol Air Caraïbes Pointe-à-Pitre-Paris Orly, quelques dizaines de jours plus tard.

Nicolas, lui, n'avait pas signalé son départ des Antilles. Aux Açores, il s'était déclaré, car le bateau de la police sillonnait le plan d'eau au moment de son arrivée. L'essentiel étant d'éviter de se faire repérer par un comportement suspect. Tout s'était bien passé.

La dépression qui a balayé l'Atlantique se meurt en traversant lentement le golfe de Gascogne. Ces derniers soubresauts ne sont pas vraiment du goût du pilote. Plafond bas, turbulences, grains violents, ce vol n'est pas une partie de plaisir. S'il veut avoir une visibilité suffisante, il doit voler sous ces nuages, ce qui accentue le danger et limite la portée des observations. Même à basse altitude, il est difficile d'apprécier la violence de la mer. Seule la bande d'écume laissée par les vagues qui déferlent renseigne sur la puissance du vent.

L'appareil a survolé des pétroliers et des cargos naviguant vers Bordeaux ou Saint-Nazaire, des bateaux de pêche espagnols raclant les fonds en bordure du plateau continental. À plus de quatre cents kilomètres à l'heure, il faut avoir un œil averti, de bons réflexes et une grande concentration pour détecter les bateaux, surtout les voiliers. Leur petite taille, les coques et les voiles blanches se distinguent mal parmi l'écume et les embruns. Le seul voilier qu'ils ont aperçu était un bateau anglais à deux mâts, sous voilure réduite. En général, depuis l'avion, avec une bonne visibilité, la reconnaissance est facile. Quelques photos bien zoomées permettent de voir des signes distinctifs, ou mieux, le nom écrit à l'arrière ou sur le côté. Il suffit ensuite de comparer avec la banque d'images. Or Fred a fait du bon boulot : les clichés du *Séréno* sont excellents.

Mais pas de *Séréno* en vue. Au bout de quatre heures de quadrillage, l'équipage du Beechcraft décide de rentrer à sa base. Ils reviendront demain.

27

Accepter l'inacceptable

À Pornichet, Isabelle tressaille à chaque appel, dans l'espoir insensé d'une bonne nouvelle. Mais ce sont des amis qui tentent de lui apporter affection et réconfort, ou des concurrents qui, depuis la haute mer, tiennent à lui témoigner leur soutien. Les compagnes de ces derniers se manifestent aussi. Elles qui vivent chaque course dans la crainte, peuvent aisément imaginer ce qu'elle est en train de traverser.

Elle a reçu un courriel du personnel d'Univervie : « Manu faisait partie de notre famille, toute l'équipe restera toujours à vos côtés en mémoire de notre héros. » Les liens qui se créent entre un sponsor et un skipper dépassent souvent les rôles respectifs de financeur et de porte-drapeau. La peine des salariés de l'entreprise marraine est à la mesure de leur attachement à celui qui leur a fait partager son aventure.

Peu à peu, tous ces messages résignés sapent la conviction d'Isabelle. Pourquoi avoir écrit sur un papier qu'elle avait collé au-dessus du radar : « *Désormais, je vais dormir seule. Quand j'enfoncerai ma tête dans l'oreiller, je penserai à toi, comme à chaque seconde. Je tâterai les draps, mais ma main ne trouvera que le vide et le froid* » ? « Jamais je n'aurais pensé que ces mots pouvaient avoir un sens définitif. J'ai eu une intuition, une prémonition que j'ai exprimée sans en saisir la portée. J'aurais dû entendre ce signal et l'empêcher de partir. Au lieu de ça, quand il était découragé, je le poussais à y aller. C'est moi qui lui ai porté malheur. »

Elle aurait dû s'imposer, quitte à tout perdre. Il était trop souvent en mer, elle en souffrait, évidemment. Comment concilier le respect de ses ambitions et l'épanouissement de leur vie de couple ? C'est un sujet dont elle avait souvent parlé avec d'autres compagnes de skippers au départ ou à l'arrivée des courses, sans être convaincue par les arguments des unes ou des autres. Elle voulait se donner le droit de vivre ses propres désirs, de se sentir libre, indépendante, sans devoir subir les passions de l'homme qu'elle aimait. Ses rêves n'étaient pas les siens. Elle avait besoin de stabilité, d'ancrages, lui d'aventures, de voyages. Ces divergences avaient déjà provoqué d'âpres discussions entre eux, à tel point qu'elle se demandait parfois s'il l'aimait toujours. Jusqu'alors, elle avait cédé, mais ses aspirations étaient trop profondes pour qu'elle y renonce. Inconsciemment, elle voulait réparer cette vie saccagée à ses 8 ans. Déjà, dans le jardin de la maison de Pornichet, elle faisait pousser des fleurs comme si c'étaient ses futurs enfants qu'elle regardait grandir.

C'était son amour pour Manu qui l'avait fait tenir si longtemps dans le monde éphémère et sans pitié des médias. Son retour au métier d'infirmière n'était pas un hasard, mais plutôt une prise de conscience. Être utile aux autres, c'était plus important que de courir les mers à la recherche de ses propres chimères.

Il n'y a que Laetitia, son amie, pour entendre ses remords.

– Tout est de ma faute. Je n'ai pas osé exiger. C'est sa passion égoïste qui l'a perdu, et moi avec.

– Tu ne peux pas dire ça. Depuis que je vous connais, je t'ai vu prendre du plaisir à naviguer avec lui, même si toi, tu n'as pas d'eau salée qui coule dans tes veines. La Grèce, les Antilles, la Norvège, tu les as aimées ces croisières…

– Oui, je sais, c'était bien. La mer calme, le soleil, tous ces ports à découvrir… Et je l'aimais ! Je voulais qu'il soit heureux, qu'il se réalise. J'ai idéalisé son projet, même si je ne m'y retrouvais pas. Il aurait fallu que je le lui dise, mais j'étais aveuglée, il m'aveuglait.

– Pour avancer, il avait besoin de toi et de ton amour.

– Oui, mais pas pour le conduire là où il est ! Il m'avait dit qu'après la course, il penserait à se poser. Avec l'argent d'Univervie, on aurait pu s'offrir un toit, pas bien grand, mais tout près de la mer. Il avait prévu un atelier pour stocker son matériel de bateau. J'y ai cru, même si ces derniers mois, il était lointain, absorbé par son défi… Il avait tellement confiance en lui ! J'ai tenté de le raisonner, mais c'était peine perdue, il se mettait en colère tout de suite… J'attendais son retour… Qu'est-ce que je vais faire maintenant ? Avec cet enfant, en plus… Tout est foutu.

– Isa, il est trop tôt pour penser à tout ça. Il faut que tu reviennes dans la vie. C'est facile à dire, mais crois-moi, ton avenir et celui de ton enfant passent par ce travail sur toi. Si Manu était là, c'est ce qu'il te dirait.

– Laetitia, je ne suis même pas capable de faire mes soins à domicile…

– Je m'en doute, mais tes malades t'attendent, tu ne peux pas les laisser tomber. Je vais t'accompagner. Je conduirai ta voiture.

– Je n'ai pas la force…

– Si, si, tu vas y arriver, Isabelle.

28

La fronde

L'ambiance est tendue sur *Le Séréno*. Nicolas, assis à la table à cartes, ressasse sa défaite. Il a choisi de céder. Sinon, le conflit était inévitable et il aurait perdu. Mais tout de même, lâcher prise comme il l'a fait, c'est dur à digérer.

Manu s'est installé sur une banquette du cockpit, loin de Nicolas pour que sa présence ne soit pas ressentie comme une provocation. L'essentiel, pour l'heure, est de parvenir à donner de ses nouvelles.

Caroline, fatiguée, est partie se coucher.

Bien qu'aucune parole ne soit échangée, il y a du bruit dans le carré. Un mélange tapageur de chocs, de grincements, de craquements qui occupent tout l'espace. Dans cette fin de dépression, les vagues sont désordonnées et bousculent le bateau qui tente de se frayer un chemin à travers les monticules d'eau. De temps en temps, les voiles sont ballottées par le roulis et leurs écoutes se tendent dans des claquements furieux. Le ciel est sombre et des nuages traînards viennent se frotter à la surface de l'eau en libérant leurs dernières ondées. Il fait froid, humide. À l'intérieur, une buée salée s'est déposée un peu partout.

L'heure du repas réunit tout le monde dans le carré. Il faut bien se nourrir. Caroline ouvre une conserve de cassoulet toulousain qui leur tiendra au corps. Pas envie d'en faire plus. L'atmosphère est pesante. Elle sent qu'il faut la détendre, parler, faire diverger les pensées pour atténuer la discorde. Recréer du lien entre les deux hommes, si c'est encore possible.

– Comment as-tu fait pour courir un tour du monde, Manu ?

Il hésite à répondre. Raconter, se mettre en avant, risque d'exacerber le ressentiment de Nicolas. Il s'en tient au factuel, en forçant sur ses erreurs.

– C'est une longue histoire. À cette époque, j'avais quitté la région parisienne et je m'étais installé à Nantes…

– Plus près de la mer…

– Exact… Le week-end, j'allais à La Trinité-sur-Mer. Là, j'ai commencé à barrer des bateaux dans des régates locales. Comme je me débrouillais pas trop mal, ça s'est su. On m'a confié de chouettes engins, j'ai pu progresser.

– Tu avais quel âge ?

– Autour de 25 ans. Et puis, coup de chance, quelques années plus tard, je me suis retrouvé au chômage !

– Tu parles d'une chance !

– Pour moi, oui. Je voulais faire du solitaire. Je ne suis pas assez diplomate pour mener un équipage… Tatillon, personnel et sale caractère, paraît-il… Avec mes indemnités de licenciement, j'ai loué un voilier et je me suis inscrit à la Solitaire de l'été. Mais si je ne voulais pas finir dans les derniers de la cinquantaine de participants, il me fallait un partenaire, un sponsor pour m'acheter des voiles neuves.

– C'était gonflé !

– Irréaliste surtout ! Je forçais la porte du cercle fermé des marins solitaires, sans être passé par le centre de préparation d'où sont issus beaucoup de compétiteurs. Sans l'enseignement et le blanc-seing de cette école, mon parcours était compliqué !

– Difficile cette course ?

– On dit souvent que c'est la thèse de doctorat de la course au large. Mais j'y croyais ! J'avais ma botte secrète, ma phrase fétiche…

– Mais encore ?

– « Le dépassement de soi se nourrit de la satisfaction d'avoir réussi, alors que l'on n'était pas sûr d'y croire. »

Caroline l'écoute, questionne et commente avec une attention pleine de ferveur. Nicolas, lui, reste fermé, impassible, les yeux dans le vague, jouant l'indifférence.

– Comment as-tu trouvé ton mécène ?

– À la fin de mes études de commerce, j'avais fait un mémoire sur le sponsoring dans les courses à la voile. Ça m'a bien aidé. J'habitais Nantes et je partageais mon temps entre la promotion du muscadet et la vente de brioches vendéennes. Dans un salon de l'alimentation, j'ai rencontré le dirigeant d'une chaîne de pizzas livrées à domicile. Il était régatier à ses heures, l'idée de voir le nom de sa boîte sur les voiles d'un bateau l'a séduit…

– La bouffe et la mer, je ne vois pas trop le rapport !

– Pourtant ça marche fort ! Sodebo, Maître Coq, la Mie Câline, Charal… la liste est longue. Bref, j'avais intérêt à être bon pour vivre grâce à des pizzas…

– Tu as fait quelle place ?

– Trente-cinquième ! La claque monumentale ! J'ai compris que j'avais tout à apprendre. Pourtant, ils ont continué à me suivre, et l'année suivante, j'étais dans le premier tiers.

Poussé par Caroline, Manu monopolise la conversation. Mais il raconte sans vraiment s'impliquer, sans se mettre en avant. Son esprit est ailleurs : comment faire savoir qu'il est vivant.

À la fin du repas, il se lance :

– Je crois que j'ai trouvé une solution pour donner de mes nouvelles… Je vais la jouer à la Bernard Moitessier…

– C'est qui ?

– Un type incroyable qui a participé à la première course autour du globe en solitaire en 1968. Dans son bouquin mythique, *La Longue Route*, il raconte comment il est entré en symbiose avec les albatros, les dauphins et la nature elle-même. Un écolo avant l'heure, tellement imprégné par son expérience qu'après avoir passé le cap Horn, il n'a pas voulu regagner l'Europe. Moitessier a continué son voyage, poussé par les vents des quarantièmes rugissants, pour finir par rejoindre un atoll isolé du côté de Tahiti et y vivre en ermite. Il avait envoyé un message à l'organisateur de la course : « *Je continue sans escale vers les îles du Pacifique parce que je suis heureux en mer, et peut-être aussi pour sauver mon âme.* »

– Sacré personnage !

– Je me souviens encore de cette phrase dans son livre : « *C'est toute la vie que je contemple, le soleil, les nuages, la mer, le temps qui passe et reste là. C'est aussi, parfois, cet autre monde devenu étranger, que j'ai quitté depuis des siècles. Ce monde moderne artificiel où l'homme a été transformé en machine à gagner de l'argent pour assouvir de faux besoins, de fausses joies.* »

– J'aimerais bien le connaître, ce gars-là ! ajoute Caroline.

– Trop tard, il est mort. Sa tombe est dans le cimetière du Bono, à côté de Vannes, pas très loin du port du Crouesty, là où on est censés arriver.

– Mais quel rapport avec ton idée de message ?

– À l'époque, le téléphone satellite n'existait pas, juste la radio. Lui, il n'avait aucun moyen de communication. Pour donner de ses nouvelles, il avait fabriqué une fronde. Quand il croisait un cargo, il lançait des messages enfermés dans des étuis de pellicules photo… On va faire pareil si on croise un bateau. Le plus compliqué, c'est la fronde, mais j'ai une idée.

Il interpelle Nicolas.

– Tu as des pagaies à bord ?

– Euh… Ben oui… pourquoi ?

– Apporte-m'en une, s'il te plaît.

– Tu vas faire quoi ?

– La transformer en fronde

– Ma pagaie va être foutue !

–Je t'en achèterai une autre à l'arrivée ! Je veux qu'ils sachent que je suis vivant ! Tu le comprends, ça ? Je vais enlever le centre de la pale et fixer des élastiques de chaque côté. Il me faut des élastiques.

Caroline est admirative.

– Franchement, je n'y aurais pas pensé.

– Tu sais, en mer, il faut être débrouillard ! Alors, ça vient cette pagaie, Nicolas ?

– Du calme ! Elle est dans un coffre du cockpit, je vais la chercher.

Nicolas grimpe à pas lents l'escalier pour se donner l'illusion de maîtriser encore la situation. « S'il pense m'intimider, il se trompe. C'est moi qui dirige ce bateau ! »

La pagaie à la main, Manu s'installe sur le coin de la cuisine.

– Donne-moi une lame de scie.

– Je n'en ai pas.

– Apporte-moi ta trousse à outils, je trouverai bien un truc tranchant.

Avec une mauvaise volonté évidente, Nicolas obtempère. Manu fouille parmi les outils. D'un coup, il sent une gêne pour respirer. Voilà que l'asthme se rappelle à lui. « Pourvu que je ne fasse pas une crise. Sans Ventoline, ce serait dramatique. » L'angoisse d'en manquer accentue encore sa gêne. Il essaie de ne rien laisser paraître, mais la quinte de toux est révélatrice. « Faudrait pas que cette saloperie d'asthme m'affaiblisse, ce n'est pas le moment. » Il regarde Nicolas droit dans les yeux, histoire de lui montrer que, malgré son trouble, il garde son emprise sur lui. Il brandit la lame qu'il vient de dénicher.

– Et ça, ce n'est pas une scie ? Tu te fous de moi ou quoi ?

Nicolas répond par un sourire.

Manu va vite. La découpe, les trous, les sandows à installer. Il s'active, malgré les quintes de toux. Au bout d'une heure, la fronde est prête.

Nicolas, les bras croisés, sans un mot, le défie du regard, mais Manu l'ignore.

– Maintenant, Caro, trouve-moi le tube qui va bien, pendant que j'écris mon message…

– J'ai une idée ! Un tube d'aspirine ! Je regarde dans la pharmacie…

– Regarde aussi s'il y aurait pas de Ventoline, un flacon blanc avec un embout vert et bleu.

– Non, je n'en vois pas.

– Alors donne-moi les noms marqués sur les boîtes.

Elle les sort les unes après les autres et énumère :

– … « Amoxilline », « Lopramide », « Presinone »

– Tu peux répéter le dernier?

– Attends: Pred-ni-so-lone.

– C'est de la cortisone, ça va m'aider. File-m'en deux tout de suite. En plus, ce genre de produit, ça booste. Interdit en course, c'est du dopage!

– J'ai trouvé un tube! Doliprane 1000 comprimés effervescents. Je mets les comprimés dans un sachet plastique avec le nom dessus. On ne sait jamais, on peut en avoir besoin.

– Excellent! Il a juste la bonne dimension. Reste à le lester avec du riz.

– Ne le remplis pas à fond! N'oublie pas qu'il y a le message.

– Tu me prends pour un idiot? Regarde plutôt s'il n'y en a pas un deuxième, histoire de multiplier nos chances.

Les deux tubes prêts, Manu arrache la dernière page du livre de bord pour rédiger son message. Nicolas reste muet. Dépassé, il a baissé les bras.

– Voilà ce que j'écris: «*Je m'appelle Emmanuel Jourdan, mon bateau* Univervie *a coulé. J'ai été récupéré par un voilier. Tout va bien. Je donnerai d'autres nouvelles dès mon arrivée à terre. Nous n'avons aucun moyen de communication. Pouvez-vous prévenir que je suis vivant et en bonne santé aux numéros de téléphone suivants:*»

– Quels numéros tu donnes?

– Celui de ma compagne, Isabelle, et celui du directeur de la course à Plymouth. Je vais écrire aussi le texte en anglais. Tu connais l'espagnol?

– Un peu… deux, trois mots. Traduire ce bout de phrase? Je vais essayer…

– Ensuite, on n'aura plus qu'à surveiller la mer. Il faut qu'un cargo passe pas trop loin, sinon à la vitesse où ils vont, on ne pourra pas le rattraper. Si on continue cette route, quand est-ce qu'on passe le rail ? Nicolas ? Je te parle ! Sur ta carte, tu dois le voir, non ?

– Regarde toi-même !

Manu calcule.

– Si on garde cette vitesse, on y sera cette nuit. Ce n'est pas le meilleur moment, mais tant pis, on ne va pas ralentir.

Caroline s'interroge :

– Il reste combien de milles ?

– Environ trois cents.

– Donc, si le vent se maintient, on devrait être à terre dans deux jours et demi, c'est bien ça ?

– Oui, avec une arrivée plutôt dans la nuit.

– C'est quoi cette histoire de rail ?

– C'est la ligne virtuelle qui relie la pointe de l'Espagne à la pointe de la Bretagne. Pour éviter les collisions, les cargos sont obligés de se suivre à la queue leu leu dans le rail montant vers la Manche, et dans celui descendant vers Gibraltar ou l'Afrique. C'est le long de cette zone qu'on a les meilleures chances de croiser un bateau.

Entre Manu et Caroline, la connivence est devenue une évidence. Plus tard, dans l'après-midi, assis côte à côte sur le banc du cockpit, ils discutent du sauvetage.

– Tu sais, Manu, en pensant à ce souffle que j'ai poussé dans ta bouche pour te sauver, je me dis que pour une fois, ce n'est pas un homme qui a engendré la vie dans le corps d'une femme, mais une femme qui a rendu vie à un homme ! Belle revanche pour les féministes !

– C'est juste, mais est-ce que tu y as pris du plaisir ?

– Tu rigoles, je suppose ! Évidemment non ! J'étais stressée, je m'appliquais, je ne voulais pas manquer de souffle.

– Si ça peut te rassurer, moi non plus, je n'y ai trouvé aucun plaisir.

– Le plaisir, je le ressens maintenant. Pas le plaisir charnel bien sûr, mais la satisfaction de t'avoir sauvé. Je me sens plus forte, plus sûre de moi. Sans le vouloir, tu m'as fait du bien.

– Si je te dis que tu m'as aidé toi aussi, tu me crois ?

Tous les deux partent d'un grand éclat de rire… Enfin un peu de détente après le drame et les tensions. Et, à vrai dire, le premier moment joyeux pour Caroline depuis le départ de Horta. Leur complicité la rend heureuse. Comme si l'intimité de leurs corps s'était propagée dans leurs esprits.

– Nicolas ne t'a pas relayée quand tu me faisais du bouche-à-bouche ?

– Non, jamais. Il n'a pas osé ou il était effrayé.

– J'ai du mal à le cerner. Malgré ses explications, je trouve son comportement étrange. Il est en retrait, sur la défensive. Remarque, s'il a peur de se faire assassiner, on peut comprendre…

– Ça explique qu'il veuille rester incognito…

– Probable, si ce qu'il dit est vrai. Tu n'as rien remarqué de particulier à bord ?

– Non rien de spécial… Ah si ! des taches brunes sur le matelas dans ma cabine…

29

Tensions

Une nouvelle nuit débute à bord du *Séréno*. Nicolas est fatigué et inquiet. L'arrivée à terre va être compliquée. « Ils vont me mettre des bâtons dans les roues, c'est sûr. Il faut que je me débarrasse d'eux. Qu'est-ce que j'ai été stupide d'embarquer cette nana à Horta ! Avec les gonzesses, c'est toujours la même chose : au début tout va bien, elles sont amoureuses, on baise, on s'amuse, puis tout de suite après, pfuit ! Faut qu'elles se mêlent de tout, et ça dégénère ! Sans elle, ce type aurait pu gueuler tant qu'il voulait à la radio, je l'aurais laissé barboter dans l'eau et je serais rentré peinard. Maintenant c'est trop tard, ils se sont ligués contre moi. Mais je ne vais pas me laisser faire. »

La mer est toujours très agitée. La dépression issue du cyclone *Kasper*, de retour d'Amérique, est remontée vers l'Irlande. Elle se comble peu à peu. À l'endroit où ils se trouvent, la houle poussée par les vents est encore haute, les creux doivent mesurer au moins trois mètres.

Ils dînent rapidement. L'ambiance est électrique. Nicolas se tient debout devant la cuisine, Caroline et Manu sont assis côte à côte sur la banquette du carré. Dans cet espace restreint où chacun doit supporter le regard de l'autre, les attitudes se décryptent en direct. Ce soir, il suffit d'observer pour constater que la scission est consommée.

Nicolas a réduit l'éclairage afin de faciliter l'adaptation à l'obscurité extérieure. Les mots échangés dans cette pénombre sont rares. Seuls les vagues contre la coque et les verres qui s'entrechoquent dans un placard occupent le silence. Manu pressent qu'il suffirait d'un rien pour que la situation dégénère. « À moi de me calmer, de lui parler gentiment, histoire de le détendre. »

– Je propose de participer aux quarts, Nicolas. Je peux faire trois heures cette nuit, si ça te va.

– Qu'est-ce que tu veux que je réponde ? Puisque t'es là et que je dois te supporter, je ne vais pas te promener comme un touriste !

C'est Caroline qui prend le premier quart. Elle a insisté, dans l'idée de faire ensuite une bonne nuit. Elle s'installe dans le cockpit pour assurer ses tours d'horizon fastidieux. Au bout de quelques minutes, ses yeux sont habitués à l'obscurité et leur acuité s'améliore. Elle croit deviner une lueur loin devant. On ne voit pas les lumières. Elles sont derrière l'horizon et se reflètent dans les nuages. Sans doute un paquebot, une de ces villes flottantes qui brille de tous ses feux. Caroline imagine les passagers en train de danser. « Que peut bien représenter la mer pour ces gens ? Une étendue plate et monotone à laquelle on jette un coup d'œil entre le bar, la piscine et les spectacles ? Du dixième étage, comment peuvent-ils se rendre compte de la puissance des vagues et du vent ? Il n'y a même plus de roulis ni de tangage sur ces monstres modernes ! »

Pour rien au monde elle n'échangerait sa place contre la leur. Seule sur le pont, dans la fraîcheur de novembre, elle est libre, heureuse, vivante. L'air qu'elle respire est pur, elle le sent l'envahir jusqu'au fond de sa poitrine. La lueur disparaît peu à peu. L'océan Atlantique lui appartient de nouveau. Il ne l'effraie pas. Il peut parfois tuer, mais elle ressent l'énergie qui s'en dégage et qu'elle partage avec toutes ses créatures, des crevettes microscopiques jusqu'aux mammifères les plus évolués. Elle s'en imprègne, s'y régénère. Une fois dépassés les angoisses et le mal de mer, ce monde est une porte ouverte vers la beauté originelle et une plénitude libératrice de tous les tourments.

Les heures s'écoulent sans notion du temps qui passe, et elle est toute surprise de voir apparaître une tête à l'entrée de la cabine. Il est près de 4 heures du matin.

– C'est toi, Manu ?

– Oui, c'est moi.

– Dans le noir, je ne t'avais pas reconnu.

– Je suis réveillé depuis un bon moment. Pendant qu'il dort, je suis allé faire un tour dans ta cabine. Je voulais voir les taches dont tu m'as parlé. Avec la lampe frontale, ce n'est pas évident, mais on dirait des taches de sang.

– Il y aurait eu une bagarre dans cette cabine ?

– Je ne sais pas, difficile à dire. Quelqu'un a peut-être saigné du nez en dormant… C'est au bord du matelas, il y en a aussi sur le bois de la couchette.

– Moi, je pense à une bagarre, une tête tirée par les cheveux, que l'on cogne contre le bois…

– De toute façon, ce n'est pas la peine de lui poser la question, il ne dira rien. Il risque juste de s'énerver. Il se maîtrise, la violence enfouie en lui peut éclater à tout moment.

– Si c'est du sang, ce n'est pas notre problème, nous n'étions pas là. On n'en a rien à foutre.

– C'est clair.

– Il est quand même bizarre. Tu sais, après ton « mayday », il a fallu que je le menace pour te récupérer, un gros chantage, sinon tu serais toujours dans l'eau !

– Qu'est-ce que tu lui as dit ?

– Que s'il n'allait pas à ta recherche, je le dénoncerais à l'arrivée. Il n'a pas l'air d'aimer les uniformes. En tout cas, il a eu peur que je l'accuse de non-assistance à personne en danger. Que tu meures, il s'en foutait ! Le danger, c'était moi !

– Pourtant, il m'a raconté que c'était lui qui avait décidé de venir à mon secours…

– Quel menteur !

– Toi, avec ton chantage, tu m'as sauvé la vie, mais tu as risqué la tienne… Tu penses qu'il aurait pu te faire du mal ?

– Je ne sais pas. Il est très ambivalent. À des moments, il est super agressif, et à d'autres plutôt attentif et serviable… Avant ton sauvetage, il m'a draguée, gentiment. On a même vécu un moment, disons… romantique… C'était un matin, p'tit dej dans le cockpit, lever de soleil, mer bleue, solo de piano… tout y était ! Je me suis laissé aller. Il n'en a pas profité, il aurait pu, pourtant. Il est resté sans réaction, comme bloqué… J'ai trouvé ça bizarre, voire vexant ! Depuis que tu es là, il n'est plus le même. Il est prêt à mordre. Il vit mal notre complicité.

– C'est ce que je pense aussi…

– On n'en parle plus si tu veux bien. L'essentiel est d'arriver à terre, de quitter ce mec et ce putain de bateau.

– Est-ce que tu as vu des cargos ?

– Un paquebot sans doute, mais très loin.

– Tu n'es pas trop fatiguée ?

– Non, ça va. Le vent est moins fort et la mer s'est un peu calmée. J'espère que le temps va s'améliorer.

– Bon, alors, à moi de jouer maintenant. Bonne nuit, repose-toi bien… Ah ! encore une chose…

– Oui, quoi ?

– Je voulais te dire…

Il a du mal à trouver les mots.

– … Avant je vivais en dilettante, sans penser au temps qui passe, et puis, au moment de mourir, je l'ai senti, je l'ai touché du doigt, ce temps, il s'égrenait, vague après vague, mais c'était trop tard, déjà il m'échappait. Je ne sais plus si j'y ai vraiment pensé à ce moment-là, mais tu vois, maintenant, je n'arrête pas de me répéter les paroles de cette chanson de Reggiani.

Combien de temps…

Combien de temps encore ?

Des années, des jours, des heures, combien ?

Mon pays c'est la vie.

Combien de temps…

Combien ?

Je l'aime tant, le temps qui reste…

Alors tu vois, ce temps dont je connais désormais le prix, je n'ai pas envie de le perdre dans un prétendu bonheur. J'ai peur de mon retour, Caro, j'ai peur de retrouver la vie convenue qui m'est promise. La mort qui m'a frôlé m'a donné l'envie de respirer à fond. Le cap, je ne veux plus le connaître, je veux chercher les vents portants qui m'emmèneront vers des terres inconnues que j'ai hâte de découvrir. Ce naufrage est une opportunité pour échapper à la facilité, au besoin de reconnaissance que j'ai cherché à travers la compétition, à travers ma vie entière. Je veux être libre, je veux être moi.

Caroline l'a écouté avec recueillement.

– Ce que tu viens de dire, c'est exactement ce que je ressens. Je ne vais pas te raconter ma vie, mais à 19 ans, je me suis fait embobiner par un mec et j'ai failli me marier. Ses parents avaient du fric, ils étaient prêts à nous acheter un joli pavillon, histoire de bien me mettre dans le moule. Pour les petits-enfants qui allaient avec, j'avais encore mon mot à dire. Ce refus d'enfant a été le facteur déclenchant. J'ai tout bazardé : le mariage, les repas du dimanche, les meubles Ikea… J'ai compris qu'il fallait profiter de la vie. Depuis, je m'y efforce, en évitant la routine, la complaisance. Ce n'est pas toujours facile de garder l'esprit ouvert et disponible, mais la récompense, c'est ce que l'on vient de vivre. Je ne sais pas quelle sera la suite, ni même s'il y aura une suite. Pourtant, la force de ces instants va au-delà du sauvetage et d'un simple bouche-à-bouche. À moins qu'en te soufflant dans les bronches je t'aie insufflé mes pensées…

Il devine son sourire.

– Tu avoueras que j'ai mis tout en œuvre pour te rencontrer ! Barboter tout seul dans l'eau, en pleine nuit, au milieu de l'Atlantique, avec une lampe flash en guise de leurre. Fallait le faire, non ?

Il esquive, Manu. Il esquive avec humour pour ne pas céder à l'intimité qui s'installe malgré lui. Tout se bouscule dans sa tête. Isabelle… lui dire qu'il est vivant. Caroline… ses lèvres, son souffle, ses paroles. Et cette liberté qui vient de lui sauter au visage. Il voudrait se taire, mais les mots lui échappent.

– Caroline, je ne sais pas comment te dire… Tu as changé ma vie, au-delà de ma survie.

Il détourne la tête pour ne pas la regarder, intimidé.

– Tu m'as ouvert les yeux. En m'arrachant à la mort, tu m'as fait retrouver le sens de la vie. C'est tellement bon ! Je suis heureux d'être là, si vivant !

Il aimerait la prendre dans ses bras, mais il sait les conséquences qu'aurait ce geste. Il n'est pas prêt.

– Moi, en te sauvant, Manu, j'ai regagné une confiance que j'étais en train de perdre. Tu vois, tu m'as aidée toi aussi ! Je ne savais plus trop où j'en étais. Maintenant, je me sens légère, de nouveau prête à dévorer la vie !

– Alors, si en plus je t'ai rendu service… Une chose est sûre, je ne recommencerai pas, même pour te faire plaisir !

Elle sourit de nouveau. Il est tard, ses paupières sont lourdes, mais l'instant est trop fort pour qu'elle s'endorme. Déjà elle veut savoir.

– Comment tu vois la suite ?

Ils sont face à face dans la nuit qui masque l'éloquence de leurs regards. Restent les mots. Eux savent se réfugier derrière la morale ou la raison pour dissimuler les sentiments.

– J'ai conscience d'avoir emmené ma femme dans une vie qui n'est plus la sienne. Même sans avoir atteint les quarantièmes rugissants, j'ai bien senti la distance entre nous. Je ne peux plus lui laisser croire que ses espoirs correspondent à mes désirs. Nous sommes attachés l'un à l'autre, mais quand la laisse est trop courte…

– Je sais ce que tu vas dire…

– Eh oui ! c'est comme pour le radeau, elle finit par casser !

Maintenant qu'à travers sa chaleur et son souffle, elle s'est immiscée dans sa vie, Caroline aurait aimé qu'il parle de leur avenir, s'il existe.

– Je me pose une question depuis que tu es à bord : pourquoi t'es-tu engagé dans cette course ?

Ils sont toujours assis côte à côte dans le cockpit, dans la nuit noire.

– Euh… Une fois en mer, je me la suis aussi posée. Je crois que j'avais besoin de savoir si j'étais capable de le faire, de me mesurer aux autres. Il y avait aussi le mirage de la télé, les journaux, les feux de la rampe. Comme s'il fallait les médias pour exister ! Je me suis bien ramassé ! Courir après une gloire futile et éphémère n'a plus de sens pour moi. Ma liberté nouvelle, je voudrais la mettre au service de la mer et de ses hôtes. J'ai vu tellement de saloperies flotter sur l'eau !

– Tu t'attaques à un gros morceau !

– C'est vrai, mais si chacun fait sa part, on peut y croire.

Cette part, elle pourrait la partager avec lui… Elle voudrait rester là, dans la chaleur de leurs échanges, mais ses bâillements deviennent irrésistibles. Il faut qu'elle dorme.

Manu s'installe pour son quart. Leur discussion accapare d'abord son esprit, puis, très vite, le marin reprend le dessus. Pas question de ne veiller qu'à moitié. Le vent lui fouette le visage, la peau de ses pommettes se durcit dans le froid. Il remonte le col de sa veste de quart jusque sous son menton. Ses yeux agressés par l'air vif se remplissent de larmes. Il les essuie régulièrement du revers de sa manche. En ce milieu de nuit, il se sent lourd, apathique. Pour lutter contre les vagues de sommeil qui l'engourdissent, il s'active, remue les bras, marche sur le pont, surveille l'horizon, règle une voile, prend la barre et se concentre, les yeux rivés sur le cap. Il descend ensuite dans le carré pour contrôler la route du bateau sur l'ordinateur de bord. Le fameux rail est tout proche. Il devrait apercevoir les premiers navires à la fin de ses trois heures de quart. Il fera encore nuit. « Je vais rester jusqu'au lever du jour. On sera au milieu des cargos, et avec un peu de chance, je pourrai lancer mes messages avec la fronde. Si l'autre, le "point barre", pouvait dormir jusque-là… »

Pas de chance. Avant 6 heures du matin, Nicolas émerge, déjà habillé.

– Tu peux aller te coucher.

– Je n'ai pas envie de dormir, je vais attendre le lever du soleil, c'est le meilleur moment de la journée.

– Comme tu veux, mais ne compte pas sur moi pour te faire la causette.

– Pourquoi ?

– Parce que je ne t'aime pas.

– Je ne t'ai rien fait, pourtant !

– Si, tu as gâché mon voyage. Je n'apprécie pas la façon dont tu t'es immiscé dans ma vie et dans celle de ce bateau. Tu as foutu le bordel alors que tu devrais te satisfaire d'être vivant grâce à moi. Oui parfaitement, grâce à moi. Au lieu de ça, tu m'a soupçonné d'avoir saboté le téléphone et la radio. Tu as créé un climat détestable.

– Avoue qu'on peut se poser des questions… Et je ne suis pas le seul à m'en poser.

– Garde tes sous-entendus. Ça se passait très bien avec Caroline jusqu'à ton arrivée. Depuis ton sauvetage, je ne la reconnais plus.

– Tu veux dire depuis qu'elle m'a sauvé !

– Non, celui qui t'a sauvé, c'est moi. C'est moi qui ai amené le bateau au bon endroit, c'est moi qui t'ai tiré à bord en prenant de gros risques.

– Mais tu as remonté un mort-vivant, ou plutôt un vivant presque mort. Sans elle, je ne serais pas là à discuter avec toi.

– Je veux plus parler de ça. Je ne te demande qu'une chose : tu m'obéis bien gentiment, en pigeant que le skipper de ce bateau, c'est moi. Fini de jouer avec le cap du pilote automatique ou l'ordinateur. Tu as beau être un grand marin avec un palmarès long comme le bras, moi, j'en ai rien à foutre, ici c'est chez moi. Tu n'as pas de leçon à me donner. Point barre !

– Je ne cherche pas à te donner de leçons. Tu peux quand même comprendre que j'aie besoin de prévenir ma femme ?

– Tu auras tout le temps la prévenir une fois débarqué. C'est une question de jours.

– Si je peux le faire avant, j'essaierai.

– Avec ta fronde ? Tu me fais marrer : un bricolage de gosse…

– Si ça t'amuse, tant mieux ! Mais si un bateau passe à proximité, je n'hésiterai pas à lancer un message.

– S'ils font des photos du bateau, ça sera facile de l'identifier, et moi avec. Pas question. De toute façon, c'est beaucoup trop dangereux d'approcher un cargo à pleine vitesse. S'il te prenait l'envie d'essayer, je ferais tout pour t'en empêcher.

Chacun s'isole de nouveau dans un coin du cockpit en se barricadant dans son silence. Dans ce climat d'hostilité à fleur de peau, Manu est le premier à repérer une lumière verte. Ils sont en approche du fameux rail descendant. Bientôt d'autres feux apparaissent, tous les cargos sont en route vers la pointe de l'Espagne, mais avec la nuit, ils sont trop éloignés pour tenter quelque chose.

Il faudrait modifier la route du *Séréno* pour se rapprocher d'un bateau. Nicolas ne l'acceptera jamais, il devra le lui imposer. « S'il résiste, il faudra l'immobiliser. J'aurai besoin de Caroline à ce moment-là. Je dois la prévenir. »

– Je vais me coucher.

– C'est ça, va dormir…

Manu regagne le carré. À gauche, en arrière, la cabine de Caroline. Dans le noir, il pousse sa porte avec précaution et chuchote :

– Caro ? Tu m'entends ? Caro ?

Elle dort profondément.

– Caro, c'est moi, Manu. Réveille-toi.

– Quoi, qu'est-ce qu'il y a ?

– Ça se passe mal avec Nicolas… Il ne veut pas que j'envoie mon message. Ça va être chaud…

– Qu'est-ce que tu veux que je fasse ?

– Lève-toi quand il commencera à faire jour.

– Et après ?

– Après, tu couperas le pilote automatique quand je te ferai signe. L'interrupteur est le troisième à partir de la gauche, en haut du tableau électrique, à côté de la table à cartes. Il y a une étiquette en dessous avec écrit « pilote ».

– D'accord.

– Je prendrai la barre pour faire passer les voiles d'un bord à l'autre.

– Un empannage ?

– Oui, exactement. Le bateau va pencher d'un coup. Nicolas sera pris par surprise et sera déséquilibré, enfin j'espère. Je l'immobiliserai avant qu'il se rattrape. Tu viendras m'aider. On ne sera pas trop de deux pour le maîtriser.

– Et après ?

– On le ligotera, au moins les mains. Il y a des cordages dans le cockpit. Le mieux serait qu'on le mette dans sa cabine.

– Ensuite ?

– On le garde au chaud jusqu'à l'arrivée. On le libère une fois dans le port et nous, on se tire, fissa…

– Tu ne crois pas que c'est risqué ? Il va se défendre. Si on n'arrive pas à le maîtriser, ça va être invivable. Il est peut-être armé…

– À deux, on devrait y arriver. De toute façon, je n'ai pas le choix…

Leurs chuchotements se mêlent aux bruits du bateau. *A priori*, là où il est, Nicolas ne peut rien entendre.

– Ce qui me gêne, c'est d'être chez lui, à son bord. S'il disait vrai pour le téléphone et la radio ? On s'est peut-être monté la tête ? Après tout, ce ne sont que des soupçons…

– Je n'ai plus le temps de tergiverser, Caro. D'une façon ou d'une autre, je dois prévenir la terre. Je ne supporte plus de savoir tout le monde en pleurs, là-bas…

– Je comprends, mais c'est rude quand même… Il t'a sauvé la vie !

– Écoute, dès que j'aurai réussi à passer le message sur un cargo, je le libère, d'accord ?

– Parle pas si fort, il est tout près… Je ne suis pas chaude sur la méthode… l'agression, la brutalité, ce n'est pas mon truc !

– Mais bordel ! Qu'est-ce que tu veux que je fasse ?

– Chut… Moi je ne ferais rien ! Mais puisque, de toute façon, tu vas essayer, je n'ai pas envie que ça se termine mal.

– Alors ?

– Alors je vais t'aider. Tu ne me laisses pas le choix.

– D'accord. Merci. Tu te prépares, hein ? Je te donnerai le signal.

Manu ressort de la cabine aussi discrètement qu'il y était entré. Il regagne la sienne et s'allonge sur sa couchette en attendant de voir les premières lueurs de l'aube traverser le hublot au-dessus de sa tête.

C'est le moment.

Sur le pont, Nicolas est toujours à la même place, à côté de la barre. Dans le jour naissant, Manu devine son regard dur, provocant. Son rictus ironique ne lui dit rien qui vaille. Très vite, Manu comprend. À droite, il voit le feu blanc d'un bateau tout proche. Cette couleur en signale l'arrière. Le cargo est passé juste devant *Le Séréno*. Comme pour le confirmer, le voilier est secoué par les vagues de son sillage. Il aurait suffi d'un petit changement de cap pour qu'il soit à portée de fronde.

– Tu es content, hein ?

– Non, j'ai fait ma route, c'est tout, et je suis passé juste à côté ! On a traversé la ligne des bateaux descendant vers l'Espagne, maintenant ce sont ceux qui remontent vers la pointe de Bretagne, mais d'après ce que je vois, ils sont rares… Tu n'as vraiment pas de chance…

Manu ignore la provocation.

– Je te remplace si tu veux.

– Non, non, je n'ai pas besoin de toi. Je reste jusqu'à ce que l'on soit sorti du rail.

– Tu fais tout pour me narguer…

– Loin de moi cette intention ! Mais je n'ai pas envie de me retrouver près d'un cargo. Je te l'ai dit. Dans les remous, mon bateau peut se retrouver plaqué contre sa coque. La suite, tu la connais : le mât qui tombe, le voilier ingouvernable… Trop dangereux. S'il y a de la casse, c'est toi qui payeras ?

– Si tu es adroit comme tu parais l'être, ça devrait bien se passer…

– Si c'est toi qui le dis… Je ne crois pas au jouet stupide que tu as fabriqué. On n'est plus au Moyen Âge ! Je ne vais pas mettre mon bateau en danger juste pour ça. Même si tu arrivais à lancer ton truc et qu'il tombe sur le pont du cargo, il faudrait que quelqu'un le voie et le récupère ! Aucune chance.

– Moitessier a bien réussi, à l'époque…

– Tu oublies qu'en faisant la manœuvre, il est rentré dans le flanc du cargo et il a bousillé l'avant de *Joshua*.

– Il n'avait pas de moteur. Nous, on en a un, ça change tout…

– C'est mon moteur, et c'est moi qui décide. Hors de question de s'approcher d'un cargo ! Point barre !

La hargne de Nicolas est toujours nourrie de la même frustration : avoir été dépossédé de sa relation avec Caroline. Sa jalousie fait voler en éclats sa retenue et exacerbe son désir. Il la revoit nue, collée à Manu pour le réchauffer. Ses lèvres confondues avec celles du naufragé… toutes ces visions tournent en rond dans sa tête et le hantent. Il n'a qu'une obsession désormais : se venger. Tout faire pour contrer Manu.

Comme convenu, Caroline s'est levée. Elle s'installe à la cuisine et joue la fille enjouée, détendue.

– Je vous ai préparé un café ! Manu, comme d'hab, avec du sucre, et toi, Nicolas, avec du lait… Je vais même vous servir en terrasse !

Il ne faudrait pas qu'elle en fasse trop, tout de même… En silence, chacun prend sa moque. Les bateaux ont disparu. À droite pourtant, Manu distingue un cube noir qui pointe au-dessus de l'horizon. Sans doute la superstructure d'un gros cargo encore éloigné. Il faut attendre.

Quelques minutes plus tard apparaît la silhouette d'un porte-conteneurs. Il avance vite. Manu calcule sa trajectoire. *A priori*, il va passer derrière eux. S'il veut se positionner sur sa route, il faut faire demi-tour très vite. Pas de temps à perdre.

– Caro, tu peux me redonner un peu de café, s'il te plaît ?

– Avec du lait ?

– Oui, un p'tit crème, comme au bistrot !

Nicolas n'y prend pas garde, mais la voix de Manu est tendue, sa note d'humour sonne faux. Il saisit la moque brûlante, la pose sur le support à côté de la barre. Elle le regarde. Il cligne de l'œil. Elle a compris. L'air de rien, elle s'approche du tableau électrique. D'un geste rapide, elle relève l'interrupteur. Le pilote automatique est coupé.

Manu fonce sur la barre à roue et la tourne jusqu'à sa butée. Nicolas se lève, mais trop tard. Emporté par l'action du gouvernail, le bateau bascule, la bôme passe violemment d'un bord à l'autre en effleurant sa tête. Déséquilibré, il s'écroule à genoux. Manu se jette sur lui et le ceinture.

30

Lagwiyann

Ce même jour, 12 novembre, les « amis » de Lagwiyann arrivent en Bretagne pour accueillir *Le Séréno*. Ce n'est pas le comité de réception espéré par Nicolas. Il y a quelques jours, à bord, il a répondu en toute confiance au courriel intitulé « Les amis de Lagwiyann », reçu par le téléphone satellite dont il avait caché la batterie de secours dans un placard. Sa réponse a été laconique : « Lieu confirmé. 15/11 OK. GSM à l'arrivée. »

Après la rixe au couteau devant le *Cocosoda Bar* à Cayenne, les copains de l'homme blessé à mort avaient rencontré les comparses du skipper. La pègre est une famille où l'on sait faire alliance s'il y a des bénéfices à partager. À l'issue de la discussion, la peau de Nicolas ne valait plus grand-chose. L'enjeu avait été d'organiser un comité d'accueil efficace, sans éveiller ses soupçons. Ses correspondants allaient avoir trois jours pour se mettre en place, ce qui devrait être suffisant.

Ils sont deux et s'installent dans des hôtels différents de Sarzeau, histoire de brouiller les pistes. Comme si, dans cette bourgade du Morbihan, leur présence, en plein hiver, allait passer inaperçue… Avec leur valise à roulettes et leur sacoche à l'épaule, ils pensent avoir la panoplie parfaite du VRP en vadrouille. L'illusion est illusoire.

Le chef du commando appartient à la communauté guyanaise en métropole, cette Guyane qui se dit Lagwiyann en créole. Au départ, il ne connaissait rien à cette histoire, mais à travers de multiples WhatsApp transatlantiques, on lui a expliqué pourquoi on tenait tant à ce qu'il réceptionne le marin.

Comme l'affaire pouvait rapporter gros, il n'a pas hésité.

Il s'appelle Jean-Claude. C'est un grand gars, trop maigre pour sa taille. À le regarder marcher, dégingandé, les bras ballants, les yeux dans le vague, on a du mal à imaginer son pouvoir de nuisance. La légion a tenté de l'éduquer, dans les limites de ses capacités de compréhension. Avec son teint cuivré, ses cheveux noirs coupés court, son parler moitié créole, moitié français, il a immédiatement été repéré. C'est un sang-mêlé dont la famille s'est installée à Cayenne depuis quelques années. Il est venu en région parisienne chercher du travail, mais n'a trouvé que le chômage. Son associé, Gérard, est un métro. Son parcours obscur l'avait fait échouer en Guyane où il a imaginé trouver fortune en devenant chercheur d'or. Le peu qu'il avait récolté lui avait juste permis de survivre dans des conditions épouvantables, dans une jungle où les pires dangers sont les hommes, prêts à tuer pour la moindre pépite. À bout de souffle et d'argent, il était revenu vivre en région parisienne, hébergé par sa vieille mère. C'est un combinard un peu bêta, trafiquant à ses heures, un type sans foi ni loi, dangereux. Il est petit et râblé. La pâleur de son visage est en accord avec le blanc de ses cheveux tirés en catogan. Derrière ses lunettes, ses yeux sombres sans cesse à l'affût lui donnent l'allure d'une fouine. Il aurait pu avoir ce surnom, mais on lui en avait trouvé un autre, « La Louche », du fait d'un strabisme divergent. Comme on ne sait pas où il regarde, cela renforce encore le côté faux jeton de l'individu.

Ce matin, les deux compères se retrouvent au port du Crouesty, là où le propriétaire du *Séréno* attend son bateau. Ils inspectent le port. Au silence qui règne, on devine que Jean-Claude est en train de réfléchir.

– Gérard, tu sais ce qu'on va faire ?

– Non…

– On va prendre un bateau et se planquer quelque part pour l'attendre.

– Ah, bon… Un bateau ? Tu t'y connais, toi, en bateau ?

– Un peu mon n'veu… j'ai fait de la pirogue sur l'Oyapock.

– Alors, OK, si tu as déjà navigué… Et puis ça me plaît, l'océan, les vagues… Je n'y ai jamais été, moi, en mer… Chez ma mère, à Nanterre, y a la terre et pas la mer… tu comprends ?

– Ah bon ? Comment ça ?

– Dans Nanterre, y a pas mer, y a terre ! C'est drôle, non ?

– Je ne comprends rien…

Les voilà tous les deux en haut du quai. Jean-Claude a fini de réfléchir.

– On va prendre un bateau à voile, c'est plus simple.

– Pourquoi ?

– Ben si le moteur tombe en panne, on a la voile !

– Un bateau, ça se vole comme une bagnole ? Comment on trafique le démarreur ?

– Tu es fou ! On se ferait repérer tout de suite. Non, on va le louer. Faut qu'on trouve une raison…

– Je sais ! On n'a qu'à dire qu'on en a besoin pour pêcher des moules. *À la pêche aux moules, moules, moules…*

– Ferme ta gueule, putain ! On n'est pas là pour rigoler. Tu es vraiment trop con… Non, on va juste dire qu'on veut pêcher des poissons. Faut qu'on achète des cannes.

En cette saison, louer un voilier n'est pas chose évidente, mais une agence est ouverte. Jean-Claude ne se démonte pas :

– Bonjour, je voudrais aller à la pêche dans le golfe du Morbihan. J'aimerais louer un bateau avec un mât et une voile. Vous avez ça ?

Le loueur semble inquiet.

– Vous savez naviguer ?

– Bien sûr ! Bâbord, c'est à gauche, et tribord, c'est à droite. Ba-tri, c'est facile !

– Il y a des courants violents là-bas, il faut se méfier.

– Pas de souci, pour être au courant, on est au courant, hein La Louche ? Pardon, Gérard…

– Ouais, on est super branchés, même !

– J'ai celui-là, un six mètres.

– Trop petit, on en veut un plus gros. Avec un gros réservoir d'eau !

– Je peux savoir pourquoi ?

– Euh… oui… mon ami à une maladie de peau, il doit prendre des douches à tout bout de champ…

– Mais, j'suis pas malade !

Jean-Claude le fixe, cherchant son regard dans un œil puis dans l'autre. Rien, que du vide. En désespoir, il lui écrase le pied.

– Ta gueule !

Le loueur a fait semblant de ne pas entendre. Un client, c'est sacré.

– Alors celui-là, mais la quille est profonde, faudra faire attention.

– À quoi ?

– Aux rochers ! À marée basse, dans beaucoup d'endroits, il n'y a pas beaucoup d'eau, vous risquez de vous échouer.

C'est Gérard qui répond :

– Pas question d'échouer, on a des instructions, on va réussir ! Et on a la pêche, hein Jean-Claude ? *À la pêche aux mou…*

– Mais tu vas la fermer ! Il veut dire qu'on va faire attention. On ne naviguera que quand la mer sera haute !

Trop content de pouvoir rentrer un peu de cash à cette période creuse de l'année, le loueur n'approfondit pas.

– Voilà les clés. Ponton B, place 23, il s'appelle *Spernec Bras III.*

Le soir même, les deux malfrats embarquent leur équipement. Des duvets, des bottes et des cirés. Quelques cabas remplis de nourriture et des cannes à pêche, évidemment. Sans oublier une paire de puissantes jumelles et deux longs étuis noirs qu'ils s'empressent de dissimuler sous une couchette.

Aux premières lueurs du jour, ils essayent de quitter le port. Jean-Claude est à la barre, moteur en route.

– Enlève les cordes qui retiennent le bateau. Dépêche-toi !

La Louche s'exécute et laisse tout en vrac sur le ponton.

– Remonte ! Vite !

Son pied droit est à bord, mais pas le gauche. Déjà la coque s'éloigne du quai. Pas assez d'élan pour grimper… Le grand écart est surprenant et éphémère. Un grand plouf met un point final au spectacle. Coup de chance, Gérard sait nager.

– Putain La Louche, qu'est-ce que tu fous ?

– Pourquoi tu as écarté le bateau, connard ?

Il nage jusqu'à une échelle et remonte sur le ponton. Ses cris et son ramdam dans l'eau ont attiré du monde. Question discrétion, c'est raté. Jean-Claude tente une manœuvre originale qui aurait pu entrer dans les annales des écoles de voile si une rafale de vent vicieuse n'était venue ruiner son chef-d'œuvre.

En dérive, il vient s'empaler sur les bateaux voisins. Le grincement des coques qui s'entrechoquent attire un peu plus de badauds. On se précipite, on tire, on pousse, on crie, on conseille, on se dispute surtout. Faites comme ceci, mais surtout pas comme ça. Un témoin décrivant la scène aurait pu reprendre la célèbre phrase des *Tontons Flingueurs*: « C'est curieux, chez les marins, ce besoin de faire des phrases. »

Jean-Claude, désemparé, écoute l'un, puis l'autre, manœuvre dans un sens, puis dans un autre. Le public s'esclaffe, c'est l'évènement du jour sur le port.

Le bateau est ramené à sa place avec de belles rayures et quelques bricoles arrachées.

La deuxième tentative est la bonne. Ils réussissent enfin à s'extirper de la marina et s'en vont passer la journée à sillonner les différents chenaux de cette mer intérieure. À cette période, les coefficients de marée sont forts et les courants violents. Plusieurs fois, ils sont surpris: le bateau part en travers, embarqué dans un tourbillon. Même en poussant le moteur à fond, ils ont du mal à le redresser.

– Jean-Claude ! Où tu vas ?

– Ferme-la, La Louche, tu me déconcentres.

– Excuse-moi, je n'avais pas vu que tu étais concentré. Tu fais demi-tour ?

– Ce n'est pas moi, c'est le bateau !

– Putain ! Mais tu fonces direct sur le rocher ! Regarde le mec qui pêche. Il a tout lâché et il se barre en courant ! Ça va cogner !

Par chance, un dernier remous les écarte.

Il fait beau, ils s'en moquent. Dommage pourtant de se priver d'une belle carte postale. Le ciel est d'un bleu intense, une fois les brumes humides du matin évacuées dans les bois de pins qui surplombent les îles. À marée basse, les rayons obliques du soleil d'automne renforcent les contours et les couleurs des roches sombres couvertes de lichens jaunes et d'algues brunes. Elles sont bordées par de minuscules prairies d'herbe verte descendant jusqu'à des flaques d'eau étincelante.

La rivière d'Auray est trop étroite et trop habitée, aucun endroit tranquille. Ils font demi-tour, contournent Gavrinis et son célèbre cairn, puis s'engagent dans le petit passage entre l'île aux Moines et la côte. Là encore, le bord de mer est trop peuplé à leur goût. Après avoir divagué entre toutes les îles, ils se décident pour la baie à l'est de l'île Hur, une île déserte, à côté de l'île d'Arz.

– On va l'attendre là.

– Comment on fait pour s'arrêter ?

– On jette l'ancre, c'te blague !

– On la jette où ?

– Mais dans l'eau ! Quel imbécile !

– Tu en connais des choses…

– Tu n'as jamais vu *Alerte à Malibu* ? T'as vraiment aucune culture, La Louche ! J'ai bien observé comment ils mettent l'ancre quand le bateau est devant la plage… On va faire pareil. À l'avant, il y a un coffre, elle doit être dedans. Tu y vas.

Il ouvre le coffre, sort l'ancre et la suspend à l'avant au bout de sa chaîne.

– Ça y est, elle est dans l'eau…

– Il faut qu'elle touche le fond ! Tu es vraiment trop nul !

Mais le fond est profond et la chaîne se déroule à toute vitesse. Dans un choc violent, elle se bloque en bout de course. Le bateau est stoppé. Jean-Claude inspecte les environs.

– Lui, il arrivera par là.

– Direct depuis la mer ?

– Évidemment ! Il va pas entrer au port et ressortir juste après, ça serait suspect !

– Tu crois que ça va se passer comme ça ?

– Pourquoi, tu en doutes ?

– Oui, il n'a pas répondu à nos derniers messages. On est sans nouvelles depuis combien de jours ?

– En gros, une semaine.

– Combien tu lui as envoyé de mails ?

– Quatre ou cinq.

– Je m'inquiète…

– Moi aussi… Il a pas intérêt à nous faire faux bond… Nous, on sait ce qui nous attend si on le rate !

– Et puis, on a trop à gagner pour le laisser se balader tout seul dans la nature, pas vrai Jean-Claude ?

– Je connais ta devise s'il fallait lui courir après.

– Vite retrouvé, vite éliminé !

– J'en ai une autre ! Qui la joue solo, va avoir bobo !

31

Sur le départ

Isabelle s'est laissé conduire. Pendant que Laetitia la ramène chez elle, elle voit, à travers le pare-brise balayé par la pluie, Manu, son Manu, là devant elle, dans une succession d'images qui le feraient exister, encore et encore.

Pourquoi ne pas avoir été plus exigeante, plus virulente pour le dissuader de s'engager dans cette course ? Mais en avait-elle les moyens ? Il était tendu vers ce projet, si sûr de lui que les discussions auraient immanquablement évolué vers un conflit dont elle n'était pas sûre de sortir gagnante.

Alors, elle avait enfoui ses craintes au plus profond d'elle-même, et puisqu'elle était à ses côtés, elle avait fait de son mieux pour l'aider. Elle s'était démenée. Prises de contact avec les responsables communication de partenaires potentiels, échanges de courriels, séances photo, animation des réseaux sociaux… Le message était toujours le même : « Emmanuel Jourdan va emmener votre entreprise autour du monde. »

Les voyages à Paris, les dossiers sous le bras, avaient été innombrables. De rendez-vous ratés en convictions ébranlées, le temps passait et l'espoir de courir autour du monde s'était amenuisé. Mais Manu continuait d'y croire. Les meilleurs bateaux étaient déjà loués ou achetés. Pourtant l'équation était simple : pas de partenaire, pas de budget suffisant, pas de course.

Et puis son obstination avait fini par payer.

Ce jour-là, son Manu s'était surpassé. Il avait senti que son projet suscitait curiosité et intérêt. C'était maintenant ou jamais. Alors, face au staff de l'entreprise, lui le taiseux, il avait raconté avec ses tripes la mer, le vent, les ciels d'alizés, le bateau, les surfs dans les quarantièmes. Dans un sous-sol sans fenêtres, il avait fait entrer le soleil, les embruns et les rêves d'aventures.

– Monsieur Jourdan, avez-vous des chances de gagner ?

– Ce sera très difficile. Mais le plus important est de faire partager cette aventure de l'extrême. Trois mois de course à vivre ensemble !

Le coup de fil du chargé de communication était arrivé quelques jours plus tard : « C'est d'accord, on y va avec vous. »

Isabelle s'en souvient encore. Elle était contente pour lui, et ses angoisses avait été balayées par le tourbillon de sollicitations qui avait suivi la signature du contrat et les deux millions et demi d'euros qui allaient avec. Manu rayonnait, on lisait sur son visage la joie d'être la vitrine d'Univervie, une entreprise proposant des produits biologiques destinés à améliorer la qualité de vie de populations défavorisées.

Certes, avec cette somme, il n'avait pas pu avoir le bateau le plus affûté, mais le message qu'il portait autour du monde au nom d'Univervie compensait le fait d'avoir peu de chances de finir dans les premiers. Ce message était désormais au fond de la mer, et lui avec.

Dans son désarroi, Isabelle en veut à la terre entière. « *Universmort*, voilà comment il aurait dû s'appeler, ce bateau maudit ! » Les larmes coulent sur ses joues sans qu'elle puisse les retenir.

Manu avait voulu faire profiter une association de l'impact médiatique de la course. Celle qu'il avait choisie embarquait des enfants en rémission d'affections graves. À leur tour, ensuite, de raconter la mer et ses richesses à d'autres enfants dans différents hôpitaux de France. « Malade ou guéri, ensemble pour soigner la vie », on pouvait lire la devise de l'association sur la coque d'*Univervie.*

Quel choc ce sera pour ces enfants lorsqu'ils apprendront que leur héros a disparu pour toujours, emporté par l'océan ! Bercée par le ronronnement du moteur et le va-et-vient des essuie-glaces, Isabelle s'est enfermée dans ses pensées. Sa tristesse semble si profonde que Laetitia n'ose pas lui parler.

À Pornichet, en se garant devant la maison, elle se contente de lui dire :

– Tu as l'air épuisée.

– Je le suis… Ce n'était pas facile de faire bonne figure devant les patients. Ne rien laisser paraître, se concentrer sur les soins…

– Tu vas pouvoir te reposer maintenant.

– Physiquement, je tiens le coup, mais les images que j'ai dans la tête me rongent. Je vois les vagues déferler à l'intérieur du bateau, le projeter contre les parois. Il nage dans la cabine, sa tête cogne le plafond, il est plein de sang. L'eau le repousse, il lutte pour tenter de sortir. Sa bouche est grande ouverte, il cherche de l'air. Ses yeux sont exorbités, remplis d'angoisse. Je vois aussi le bateau disparaître, et lui qui nage au milieu des débris. Il lève les bras pour signaler sa présence, mais il n'y a personne pour le voir ! Quand j'essaie de dormir, tout cela se mélange à d'autres cauchemars dont je n'ai pas le souvenir. Au matin, je me sens encore plus fatiguée. Et puis je culpabilise, c'est peut-être le pire.

Au moment où elles pénètrent dans la maison, un homme sort d'une voiture garée à deux pas et interpelle Isabelle en avançant vers elle.

– Madame Jourdan ?

– Non, non…

– Vous n'êtes pas la femme d'Emmanuel Jourdan ?

– Si, enfin, je suis sa compagne… Enfin, j'étais…

– Excusez-moi. Je suis journaliste à *L'Écho de la mer*. Je prépare un article sur Emmanuel Jourdan et votre témoignage me paraît essentiel. Seriez-vous d'accord pour m'accorder quelques minutes ?

– Comment avez-vous trouvé mon adresse ?

– C'est mon travail, madame. Je savais que vous étiez infirmière. Je suis passé à votre cabinet et j'ai pu obtenir votre adresse.

– La secrétaire n'aurait pas dû… Mais puisque vous êtes là, entrez. Par contre, soyez bref, car j'aimerais me reposer.

Ils s'installent au salon.

– Madame, je voudrais tout d'abord vous faire part de mes sincères condoléances.

– Merci. Je m'étais totalement investie dans le projet d'Emmanuel. Je n'imaginais pas que tout puisse finir ainsi.

– La mer est dangereuse, alors en solitaire autour du monde…

– Pas plus risquée qu'une sortie en voiture ! En plus, il naviguait entre la France et les Antilles, une zone où se déroulent une multitude de courses.

– Son bateau était-il en bon état ?

– Il faudrait poser la question à son préparateur. Mais il faut croire qu'il avait un vice caché pour couler aussi vite.

– Et maintenant ?

– Je pense souvent à Michèle Cartier, la femme de Gerry Roufs disparu au milieu du Pacifique Sud pendant le Vendée Globe en 1997.

– Pourquoi ?

– Elle a consacré deux ans de sa vie à rechercher la vérité sur la disparition de son compagnon. Il était aussi le père de sa fille. Tout ce qui lui restait, c'était le dernier message radio de Gerry, dans lequel il parlait de vagues hautes comme les Alpes.

– Vous, quand avez-vous compris qu'il n'y avait plus d'espoir ?

– J'ai mis du temps. J'ai continué d'espérer même quand le radeau de survie a été récupéré vide. Maintenant, il faut se rendre à l'évidence. C'est fini.

– Une journée souvenir est organisée au PC course. Vous comptez vous y rendre ?

– Non, je n'en aurai pas le courage.

La conversation se poursuit ainsi pendant quelques minutes. C'est Isabelle qui y met fin lorsque le journaliste veut prendre une photo pour illustrer son article :

– Non, pas de photo. Vous êtes le seul à avoir eu une interview, alors n'insistez pas. Cette histoire m'appartient, je n'ai pas envie de la voir déformée dans tous les journaux.

La porte à peine refermée, Isabelle s'effondre dans les bras de Laetitia.

– Je vais partir…

– Comment ça ?

– J'ai trop de chagrin. Je n'ai pas la force de rester là, avec le téléphone qui sonne sans arrêt. Même les mots de réconfort me pèsent. Tous ces gens sont sincères, mais pour eux, Manu est mort, et bien mort, et leurs messages m'enfoncent à chaque fois un peu plus.

– Personne n'a l'intention de te faire du mal. L'affection des autres, c'est important.

– C'est vrai, Laetitia, mais j'ai l'impression de ne plus exister qu'à travers Manu. « Isabelle, la veuve d'Emmanuel Jourdan », c'est déjà comme ça que les médias me présentent. Je dois me retrouver pour être capable d'accueillir mon bébé, un bébé orphelin.

– Tu comptes faire quoi ?

– Il faut que je m'éloigne. J'ai déjà demandé aux infirmières du secteur de prendre le relais. Tout sera clair pour mes malades, je ne les abandonne pas.

– Où vas-tu aller ?

– Dans un endroit où personne ne me connaît.

– Tu ne veux pas me dire où ?

– Loin de la mer, ça c'est sûr… J'ai une amie au Québec, je lui ai expliqué ma situation. Elle est prête à m'accueillir. Au Québec, on parle français, et pour la naissance, c'est un pays sûr.

– Tu pars quand ?

– Une fois réglés tous les problèmes administratifs. Ça prendra sûrement un peu de temps.

– Tu as ce qu'il faut ?

– Avec Manu, on avait mis un peu d'argent de côté. Je vais m'en servir, le temps de voir venir.

– Tu me donneras de tes nouvelles ?

– Comment veux-tu que je t'oublie ? On ne va pas se quitter tout de suite. On a encore quelques jours à passer ensemble.

32

Emma

Nicolas se débat, mais à genoux, il est coincé. Impossible de se relever. Manu a réussi à saisir ses mains qu'il lui bloque derrière le dos. Caroline arrive à la rescousse.

– Prends la corde, là, enroule-la autour de ses poignets et serre bien. Pas trop quand même, que le sang puisse circuler.

– Fumier !

– Je suis désolé, Nicolas, mais il faut que je prévienne la terre !

– Et l'autre, elle est entrée dans son jeu ! Quelle enfoirée !

– Je comprends ta colère, mais ne m'insulte pas. Tout ce matos de communication en panne, ce n'est pas le hasard. Ton comportement m'inquiète, Nicolas. Quand nous n'étions que tous les deux, tu étais différent. Est-ce que tu as essayé de me balader pour faire de moi ta complice ? Je me pose la question… Si les flics te chopent à l'arrivée, je ne veux pas me retrouver interrogée moi aussi.

– Vous délirez ! Je vous ai tout dit !

– Laisse tomber, Caro. On discutera plus tard. Pour l'instant, il reste là, le temps que je me rapproche du porte-conteneurs. Surveille-le, s'il te plaît.

La mer est encore agitée, mais la longue houle n'est plus qu'une suite d'ondulations bleutées qui s'étalent sur plusieurs centaines de mètres, comme une respiration ample et paisible. Quand *Le Séréno* est porté en haut d'une crête, la silhouette noire du porte-conteneurs est bien visible, avec sa puissante vague d'étrave et les rouleaux blancs de son sillage. Sur le côté est inscrit le nom de la compagnie : « MSC ». C'est un très gros bateau.

– Celui-là doit faire pas loin de trois cents mètres de long, évalue Manu.

– Oui, il est énorme…

– Il relie sûrement la Chine à l'Europe et transporte plus de dix mille conteneurs… Il doit avancer à quarante kilomètres à l'heure. Pas sûr que ce soit le meilleur choix pour mes messages, mais aucun autre n'est visible.

Nicolas s'est redressé. Lui aussi a observé le bateau.

– Tu es fou ! C'est trop dangereux ! De là-haut, ils ne nous verront pas, on est masqués par les conteneurs ! Ne fais pas cette connerie ! Si sa coque nous aspire, le moteur du *Séréno* sera trop faible ! On ne pourra pas se dégager, on va se retrouver dans les remous de l'hélice et là, le bateau sera déchiqueté et nous avec ! c'est sûr ! Tu m'entends, Caroline ?

– Ne l'écoute pas ! Il veut te faire peur. Je sais ce que je fais…

– Que tu dis ! On t'a sorti de la mer, retournes-y si tu veux, mais sans nous ! Caro, ce mec est suicidaire !

Caroline est prise de doute :

– Il n'a pas tort quand il dit ça…

– Je ne suis pas idiot ! Je mesure le risque. Si cet imbécile n'avait pas détruit la radio, on n'en serait pas là… On risque de ne jamais croiser un autre bateau. La mer est grande, celui-là est proche, je tente le coup…

– Tu es vraiment sûr ?

– Ça va le faire… Il faut que tu m'aides.

– Comment ?

– Tu prendras la barre au moment où je lancerai mes messages.

Il faut faire vite. Démarrer le moteur. Affaler les voiles. Celle d'avant en premier. Larguer l'écoute. Tirer le cordage pour qu'elle s'enroule. La grand-voile maintenant. Foncer sur le pont. Lâcher la drisse, la voile tombe comme un chiffon. Caroline le suit du regard. Entravé, Nicolas essaie encore de la convaincre.

– C'est de la folie, Caro ! Si tu as encore un peu de jugeote, dis-le-lui ! On ne peut pas s'approcher d'un engin aussi énorme ! Avec la masse d'air qu'il déplace et les tourbillons d'eau autour de sa coque, *Le Séréno* va être emporté comme une toupie ! Il ne pourra rien faire, on va le percuter.

– Je lui fais confiance…

– Ta vie est en jeu ! Ne l'écoute pas ! Il est malade, ce type ! C'est une tête brûlée ! Tous ces risques inutiles pour utiliser sa fronde débile. Ça ne peut pas marcher…

– Moi je comprends qu'il veuille rassurer tout le monde. Il faut qu'il essaie.

– Pas dans ces conditions ! Tu es vraiment inconsciente… Écoute, on peut encore éviter le désastre. Détache-moi, je vais reprendre le bateau en main et on s'en sortira, sinon…

La conscience de Caroline est malmenée. Si elle choisit de le libérer, il faut agir vite, avant que Manu ne revienne à l'arrière. Elle qui a l'habitude de prendre son temps dans ses choix, la voilà paralysée par l'urgence de la décision. « Mais bordel, qu'est-ce que je dois faire ? » Elle invoque sa fameuse intuition, mais son cerveau est vide, creux, encéphalogramme plat. Trop de stress. « Ferme les yeux, respire, pèse le pour et le contre, mais vite ! » Nicolas insiste.

– Caroline ! C'est maintenant ou jamais. Après il sera trop tard. Tu as ta vie, la mienne et la sienne entre tes mains. Détache-moi !

Les suppliques de Nicolas l'empêchent de réfléchir. Elle regarde l'immense cargo se rapprocher à toute vitesse.

– Détache-moi, je t'en prie ! Vite !

Elle reste les bras ballants. S'opposer à Manu ? Leur complicité est trop forte pour qu'elle cède. Non, vraiment, c'est impossible.

Manu revient à grands pas. Elle ne fera rien. Nicolas, au bord des larmes, lui hurle encore :

– Tu as raté ta chance, pauvre conne ! Maintenant, on est à la merci de ce fou, ce bateau va nous engloutir ! On va tous crever !

Le porte-conteneurs est à moins d'un kilomètre. Manu évalue le point où ils vont se croiser. Il accélère le moteur pour se positionner au plus près possible. Maintenant, on distingue clairement, tout en haut, la passerelle déserte.

– Tu n'as pas compris ? S'ils nous avaient vus, ils nous auraient prévenus ! Des coups de corne de brume répétés. Le mec de quart dort, ou il est parti se faire un café ! Pauvre idiot ! Comment veux-tu qu'il voie que tu lui lances un message !

– Ferme-la ! Épargne-moi tes commentaires.

Il se rapproche encore. Caroline est hypnotisée par le monstre lancé à pleine puissance. L'immense étrave noire soulignée par une bande blanche les domine de toute sa hauteur. Elle voit l'ancre énorme en forme de trident accrochée sur le côté et les grandes traînées de rouille qui se perdent dans l'écume des vagues. Sous l'eau, elle devine le bulbe, la longue torpille rouge prolonge l'avant du bateau et repousse sans le moindre remous toute la puissance de la mer.

Le Séréno est maintenant tout près. Manu tourne la barre à roue pour se mettre en parallèle. La manœuvre est parfaite. Il a posé à côté de lui la fronde bricolée et les deux tubes contenant ses messages.

Plus personne ne parle, la tension est palpable, oppressante, dans l'attente de l'accident. Caroline a l'impression qu'il lui suffirait d'étendre le bras pour toucher la paroi sombre de la coque. Le hurlement du moteur du *Séréno* poussé à fond et les halètements sourds des diesels du porte-conteneurs se mélangent, les vibrations résonnent jusque dans son corps.

Le flanc noir et sale du cargo défile à toute vitesse. En haut, Caroline aperçoit l'empilement des conteneurs. Comme un flash, les noms s'impriment dans son cerveau : CMA-GGM, HANJIN, CHINA SHIPPING. Et voici, sur la peinture noire, les trois lettres blanches lisibles de loin : M.S.C. Elles sont trop grandes pour qu'elle puisse les voir en entier.

– Prends la barre, vite ! Reste à côté, sans te rapprocher !

Elle aurait voulu refuser, mais il a déjà lâché la barre. Elle se précipite, paniquée, le cœur battant à cent à l'heure. Comme c'est difficile de contrôler la trajectoire ! Il lui crie :

– Regarde devant toi, surtout pas à gauche, droit devant, oui c'est ça !

Elle est dominée, écrasée par la masse extraordinaire qui avance, imperturbable. *Le Séréno*, entraîné par les vagues du sillage et la houle, monte et descend comme un bouchon tout près de la muraille rouillée. La paroi semble attirer le voilier comme un aimant. Ils sont chahutés, bousculés. Elle donne de violents coups de barre pour rester à distance et garder la trajectoire. À chaque fois, le coup de gîte est brutal. Malgré tous ses efforts, sur une lame plus vicieuse, le bateau s'incline un peu trop et le haut du mât frappe violemment la coque. Le choc ébranle toute la mâture, les haubans étirés vibrent sous l'effort. Mais le mât tient. Ne pas recommencer, surtout pas ! Le prochain coup, c'est le démâtage assuré. En sueur, inconsciemment, elle s'écarte en jurant :

– Dépêche-toi, je n'y arrive pas !

– Reste à côté encore dix secondes !

Ces secondes sont interminables. Le voilier est déjà près de l'arrière du navire. Manu prend sa fronde et tend l'élastique. D'un claquement sec, le tube contenant le message s'envole. Il le suit des yeux. Mais le vent le rabat. Trop bas ! Le tube rebondit sur la coque et tombe à la mer. Raté ! Plus qu'une chance. Vite, il recharge sa fronde et vise plus haut. Le second projectile s'élève et décrit une jolie courbe avant de disparaître sur le pont du porte-conteneurs.

– Bingo ! Il est à bord !

– Reprends la barre ! Vite ! Je n'en peux plus !

Le Séréno s'éloigne. Ils sont maintenant au niveau de la poupe du cargo. Caroline, pétrifiée, la bouche sèche, épuisée par le stress, regarde tourner l'énorme hélice dont l'extrémité des pales apparaît dans le creux des vagues. Elle découpe la mer avec une telle force que l'eau explose en gerbes d'écume rebondissant sur le gouvernail. Les embruns levés par le déplacement de l'énorme assemblage d'acier les enveloppent. Ils sont trempés par ce brouillard salé, imprégné de l'odeur âcre de la suie grasse des fumées crachées par la cheminée. Elle a le temps de lire son nom écrit en blanc : *Emma*. En dessous est indiqué son port d'attache : Monrovia.

Manu a ralenti le moteur. Le porte-conteneurs est déjà loin. Sur son pont, il emporte un petit tube coincé à l'angle d'une grande boîte en acier ondulé…

Nicolas, subjugué, n'avait pas ouvert la bouche tout le temps de la manœuvre. Maintenant qu'ils sont hors de danger, sa colère explose :

– Tout ça pour rien ! Faut vraiment être le roi des cons pour prendre des risques pareils ! J'ai bien regardé là-haut, sur la passerelle. Personne ne nous a vus ! Personne, tu m'entends ! Ton message idiot n'a aucune chance d'être découvert. Qui peut savoir qu'il est à bord ? C'est du grand n'importe quoi !

– J'ai fait ce que je m'étais promis de faire.

– Des promesses débiles qui mettent en danger la vie des autres. Tu n'es qu'un irresponsable ! Tu as vu la gueule du mât quand il a touché la coque ?

– J'ai entendu le bruit du choc.

– Il était cintré comme un arc ! Il aurait pu tomber !

– On a eu de la chance, voilà tout !

33

Ultimatum

La poussée d'adrénaline retombe. Chacun reprend son souffle. Nicolas, toujours entravé, trépigne, dépassé par sa propre colère.

– Maintenant que tu as réussi à balancer ton message débile, tu vas libérer mes mains, et tout de suite ! Vous avez peur de quoi ? Que je vous flingue ? C'est vrai que ça serait facile puisque tu es porté disparu et que ta nécro est déjà dans les journaux. Pour toi, Caroline, c'est plus compliqué, il y en a qui t'ont vue à bord. Mais tu pourrais tomber à l'eau pendant que je dors… À mon réveil, tu ne serais plus là… Point barre ! Je rédigerais un joli rapport de mer, genre : « Il était 9 heures quand je me suis réveillé pour prendre mon quart. Le bateau naviguait sous pilote automatique. Je suis monté sur le pont, Caroline Van Dongen avait disparu. J'ai fait demi-tour et pendant toute la journée, j'ai patrouillé au niveau de la route que le bateau avait suivie. Je n'ai trouvé aucun indice de sa présence. Je n'ai pas pu informer les secours, étant en panne de moyens de communication… » Comme ce rapport est un document officiel rédigé par le capitaine, représentant de l'État, il fait foi. Sauf si quelqu'un peut prouver le contraire, mais là, au milieu de nulle part… Ni vu ni connu, le crime parfait !

– Tu oublies une chose, intervient Manu.

– Laquelle ?

– Le message écrit et signé de ma main. J'ai indiqué le nom du bateau…

– Tu as fait ça ?

– Oui, pourquoi, il ne fallait pas ?

– Oh si, bonne idée ! Mais la personne qui verra ce tube va croire qu'il a été jeté parce qu'il était vide. Qui pensera qu'il y a un message à l'intérieur ?

– C'est vrai, c'est pour ça que j'ai pris la précaution de le recouvrir de rouge avec ton marqueur, et de l'envelopper dans une pochette avec « message » écrit en grand. Ça devrait se remarquer.

– Peut-être… De toute façon, le scénario de votre disparition n'était qu'une hypothèse… Un tantinet provocatrice, je l'avoue. Vous n'avez quand même pas cru que j'étais sérieux ?

– Si !

– Caroline ? Alors ça, c'est la meilleure !

– J'ai vu les traces de sang sur ma couchette ! Dis-nous ce qui s'est passé.

– Du sang ? De quoi tu parles ? N'importe qui a pu se cogner ou se couper.

Caroline reste silencieuse.

– Tu ne me crois pas ?

– Non, je suis sûre qu'il s'est passé quelque chose de grave sur ce bateau. Le sang, tes menaces… Tout me fait peur.

– Mais je vous ai expliqué ! La bagarre à Cayenne, le type sans doute mort, les mafieux qui me recherchent, ça ne vous suffit pas ? Je ne vais pas inventer une histoire pour satisfaire votre parano ! Je n'ai rien d'autre à dire !

Caroline est mal à l'aise. Elle voudrait le croire, pouvoir le relâcher sans crainte, ôter cette corde nouée autour de ses poignets qui heurte sa conscience.

– Si on te détache, demande-t-elle, tu me promets de ne rien faire contre nous ?

– Quel intérêt j'aurais à vous nuire maintenant ?

Manu, lui, reste plus méfiant.

– Moi, je ne te fais pas confiance. Tu dissimules ta violence, je le sens. Ton plan pour nous éliminer était trop réaliste, je n'aime pas ça.

– Il pense retrouver une dignité en nous narguant…

– Peut-être, Caroline, mais s'il veut se venger, ce sera d'abord sur moi. Je lui ai désobéi. Pire, j'ai perturbé votre relation. Il est plein de rancœur, sans compter ce qu'il nous cache…

– Je suis restée seule avec lui assez longtemps pour penser qu'il n'est pas aussi méchant qu'il veut le faire croire.

– Peut-être, mais après ce que j'ai vécu, je tiens trop à la vie pour courir le risque.

Les bons sentiments de Caroline ne sont pas de nature à convaincre Manu.

– Voilà comment je vois la suite, Nicolas. Tu vas descendre sagement dans ta cabine. Tu y resteras jusqu'au port. Une fois à quai, on desserrera tes liens et on quittera le bateau. Ce que tu feras ensuite ne nous regarde pas.

– Tu n'as pas le droit de faire ça ! Vous êtes fous ! Ça va vous coûter cher ! J'aurais dû vous éliminer ! Je vous crache à la gueule !

– On se protège, c'est tout ! Tu es un mec dangereux, on te tient à distance !

– Vous aviez bien préparé votre coup ! J'ai été trop naïf ! Toi, Caroline, avec tes idées généreuses, ton air de pas y toucher, ta tête sur mon épaule… Tu n'as pas honte de me traiter comme ça ? Et l'autre, ah l'autre ! Si j'avais su, toi, je t'aurais laissé crever…

Cette fois, c'est Caroline qui intervient.

– Notre seul souci, c'est de quitter ce bateau vivants et sans ennuis.

– Vous vous êtes fait un film. Tout ça parce que vous pensez que j'ai bousillé le téléphone… C'est n'importe quoi !

Entravé, Nicolas sait qu'il est à leur merci. Comment pourrait se terminer une confrontation ? Il tente le bluff pour ne pas perdre la face.

– Si je refuse de bouger, vous allez faire quoi ?

– On te laisse là, dans le froid et l'humidité.

Il reste silencieux. Ne pas montrer trop vite qu'il cède …

– Alors tu te décides ?

– Je descends dans la cabine à une condition : vous ne me touchez pas.

Sans les mains, Nicolas a du mal à se tenir debout. Caroline, gentiment, s'approche pour l'aider. Il la repousse d'un geste brutal, s'assoit sur la première marche de la descente puis se laisse glisser sur les suivantes, les pieds en avant. Une fois en bas, il se met debout en s'appuyant contre la cloison. Manu l'observe.

– Ça te plaît de me voir ramper, hein ? ordure !

Cette fois encore, Manu refuse la provocation et garde son calme.

– Dans ta cabine !

– Pas question, je reste dans le carré, je veux surveiller ce qui se passe. C'est mon bateau !

– Tu continues de prétendre que c'est ton bateau ? J'ai fouillé dans les papiers de la table à cartes. M. D'Arcy-Briand, ça te dit quelque chose ?…

À force de tisser son histoire au jour le jour, Nicolas a fini par y croire et il pensait en maîtriser tous les détails. Mais les grains de sable se sont accumulés et celui-là en est un gros. Il préfère se taire en sachant ce que Manu va dire.

– Tu fais semblant de ne pas comprendre… Eh bien moi, je vais te dire qui est M. D'Arcy-Briand : c'est le propriétaire de ce bateau. Ton contrat stipule que tu dois le ramener de la Guyane jusqu'au port du Crouesty, où il est censé le récupérer… Vrai ou faux ?

Son histoire ne tient plus, Nicolas le sait. Que faire ? Se mettre à table ? Il a trop de fierté pour se déjuger face à Caroline. D'habitude, il a réponse à tout. Même en s'enferrant dans un empilement de mensonges, il s'est sorti de situations inextricables grâce à son charme et à sa force de persuasion. Mais là, aucune échappatoire, l'écrivain devant sa feuille blanche. Alors, il reste muet, les yeux ailleurs, jouant l'indifférence.

Caroline enrage :

– Alors, quand je suis montée à bord à Horta, tu m'as raconté des salades ! Tu jouais le propriétaire jeune et riche qui naviguait histoire de passer le temps… Et je t'ai cru, comme une conne. Tu pensais qu'en me faisant croire que tu étais riche, je me serais laissé faire, comme une pute, quoi ? Tu n'es vraiment qu'un enfoiré ! Un sale enfoiré !

– Je ne peux pas vous expliquer, vous ne pourriez pas comprendre…

– On a compris que tu t'es foutu de nous, de moi en

particulier. Quand j'ai entendu le « mayday » de Manu, tu as voulu m'empêcher de le secourir. Si je n'avais pas insisté en te menaçant, il serait mort. Alors tu la boucles !

Lui qui crânait il y a encore quelques minutes a perdu tout son aplomb. Il se revoit au commissariat à 14 ans. Il s'était fait prendre après avoir dérobé un sac à main. Ce n'était pas la première fois. Avec un copain, ils circulaient en mobylette, lui assis sur le porte-bagages. Le jeu consistait à rôder autour des marchés et à arracher les cabas par surprise. Souvent les personnes y laissaient leur porte-monnaie. Ils gardaient l'argent et se donnaient bonne conscience en offrant les victuailles aux SDF du coin. Cette fois-là, il avait raconté une histoire abracadabrante aux policiers qui l'avaient cru. Grâce à sa bonne étoile et à ses talents de baratineur, il se sentait intouchable. Jusqu'au jour où il est allé trop loin. La voile en alternative à la prison n'aurait-elle été qu'un prétexte destiné à prolonger ses dérives de délinquant ?

Est-ce le bon moment pour faire ce constat et en tirer les conséquences ? Il y repensera un jour, peut-être…

– Caroline, tu vas fouiller sa cabine, commande Manu. Il a peut-être caché une arme, on ne sait jamais…

Elle soulève le matelas, plonge la main dans les placards et dans les coffres.

Nicolas éructe :

– Espèce de fouille-merde ! Allez ! cherche ! cherche encore !

Caroline ressort enfin, en nage

– J'ai regardé partout, j'ai ouvert les boîtes. Rien, pas d'arme…

Nicolas éclate d'un rire narquois, pour laisser planer le doute.

– Ça suffit ! Dans ta cabine maintenant ! s'énerve Caroline.

Il y rentre, s'assoit sur la couchette et la regarde droit dans les yeux.

– Allez, vas-y ! Enferme-moi si tu en as le courage !

Tourmentée par ses convictions, Caroline hésite.

– Je vais desserrer ses liens.

– Ne fais pas ça, il est capable de tout !

– Si ! Regarde comme ses mains sont rouges et gonflées !

Manu n'insiste pas. Si ça peut lui donner meilleure conscience… Rageusement, il referme la porte et la bloque avec un cordage bien tendu.

– Je n'aurais jamais cru devoir faire ça ! murmure Caroline.

– Tu n'as pas de remords à avoir.

– C'est moche, cette séquestration. C'est la première fois de ma vie que je fais ce genre de truc et j'espère bien que ce sera la dernière. En quittant les Açores, je ne m'attendais pas à en arriver là…

– Il a quand même avoué être un meurtrier.

– Peut-être qu'il a tué ce type, mais d'après ce que j'ai compris, c'était de la légitime défense.

– Mais enfin ! sois réaliste ! Il aurait pu te coincer pendant ton sommeil, ou te droguer…

– Ce n'est pas le genre vicieux. Il a besoin de reconnaissance, il veut être aimé, c'est tout. Il vit seul, comme un reclus. Il croit qu'avec du fric et un bateau, tout est plus facile.

– Si tu veux mon avis, tu as de la chance que je sois monté à bord !

– Que l'on t'ait tiré à bord ! S'il ne m'avait pas aidée, tu ne serais pas là ! Qu'est-ce que tu proposes maintenant ?

– Rien de plus, mais il faut en profiter pour chercher s'il n'y a pas des trucs pas clairs planqués à bord.

– Son or ?

– Je ne sais pas, on peut rapporter un tas de choses de Guyane et des Antilles ! Tu as une idée où fouiller ?

– Non… Si ! Je me souviens d'un truc : à l'avant, sous le matelas, il y a deux coffres dont les couvercles sont fermés avec des vis bien brillantes. Ça ressemble à un montage récent. Des coffres condamnés comme ça, c'est bizarre non ? D'habitude, on stocke de la bouffe dans ce genre d'endroit…

Elle le prend par la main et l'entraîne vers la cabine avant.

– Tu dors là et tu n'as pas eu la curiosité de regarder sous ta couchette ? Regarde les vis.

Elles sont profondément enfoncées dans le bois. Manu peine à les dévisser. Plus que deux pour libérer le couvercle…

– Tu as entendu ?

– Quoi ?

– Le bruit… Un avion…

– Faut aller voir.

Caroline est déjà dans le cockpit. Éblouis par le soleil et la réverbération, ils n'arrivent pas à distinguer l'avion, mais le bruit de ses moteurs est bien présent.

– Je l'entends qui revient…

– Je le vois, il est blanc, la douane, c'est écrit dessus !

Caroline se précipite sur le pont pour être bien vue. Elle agite ses bras de haut en bas.

– Non ! ne fais pas ça ! Arrête tout de suite !

– Pourquoi ?

– C'est le signal de détresse !

– Je sais, c'est exprès, on est en détresse, non ?

– Si un bateau de la douane vient à notre rencontre et qu'en montant à bord les douaniers découvrent des trucs pas nets, je préfère être ailleurs. Dis-leur bonjour d'un petit signe de la main. Moi, je mets les pouces en l'air en souriant. Je dois avoir l'air d'un idiot…

Après deux survols successifs, l'avion s'éloigne, mais Manu n'est pas rassuré pour autant.

– Tu crois que « Point barre » a entendu l'avion depuis sa cabine ?

– Avec le bruit du moteur juste à côté, ça m'étonnerait. Il dort peut-être.

– À moins qu'il prépare un mauvais coup…

34

Survol

En ce milieu d'après-midi, de belles trouées de bleu parsèment le ciel. Sous les plus gros nuages, la grisaille des averses est irisée d'arcs-en-ciel éphémères. Ces nuages bourgeonnent, mais pas assez pour se transformer en orages. Par prudence, le pilote du Beechcraft de la douane préfère zigzaguer entre ces masses floconneuses pour garder une bonne visibilité sur la mer. Aujourd'hui, ils visent la pointe de la Bretagne, à l'ouest de l'île d'Ouessant. C'est un endroit vers lequel les cargos convergent pour entrer dans la Manche ou en sortir. La mission consiste à identifier ceux qu'ils survolent pour les confronter à la liste des bateaux suspects. C'est un travail difficile, car l'avion doit voler à une certaine altitude afin ne pas éveiller les soupçons. Au moindre doute, ils le savent, les membres d'équipage impliqués dans un trafic sont capables de balancer par-dessus bord la cargaison illicite. Après plusieurs passages sur la zone, le Beechcraft prend la direction du sud, vers la côte espagnole. Les bateaux de pêche sont toujours là. Du ciel, les douaniers sont capables de déterminer leur méthode de pêche. Ceux-là naviguent en parallèle, un immense filet tendu entre eux. Ce filet, appelé pélagique, ne racle pas le fond, mais, en avançant, capture toutes sortes de poissons, même des dauphins ! Braquant ses jumelles à travers le hublot, le contrôleur note l'immatriculation du bateau, la rentre dans l'ordinateur puis vérifie s'il est en règle. Ses droits de pêche sont bien à jour. Leur surveillance se poursuit. Plus loin, ils repèrent un bateau de pêche à la dérive, un espagnol en train de remonter sa palangre, une ligne longue de six kilomètres de long avec des hameçons suspendus à intervalles réguliers. Les appâts attirent des gros poissons, en particulier des thons et des requins. Ils continuent leur vol.

– Un bateau à trois heures !

– Bien reçu, on y va.

L'avion vire sur l'aile.

– Je reste en altitude. Vous pouvez m'en dire plus ?

– C'est un voilier sans ses voiles. Il navigue au moteur.

– Étonnant ! Il y a du vent, pourtant.

– Ben oui, mais les plaisanciers ont parfois des comportements bizarres.

– Bravo l'écologie et les économies d'énergie !

– Est-ce que tu as pu lire son nom ?

– Non, mais j'ai pris un cliché en zoomant au max. Attends, je l'agrandis…

– Alors ?

– Non rien, pas de nom visible, ni à l'arrière ni sur le côté.

Contrairement aux cargos ou aux bateaux de pêche dont l'immatriculation est peinte en grand sur le pont, souvent les voiliers ne sont repérables que par leur nom et le nom du port auquel ils sont rattachés.

– Je l'appelle par radio : « Voilier survolé par l'avion de la douane, pouvez-vous vous identifier ? »

Aucune réponse. Le pilote répète plusieurs fois le message sans succès.

– Ah ! Attendez ! Je vois une personne… une deuxième. Un homme et une femme. Ils nous font des signes. La fille fait les gestes de détresse… En fait, non, ils nous disent bonjour avec le pouce en l'air. Tout va bien… Ils n'ont pas l'air inquiet…

– Bizarre… Il faudra quand même un comité d'accueil à l'arrivée. On va signaler sa position, son cap, et la zone probable où il va faire escale. Moi, je parie pour le sud de la Bretagne. À l'allure où ils vont, ils y seront dans deux ou trois jours.

– Je vais faire un passage en rase-mottes. Essaie d'avoir leur visage sur tes photos. Si nécessaire, on les retrouvera plus facilement.

– Je les ai dans la boîte, c'est tout bon pour moi !

– OK les gars, je reprends de l'altitude et on passe au suivant.

– Je viens de regarder la liste des bateaux suspects. Il y a trois bateaux qui lui ressemblent et qui seraient dans le coin : *Le Chinook*, *Le Titouyoun* et *Le Séréno*.

35

Bras ouverts

Après le passage de l'avion, Caroline s'est assise dans le cockpit, abattue. Les soupçons qui pèsent sur Nicolas, ses menaces, ses mains ligotées, tout cela la dépasse. Et puis il y a Manu. Surgi de la mer pour faire irruption dans sa vie. Un peu de recul lui serait nécessaire, mais comment trouver la distance sur un bateau ?

Quand Manu la rejoint et qu'ils se retrouvent tout proches, cette fois, c'est elle qui aurait besoin de sa chaleur, de sa protection, son réconfort. Elle a du mal à mettre des mots sur ce qu'elle ressent. Elle pourrait parler de tendresse, mais au-delà, d'un attachement qui ne dit pas encore son nom. Avec lui, elle se sent apaisée, en harmonie.

– Tu as remarqué ? le vent est plus fort que tout à l'heure. Il souffle dans la bonne direction maintenant…

– Je vais renvoyer les voiles. Après, on arrêtera le moteur. Faut faire gaffe au gas-oil, il en reste pas beaucoup.

Il retourne au pied du mât et tire sur le cordage pour hisser la grand-voile.

– J'y arrive pas ! Ça bloque !

Il s'arc-boute de toutes ses forces, mais rien à faire, la voile ne bouge pas. Il retourne à l'arrière.

– Une pièce a dû se tordre en haut du mât quand il a cogné contre la coque du porte-conteneurs…

– On fait quoi ?

– Je vais monter là-haut et essayer de réparer. Sinon, sans grand-voile, on va se traîner, et avec l'autre qui doit piaffer dans sa cabine, je n'ai pas envie de m'éterniser.

Il fouille un peu partout et finit par trouver une chaise de calfat. Grâce aux sangles dont elle est équipée, il relie la planche à une drisse, en expliquant à Caroline comment le hisser.

– Je suis assis et calé, tu peux y aller…

– Mais ça va être vachement lourd ! Si le cordage m'échappe quand tu es là-haut, tu vas t'écraser sur le pont !

– T'inquiète ! De toute façon, on n'a pas le choix.

– Ça me fait flipper. On pourrait demander à Nicolas de venir nous aider ?

– Pas question !

Caroline enroule le cordage autour du winch, enclenche la manivelle et commence à le hisser. C'est difficile, il est lourd. Le haut du mat est a plus de quinze mètres et elle gagne seulement une dizaine de centimètres à chaque tour… Elle lui crie :

– Je ne vais jamais y arriver !

– Mais si, prends ton temps.

Manu préférerait qu'elle aille plus vite. Plus il monte, plus les mouvements de la coque sont amplifiés et, sans l'appui des voiles, le bateau tangue comme un culbuto. Assis sur sa planche, il doit se retenir au mât et aux haubans pour ne pas être projeté en avant ou en arrière. Il l'encourage :

– Allez, ma Caro, encore un effort, on y est presque !

Elle ne peut pas parler. « Il est drôle, lui ! C'est super dur ! Je n'arrive même plus à reprendre ma respiration… » Ses muscles se tétanisent. Lui l'aide de son mieux en s'appuyant sur ses mains et ses pieds. Encore quelques tours de manivelle… Ça y est ! le but est atteint. Tout en haut du mât, les mouvements sont violents. Manu doit se cramponner pour ne pas être balancé en tous sens. Il enserre le mât entre ses jambes, se cogne les genoux lors des chocs les plus brusques. Les feux de navigation sont cassés et la poulie est écrasée. Sans elle, impossible de hisser la voile. Il imagine une réparation, mais travailler dans ces conditions est irréalisable. Puisqu'il est là, il jette un rapide coup d'œil sur la mer. De cette hauteur, le regard porte à une vingtaine de kilomètres. L'horizon est désert sur trois cent soixante degrés.

La descente est plus facile. Caroline s'efforce de relâcher la drisse sans à-coups. « Quelle idiote ! j'aurais dû mettre des gants. Mes mains vont déguster grave avec ce cordage rêche et plein de sel. »

Ça y est, Manu est en bas. Elle le maintient pendant qu'il s'extirpe de la chaise, mais, déséquilibré, il tombe en avant. Caroline, par réflexe, ouvre ses bras pour le retenir. En voulant éviter de la faire chuter, il l'enlace à son tour. Ils se regardent et éclatent de rire.

– Je t'ai encore sauvé la vie…

– N'exagère pas !

Quand elle approche ses lèvres des siennes, délicatement, il la repousse :

– Je ne sais pas, Caroline. Trop d'inconnues me brouillent la tête pour que je puisse t'embrasser sans remords ni arrière-pensées. J'ai besoin de voir clair en moi, tout est trop flou.

Elle s'écarte. Son élan est brisé. Pourtant celui-là n'avait rien à voir avec ce qu'elle avait pu vivre avec Nicolas. Vite, passer à autre chose pour que la gêne ne gâche pas leur complicité. C'est lui qui parle le premier :

– On ne va pas moisir ici ! Il faut quitter ce bateau pourri au plus vite. Je vais dérouler la voile à l'avant. Le vent nous pousse, elle devrait bien nous aider. Je verrai ensuite le problème de la grand-voile.

Aussitôt dit, aussitôt fait. Dix minutes plus tard, la voile est gonflée, le pilote automatique réglé, le moteur coupé. Vitesse cinq nœuds, direction Le Crouesty.

Pour dissiper l'embarras qui persiste, place à l'action. Le coffre qu'ils n'ont pas fini d'ouvrir est une bonne diversion.

– On retourne voir à l'avant ? propose-t-il à Caroline.

Il reprend son tournevis et bientôt les dernières vis cèdent.

– À toi l'honneur !

– Ça me fout les jetons… C'est peut-être rempli de serpents d'Amazonie qu'il veut revendre en France…

– À mon avis, c'est autre chose…

Elle soulève le couvercle.

– Merde ! il y a un deuxième coffre à l'intérieur !

36

« Point barre » se questionne

Au fond de sa cabine, Nicolas enrage. « Comment j'ai pu me faire avoir comme ça ? Tout ça à cause de cette Caroline qui me l'a joué bonne copine. Pas méfiant, le mec, et paf ! Elle te menotte, comme un dealer en flagrant délit et après, elle te dit avec ses yeux de pétasse et sa voix d'hôtesse d'accueil : "Mon pauvre chéri, tu dois avoir bobo, attaché comme ça… Alors maintenant, tu vas retourner sagement dans ta niche, hein ? Sans faire d'histoire. Ne râle pas, c'est pour ton bien." Et moi, Nicolas Balanéo, je me suis laissé faire. Ah, je n'en reviens pas ! Elle me répugne. Je me répugne ! Dire que je ne l'ai même pas baisée ! J'aurais dû la coincer pendant qu'elle dormait. Facile, elle était à moitié à poil, elle ne demandait que ça. Elle était à moi. Point barre ! L'autre grand marin de mes deux, il pouvait rentrer à la nage ! Au lieu de ça, je l'ai joué sentimental… Quel connard ! Mais on va pas en rester là, je vais lui faire voir qui je suis, moi, Nicolas. D'abord, il faut que je libère mes mains. Cette conne a desserré le lien, je devrais pouvoir m'en débarrasser… Et voilà ! Facile ! Mais en attendant de trouver comment sortir, autant leur laisser croire que je suis attaché. »

Le bruit du moteur l'empêche d'entendre tout ce qui se passe à l'extérieur, mais un avion est passé tout près. « Un avion à hélice, si bas, c'est sans doute la douane. S'ils ont appelé à l'aide, ça va se compliquer ! » Pour l'heure, il se demande ce qu'ils fabriquent tous les deux. « Ils peuvent fouiller le bateau tant qu'ils veulent, ils ne trouveront rien ! Indétectable… Je vais attendre la nuit pour tenter quelque chose. D'ici là, silence radio, je ferai semblant de dormir. »

Dans un rangement, il déniche une bouteille de rhum. « Père Labat 59° » annonce l'étiquette. « Un bon souvenir de Marie-Galante ! Cinquante-neuf degrés, ça va booster ! » Il boit directement au goulot. Une gorgée, puis deux, puis trois, puis encore quelques-unes. Le liquide aux notes fruitées lui brûle la gorge. Quelques minutes plus tard, le rouge aux joues, il sent l'euphorie l'envahir. Dans sa tête embrumée par les vapeurs d'alcool tournent en boucle les paroles du « Pénitencier », de Johnny :

C'est la nuit qu'on peut tricher
Toi qui ce soir as tout perdu
Demain, tu peux gagner

Oui, demain, il aura gagné. À lui la belle vie, les filles, le bateau, le soleil ! Ses pensées divaguent. La chanson, lancinante, est vrillée dans ses neurones. Les images se percutent. La tour Eiffel. Juin 2000. Le concert. Sa sœur qui criait, les bras levés. La flamme de dizaines de milliers de briquets. Il écoutait, tout en faisant les poches des spectateurs. Des téléphones, de l'argent… Les flics l'ont attrapé.

Peux-tu jamais me pardonner
Je t'ai trop fait pleurer

Lui, c'est sa mère qu'il a fait pleurer. Il la revoit dans la petite cuisine du HLM, avec son tablier à fleurs tout raide et fermé jusqu'au cou. Elle sentait les oignons frits et la viande trop grillée. Elle avait le regard accablé d'une vie sans joie et sans espoir. Elle croyait tant à l'avenir de son fils, son amour de Nicolas ! L'alcool et les circonstances libèrent des remords enfouis sous des certitudes rassurantes, il voudrait se retrouver enfant, se blottir dans ses jupes et lui demander pardon. Pardon pour les objets volés planqués dans les placards, pardon pour les dealers installés dans l'appart, pardon pour les plaintes, la police et les convocations au commissariat. Mais c'est trop tard, depuis trop longtemps il navigue en eaux troubles. Le voilà prisonnier dans cette cabine, en route vers un destin qu'il rêve encore serein. Les effluves de l'alcool envahissent un peu plus son cerveau. Il s'endort d'un sommeil lourd et tourmenté. Le Père Labat était le plus fort, le Père Labat l'a abattu.

37

Doutes et suspicions

Caroline et Manu sont déçus. Un réservoir dans un coffre, sur un bateau, cela n'a rien d'original…

– Apparemment, il est plein, comme tout bon réservoir. Quand je tape dessus, ça ne résonne pas à l'intérieur.

– Et c'est quoi, le liquide ?

– Sans doute de l'eau… Si c'était du gas-oil, il serait plutôt à l'arrière, pas loin du moteur.

– Ça peut être quoi d'autre ?

– Humm… Du rhum des Antilles, comme tu le pensais ?

– Très drôle ! Même s'il en contenait deux cents litres, il ne ferait pas fortune avec ça.

– Ça n'a aucune odeur. En même temps, le réservoir est hermétique. On entend floc, floc. C'est bien du liquide. Je suis d'accord avec toi, c'est sûrement une réserve d'eau.

– Probable…

– On cherche ailleurs ?

– Yes !

Ils inspectent les tiroirs, fouillent les placards, les coffres, visitent le fond de la coque sans rien trouver d'anormal. De temps en temps, l'un des deux monte sur le pont et surveille la mer qui reste désespérément vide.

Caroline a collé plusieurs fois son oreille à la porte de la cabine de Nicolas.

– Je crois que je l'entends ronfler.

– S'il dort, c'est parfait. Pendant ce temps, il nous fout la paix.

– Il faudra lui donner à manger et à boire.

– On verra ce soir.

L'après-midi se déroule sans événement particulier. Caroline est partie dormir. Le vent est stable et le bateau avance tranquillement, se balançant au rythme des vagues. Rien de plus soporifique. Manu tente de résister, mais ses yeux picotent et se ferment malgré ses efforts. Il somnole puis s'enfonce doucement dans le sommeil. Quand il se réveille brutalement, il fait nuit. 18 heures à sa montre. Tout ce temps laissé aux bons soins du pilote automatique et sans surveillance ! Il s'en veut un peu, lui le coureur au large. L'horizon est toujours aussi vide. Pas une lumière. La lune est absente et la fine couverture nuageuse masque les étoiles. Ils naviguent dans une obscurité profonde, dans ce nulle part où la mer et le ciel se confondent. Devant, la voile est à peine visible. Dans le cockpit, la seule tache de couleur est l'éclairage rougeoyant des instruments.

Caroline, elle aussi, s'est réveillée. Elle monte le rejoindre.

– J'ai froid…

– On va se faire chauffer quelque chose, la nuit va être longue et glaciale.

– Un truc chaud et bien calorique.

– Tu es allée écouter à sa porte ? Il dort toujours ?

– Non, pas à l'instant. J'y vais.

Elle redescend et colle son oreille contre le panneau de bois. Pas facile de discerner une présence humaine dans le fracas d'un voilier naviguant dans une mer formée.

– Je n'entends rien. Manu, qu'est-ce qu'on fait ?

– On attend. Quand il sentira la bouffe, il va se manifester, crois-moi…

– Je m'occuperai de la cuisine un peu plus tard. Tu veux un thé en attendant ?

– Bonne idée. Caro…

– Oui …

– Je… C'est bien ce qu'on vit.

Il avait d'autres mots au bord des lèvres, mais il n'a pas eu la force de les exprimer. Alors, il s'est réfugié dans une banalité.

Il monte boire son thé sur le pont. Le mug brûlant lui réchauffe les mains. Là, tout seul, il pense à la suite de cette aventure. Quand il réapparaîtra, aux yeux des médias et du grand public, il sera le miraculé de l'océan, le Moïse sauvé des eaux. Il faudra qu'il passe par les plateaux télé, les interviews, par un livre avec son nom en couverture, mais que quelqu'un d'autre écrira à sa place… Son sponsor Univervie ne le lâchera pas. Un logo sur sa chemise au journal de 20 heures sera bien plus rentable qu'un spot de pub de 30 secondes acheté 20 000 euros ! Le plus compliqué sera Isabelle. S'il rentre à la maison, dans ce bien-être dont il n'a plus envie, elle le confinera dans son amour. Restera en lui la nostalgie de sa renaissance grâce à Caroline, et cela, Isabelle le devinera vite. Il redoute déjà les conflits inévitables, les efforts pour paraître ce qu'il n'est plus. Cet avenir s'annonce comme une dépression, avec un ciel chargé de nuages de plus en plus denses, les rafales d'orages, les déferlantes qui secoueront leur couple jusqu'à le faire chavirer. Caroline sera-t-elle encore là pour le sauver ?

Il pourrait aussi débarquer discrètement… Facile si le message n'a pas été découvert sur le pont du porte-conteneurs.

Aucun risque de voir un journaliste sur le quai. Caroline et lui quitteraient le bateau ensemble, vite fait, bien fait. Il aurait disparu corps et biens et pourrait repartir dans une autre vie, en mer, avec Caroline évidemment. Là, c'est un ciel d'alizé qu'il imagine, avec ses nuages inoffensifs et ses couchers de soleil aussi incandescents que leurs moments intimes. Aurait-il dû lancer son message ? Il en vient à le regretter.

Il faudra que Caroline dise, elle aussi, l'avenir qu'elle envisage. Pour l'instant, ses préoccupations sont bassement matérielles :

– Je vais faire le dîner. Une conserve, genre ratatouille, ça te va ? Je prépare une assiette pour Nicolas, il a sans doute faim.

– Si ça te fait plaisir… Tu lui apporteras la bouffe pendant que je resterai en embuscade. J'ai pris un long tournevis, en défense, au cas où…

Ils préparent un plateau. Caroline frappe à la porte.

– Nicolas ?

Pas de réponse.

– Nicolas ?

– Fous-moi la paix, poufiasse !

– On a préparé le dîner. Tu veux manger ?

Il a faim et, vu son plan, il a intérêt à prendre des forces.

– Gardienne de taule. Tu n'as pas honte ! Ce mec te ferait faire n'importe quoi… Trop conne… Rien à foutre de votre bouffe !

Inutile d'insister.

Serrés l'un contre l'autre, ils dînent en silence dans le carré, inquiets de l'agressivité de Nicolas.

– Tu crois vraiment qu'il est dangereux ?

– Je préfère être prudent. Je ne sais pas ce qu'il a derrière la tête.

Manu s'interroge :

– Ça me chiffonne de n'avoir rien trouvé. Je suis sûr qu'il y a des trucs louches à bord.

– Il y a son or…

– Si ce qu'il raconte est vrai, il n'en a pas des tonnes… Il doit y avoir autre chose…

– On a cherché, pourtant.

– Sur un bateau, les cachettes sont innombrables. Mais si tout va bien, après-demain, on sera à terre. Alors on ne va pas se prendre la tête !

38

Angoisses

Avant la nuit, Manu contrôle la progression du bateau sur l'ordinateur. Jusque-là, ils naviguaient au-dessus d'une plaine abyssale s'étalant sous plus de cinq mille mètres d'eau. Mais devant eux, les courbes de niveau des fonds du golfe de Gascogne s'accumulent en escarpements spectaculaires aussi élevés que le mont Blanc. Des montagnes inimaginables depuis la surface. Au-delà, c'est un plateau qui se prolonge jusqu'à la terre. Sa profondeur : environ cent mètres. Il est entrecoupé de tranchées sous-marines creusées par les rivières. Plus de quatre-vingts canyons, trois fois plus profonds que le Grand Canyon du Colorado, se succèdent ainsi, depuis celui des Sorlingues au nord jusqu'à celui du Cap-Ferret devant Arcachon. *Le Séréno* va faire route entre le canyon de l'Odet et celui du Blavet. À bord, ils ne sentiront pas le passage de cette marche gigantesque, mais les jours de tempête, la houle qui bute sur cet obstacle n'a plus assez de hauteur pour étaler son énergie. Pour compenser, elle augmente son amplitude et déferle en emportant tout sur son passage. Le golfe de Gascogne a la réputation d'être l'une des zones maritimes les plus dangereuses du globe.

Caroline choisit de rester sur le pont jusqu'à minuit. Sans Nicolas pour assurer son quart, les périodes de veille de chacun sont plus longues. Elle qui a besoin de sommeil devra pourtant se réveiller au milieu de la nuit. Une véritable torture. Manu, coureur au large, est habitué à dormir par périodes courtes. Une heure et demie, le temps d'un cycle de sommeil.

Il n'est pas encore minuit quand il monte prendre la relève.

– Déjà là ?

– Oui, j'avais du mal à dormir. J'avais aussi envie d'être près de toi…

– Ça me fait plaisir. Je finissais par me sentir bien seule…

Ils bavardent dans le cockpit tout en surveillant les voiles et l'horizon, mais la menace emprisonnée dans sa cabine, juste en dessous, les tient sur le qui-vive. Le moindre bruit incongru leur semble suspect.

Il est 2 heures du matin quand Caroline descend s'allonger.

Manu se cale dans un coin du cockpit. Le vent a fraîchi. Il remonte le zip de sa polaire. « Si demain le vent tourne encore, il faudra que je réussisse à hisser la grand-voile. »

Aux premiers reflets du jour, les oiseaux sont de retour. Les puffins noir et blanc planent sans un battement d'ailes en se jouant des turbulences de vent provoquées par les vagues. Ils sont accompagnés par des fous de Bassan, reconnaissables à leurs grandes ailes blanches à bout noir, leur tête jaune clair et leurs yeux bleus. Ils ont repéré un banc de poissons, sans doute des sardines. Volant à plus de quarante mètres de hauteur, ils plongent subitement à la verticale, les ailes repliées, et pénètrent dans l'eau à près de quatre-vingt-dix kilomètres à l'heure, ne laissant aucune chance à leurs proies. Mais ils ne sont pas seuls. Un banc de dauphins a lui aussi repéré les sardines. Ils sautent hors de l'eau et retombent à plat en produisant un maximum de bruit et d'éclaboussures. Le but est d'effrayer le banc pour l'encercler avant de le traverser, la gueule grande ouverte. Manu, en bon connaisseur de la mer, a vu aussi le bouillonnement caractéristique d'une troupe de thons qui s'associe à la fête. C'est la curée !

Le soleil s'élève, sans apporter la chaleur espérée. Le ciel est brumeux, d'une blancheur laiteuse qui ne dit rien qui vaille. Le vent faiblit. La voile commence à battre, la vitesse est réduite, trois nœuds. À cette allure, ils ne toucheront pas terre avant demain soir.

Dans la matinée, après avoir remis le lien autour de ses poignets, Nicolas tambourine sur la porte de sa cabine.

– Il faut que je sorte !

– Pourquoi ?

– Devine, imbécile !

Caroline est réveillée, elle a compris.

– OK, Nicolas, attends une minute.

Manu se tient à distance, le tournevis à la main. Caroline ouvre la porte.

– Tu restes tranquille ? On peut te faire confiance ?

– Mais bien sûr, ma chère Caro !

Nicolas a son plan. Plus besoin de jouer la provocation, autant endormir leur vigilance par un simulacre de soumission. Ici, à deux contre un, il ne fait pas le poids. Il faut l'effet de surprise. Le plus dur va être d'attendre la nuit.

– Va falloir détacher ses poignets. Fouille-le d'abord, Caroline, on ne sait jamais…

Elle hésite, apeurée. Le toucher la rebute.

– Caroline me caresse… Quel pied ! S'il te plaît, palpe bien partout, tu découvriras peut-être des choses intéressantes…

Elle détourne le regard, dégoûtée, mais elle s'exécute. Ses poches, là et là. Des bouts de papier, un mouchoir. Rien d'inquiétant.

– Vas-y, Caro, détache-le.

Nicolas se laisse faire, non sans afficher un sourire goguenard.

Quand il revient des toilettes, Caroline, taraudée par les scrupules, lui propose de rester avec eux. Mais Manu intervient.

– Hop, hop, hop ! Pas d'accord ! Il essaie de te culpabiliser, c'est sa technique ! Ne te laisse pas avoir. Il retourne dans sa cabine. On ne peut pas prendre de risques.

– Si tu le dis. Mais on ne va pas le laisser sans manger. Il reste du pain et du jambon…

– D'accord, qu'il se fasse des sandwichs.

Nicolas la dévisage.

– Et tu lui obéis, comme ça, sans broncher ! Tu me déçois, Caroline. Après tes discours enflammés, je ne te voyais pas aussi soumise. Finalement, tu es comme toutes les autres…

Ça lui fait du bien de la rabaisser, de la blesser. Si en plus, il pouvait saper l'emprise de Manu sur elle… De lui-même, il se dirige vers la cabine.

– Alors, vas-y ! Qu'est-ce que tu attends ? Ferme la porte !

Sa manipulation a réussi : ils n'ont pas rattaché ses poignets. Une erreur qui leur coûtera cher.

Vers midi, l'horizon s'obscurcit et une masse nuageuse d'un blanc sale s'avance vers eux. Elle n'est pas bien haute, mais elle s'étale comme un tapis que l'on déroulerait sur la mer. Les voilà noyés dans une nappe brumeuse confondant l'océan et le ciel. Soudain, il fait froid, un frimas pénétrant constitué de gouttelettes maintenues en suspension par les remous des vagues et les tourbillons du vent.

– Encore un peu et on ne verra plus rien, s'inquiète Caroline.

– On n'y voit goutte, tu veux dire, renchérit Manu.

– Drôle, mais quand même un peu ringarde, ton expression… En tout cas, je ne suis pas rassurée. Si le brouillard reste collé à l'eau pendant des heures, on risque une collision. La mer est grande, mais ici, il y a beaucoup de pêcheurs. Des Espagnols, surtout. Je m'étais mis dans l'idée de quitter le bord avant d'arriver à terre…

– Tu veux dire débarquer sur un bateau de pêche ? Il faudrait d'abord qu'il soit d'accord. Tu donneras quoi comme prétexte ? Que le capitaine est mauvais joueur au poker ? Qu'il t'oblige à faire la vaisselle ? Ou qu'il a voulu te violer ? Personne ne croira à ton histoire. Sans compter qu'on est à moins de deux jours de terre.

– J'ai peur de l'arrivée, Manu. Un pressentiment. Et mes pressentiments se réalisent souvent…

– On est coincés, Caro ! De toute façon, un bateau qui accepterait de nous embarquer préviendrait la police, pour ne pas être suspecté de transporter des passagers clandestins, des migrants, si tu vois ce que je veux dire.

– Pourquoi ?

– Parce que ces gens ne nous connaissent pas. Parce que nous ne sommes pas en détresse. En plus, si c'est un bateau espagnol, ça va être compliqué de se faire comprendre. Oublie, Caro.

– D'accord, on n'en parle plus.

À la tombée de la nuit, le brouillard s'est encore épaissi. Manu remet le moteur en route. Le vent est tombé, absorbé par la purée de pois.

Caroline aurait bien cuisiné un plat un peu élaboré pour fêter leur dernière nuit en mer, mais le cœur n'y est pas. Trop d'incertitudes. Nicolas enfermé, l'angoisse de l'arrivée… Ça sera plutôt un plat de pâtes.

– Prête à servir son dîner à notre ami, Caro ? Mêmes précautions, je te couvre…

Elle frappe à la porte de la cabine :

– Nicolas ! Tu veux des pâtes ?

Pas de réponse.

– Nicolas !

– Crie plus fort, avec le bruit du moteur, il n'entend pas.

– Nicolaaas !

Toujours rien.

– Laisse-moi faire, Caro, je vais ouvrir la porte. Ne reste pas devant, on ne sait jamais… Il fait noir, je n'y vois rien.

Il éclaire la cabine avec la torche de son téléphone, balaie l'espace.

– Je ne le vois pas.

– Tu es sûr ?

– Nicolas, montre-toi ! Ne fais pas l'idiot ! J'entre, puisque c'est comme ça.

– Tu me fais peur !

– Nom de Dieu, Caro ! La cabine est vide !

39

L'épissoir

Caroline glisse un œil par l'encoignure de la porte. Sur la couchette, un duvet, une assiette, une bouteille vide… Personne. Évaporé ! C'est incompréhensible. Du fond de sa poitrine monte une angoisse qui obstrue sa gorge comme un magma épais. Son cœur bat si fort qu'elle le sent cogner jusque dans ses tempes. Réfléchir, il le faut. Des fourmillements parcourent sa peau, Elle frisonne, elle a la chair de poule. La menace est là, sournoise, diffuse. Où est-il ? Tapi quelque part ? Prêt à bondir ?

Manu s'est avancé, le tournevis toujours à la main. Il grimpe sur la couchette.

– J'ai compris ! Il a démonté la trappe à l'arrière, un sacré boulot ! Voilà pourquoi il s'est laissé enfermer si facilement, il lui fallait du temps ! Derrière, c'est le mécanisme de la barre. Il a dû sacrément se contorsionner pour passer par là ! Après, il s'est faufilé par le coffre où on range le matériel. Il est dehors maintenant.

– Mais où ?

– Aucune idée ! Il fait nuit. On aurait dû entendre ses pas sur le pont…

– Manu, j'ai froid, je claque des dents… Ça sent l'embuscade. Il va nous sauter dessus, et s'il est armé…

– Je vais inspecter le pont. S'il est là, je le verrai. Toi, rentre et enferme-toi !

– Méfie-toi ! S'il t'attaque, avec le tournevis tu pourras te défendre ?

– J'espère, c'est toujours mieux que rien.

– Fais attention à toi Manu. J'ai peur, j'ai tellement peur…

Manu progresse jusqu'à l'avant du bateau. Rien dans le coffre de l'ancre. Trop petit, de toute façon. À l'arrière, les rangements sont vides également. Lui, le marin capable de décrypter l'évolution des masses d'air et des champs de pression, de faire face à la pire des tempêtes, il se retrouve démuni face à une situation ahurissante.

À travers les hublots du carré, Caroline a suivi l'étrange ballet du faisceau de la lampe s'attardant ici et là sur le pont. Son inspection achevée, Manu est de retour. Elle lui ouvre.

– Il n'est nulle part, volatilisé ! Un corps humain, ça prend de la place, ce n'est pas un nain et il faut bien qu'il respire ! Il ne s'est pas jeté à l'eau, tout de même ?

– Il n'a aucune raison de faire ça ! Il est dangereux, Manu. J'ai vraiment la trouille.

Le visage de Caroline est pâle, ses pupilles sont dilatées par l'angoisse. Il pourrait surgir et les attaquer à la seconde même. Elle le supplie du regard.

– Ne panique pas, Caro, s'il te plaît. On doit juste garder le contrôle du bateau et ne pas se laisser surprendre. On va rester à côté de la barre.

– Toute la nuit et toute la journée ? Vingt-quatre heures sur le qui-vive, sans dormir et dans le froid ? Non, non, je ne pourrai pas. À l'intérieur, j'aurai plus chaud et moins peur.

– Je n'ai pas envie de lui laisser les commandes.

– On s'en fout ! Il faut qu'on arrive vivants ! Tu te souviens pourquoi on l'a ligoté ?

– Oui, quand il a parlé de crime parfait… Moi perdu, et toi disparue…

– Il veut nous tuer ! Ça me fait flipper.

– Bon d'accord, on reste là, je bloque la porte.

Manu est essoufflé, sa respiration commence à siffler. Une nouvelle poussée d'asthme…

– Je crois que je vais faire une crise, Caro.

– Le stress, Manu. Même moi, j'ai du mal à respirer.

– Ce n'est pas le moment.

– Reprends des médicaments. Moi aussi, je crois que je vais avaler de la cortisone pour tenir le coup cette nuit.

Le plat de pâtes est froid. Pas grave, ils n'ont plus faim. Si Nicolas veut les attaquer, ils n'auront aucune échappatoire. Ils sont tendus, à l'affût du moindre bruit. Mais les grincements, les claquements, le ruissellement de l'eau sur la coque, mélangés aux ronronnements et aux cliquetis du moteur sont bien trop sonores pour leur permettre de déceler sa présence.

– Manu, c'est dingue. C'est nous qui sommes en prison maintenant…

– Ouais, enfermés comme des cons par nous-mêmes dans le bateau, à la merci d'un barjo ! Ne t'inquiète pas, ça ne sera pas long.

Quand il éteint sa lampe, les recoins obscurs de la cabine se transforment en cachettes d'où il pourrait surgir à tout instant. Elle connaît pourtant le placard à cirés, le cabinet de toilette, mais ces lieux familiers sont devenus hostiles. Elle reconnaît les sensations oppressantes de son enfance quand, le soir, après l'avoir embrassée, sa mère ou son père éteignait la lumière.

Malgré la veilleuse, sa chambre devenait le défouloir de son imagination, avec les ombres immenses des objets projetées aux murs et au plafond. Elle y voyait des serpents, des dragons, mais surtout le loup dont les longues dents pointues se découpaient sur la tapisserie et semblaient grandir avant de venir la déchiqueter. Elle cachait alors son visage dans l'oreiller pour ne plus le voir. Aujourd'hui, elle détourne les yeux vers la lumière pour ne pas être submergée par une frayeur remontant du plus profond d'elle-même.

Manu est de plus en plus essoufflé. La cortisone tarde à agir. Depuis le temps qu'il cohabite avec cette maladie, il sait que l'anxiété en décuple les manifestations et amoindrit les effets des traitements. Il aurait voulu le cacher à Caroline, mais ses bronches enflammées l'ont trahi. Pour ne pas laisser la crise prendre le dessus, il se concentre sur la recherche de Nicolas en réfléchissant à tous les endroits fouillés, les cabines, les coffres, le compartiment moteur… Puis soudain, l'évidence.

– Je sais où il est !

– Où ça ?

– L'annexe suspendue à l'arrière !

– Il m'a dit qu'il la laissait gonflée exprès.

– Elle sert à aller à terre, mais là, en pleine mer, pourquoi la laisser gonflée ?

– Selon lui, elle peut être utile pour récupérer quelqu'un tombé à l'eau ou pour s'échapper si le bateau coule.

– Je vais voir. Suis-moi, prends le tournevis au cas où.

– Et s'il arrive par-derrière ?

– Aucun risque. Il est là, j'en suis sûr.

Ils sortent, traversent le cockpit. Les voilà tous les deux à l'arrière.

– Nicolas ? On sait que tu es là. Nicolas !

Pas de réponse.

– Nicolas, montre-toi, s'il te plaît. On ne va pas jouer au chat et à la souris toute la nuit !

L'annexe est un peu haute. Manu se hisse et éclaire l'intérieur.

– Personne !

– Je n'y crois pas !

Il était sûr de le trouver là, c'était la dernière cachette possible. Manu tente de garder la tête froide, mais son appréhension accentue ses difficultés à respirer. Caroline s'en rend compte. Ses craintes décuplent les siennes. Prisonnière de ce huis clos, engluée dans cette opacité moite et sombre où la mer et le ciel n'existent plus, elle est terrifiée, prostrée. Une onde glaciale la fait grelotter. Son imagination lui a échappé. Elle galope dans des contrées lointaines de son cerveau où l'idée d'une mort imminente devient obsédante.

Manu se retourne, passe son bras autour de ses épaules et la serre contre lui en murmurant :

– N'aie pas peur, il ne te fera pas de mal. Je suis là, je te protège.

– Il est tout près, je le sens…

– C'est impossible, j'ai regardé partout.

– Rentrons, s'il te plaît, je me sentirai mieux.

La nuit s'écoule lentement. Elle ne finira donc jamais ? Caroline s'est assise sur le coin de la banquette, à côté de la table à cartes. Elle fixe du regard, sans vraiment le voir, le dernier morceau de chorizo acheté aux Açores, pendu au bout de sa ficelle au-dessus de la cuisine. Comme hypnotisée, elle suit son balancement incessant au gré des mouvements du *Séréno*.

Parfois, ses yeux se ferment, sa tête tombe en avant, mais les bruits du bateau la réveillent en sursaut. Elle croit avoir dormi des heures quand ce ne sont que quelques minutes. Elle somnole, sans savoir si elle est dans le réel ou en proie à une hallucination terrifiante. Sous la lumière crue des lampes, les ombres se déplacent au gré du roulis, vivantes. Qui sait si, derrière celle qui bouge là-bas tout à l'avant, il n'y a pas sa silhouette… Nicolas est là quelque part, son regard rôde et la cherche. Surtout ne pas bouger, rester blottie dans ce petit coin choisi pour qu'il ne puisse pas la surprendre.

Manu est debout, en alerte. Sa respiration est moins sifflante. Il a glissé dans sa poche l'outil multifonction qu'il range d'habitude dans un étui accroché à sa ceinture. Il a sorti la lame la plus pointue, elle lui pique la peau à travers le tissu de son pantalon. Pas grave. Sa volonté de protéger Caroline lui a ôté toute envie de dormir.

Avec sa lampe, il balaie les recoins sombres. Ne pas aller à l'avant, malgré son envie. Rester auprès de Caroline sans la quitter des yeux, ne serait-ce qu'une seconde. Vers 4 heures du matin, elle s'est écroulée sur la table, ses deux bras lui servant d'oreiller. Elle dort profondément.

Au bout d'un certain temps, Manu n'y tient plus, il doit aller aux toilettes. « Est-ce que je la réveille ? » Il la regarde avec tendresse et se refuse à interrompre son sommeil. « Elle dort si bien… Je me dépêche. »

Isolé pendant quelques secondes dans le cabinet de toilette, il perçoit comme un frôlement. Le temps qu'il retourne dans la cabine, Nicolas a surgi à côté de Caroline, toujours endormie.

– Salut Manu ! Quelle erreur, ce petit pipi !

– Qu'est-ce que tu fous là ?

– Je suis sur mon bateau, non ? La donne a changé, hein ? Comme des imbéciles, vous m'avez laissé les mains libres. Erreur fatale ! Vous voilà à ma merci.

Caroline se réveille. Dans un sursaut, elle tente de s'écarter de Nicolas, mais l'angle de la banquette l'en empêche. Elle est coincée. Elle se tasse dans les coussins, son visage est tout près du sien. Elle sent les relents d'alcool de son haleine.

– Tu voudrais t'échapper, hein ? Tu as intérêt à rester sage. De toute façon, tu ne perds rien pour attendre, je vais m'occuper de toi.

Elle est paniquée, recroquevillée sur la banquette. Le regard de Nicolas exprime une sauvagerie que la pénombre rend encore plus inquiétante. Elle n'avait jamais remarqué cette lueur cruelle dans le bleu métallique de ses yeux. Un autre Nicolas se révèle devant elle, hargneux, vengeur, dangereux.

– Vous vous rappelez ce que je vous ai dit ? Le crime parfait… Le pistolet, il est là !

Il le brandit et l'agite comme si c'était un jouet.

– Vous le voyez ? C'est simple, pratique, instantané, mais ça éclabousse, et je n'aime pas salir mon joli bateau.

– Tu es complètement fou…

– Pas du tout ! Je sais ce que je fais. Vous m'avez traité comme une merde. Ce que vous m'avez fait est ignoble, impardonnable. Me coincer par-derrière, me menotter comme un délinquant, et oser m'emprisonner ! Vous allez me le payer cher ! J'ai trop misé sur mon retour en métropole pour que vous fassiez tout capoter. Au moindre problème, ils me descendront. Vous êtes trop dangereux pour moi. Point barre !

– On a juré de ne rien dire ! Il faut nous croire ! clame Caroline.

– Vous en savez assez pour alerter les flics. Et puis ça suffit ! Tu vois, Manu, le pistolet, c'est pour toi. Pour elle, j'ai autre chose en tête…

Il sort de sa poche un épissoir, une sorte de lame d'acier conique, emmanchée sur une poignée en bois.

– Regarde, Caroline. Tu connais cet outil, n'est-ce pas ? C'est avec ça qu'on fait les épissures sur les cordages. Celui-là est bien pointu. Dans un ventre ou ailleurs, il faut juste pousser un peu, ça rentre comme dans du beurre…

– Ne fais pas l'idiot, Nicolas ! Laisse-la tranquille ! Tes histoires, on s'en fout, on voulait juste se tirer de là sans ennuis. Mais quand tu as parlé de nous éliminer, ça nous a foutu les jetons. Alors, on a dû se protéger, c'était de la légitime défense…

– Un beau guet-apens, oui ! Et toi, Caroline, malgré tes principes et ta gentillesse à la con, tu n'as pas hésité à me séquestrer. Fallait pas jouer à ce jeu avec moi. Il s'est fait la malle, le Nicolas ! Pfuit ! Évadé ! Vous avez regardé partout, pendant que j'étais confortablement allongé…

– Où ça ?

– Ah, ah ! Tu aimerais bien le savoir, connard ? J'étais dans la grand-voile, juste au-dessus de toi !

– Comment ça ?

– J'ai vu que tu n'avais pas réussi à la hisser. Je me suis glissé dans les plis de sa housse, bien au chaud. Je voyais même les éclats de ta lampe à travers le tissu. J'étais prêt à bondir sur toi, mais tu n'as rien soupçonné…

– Qu'est-ce que tu comptes faire maintenant ?

– J'ai très envie de redevenir navigateur solitaire, si vous voyez ce que je veux dire.

Il regarde Caroline au fond des yeux et appuie l'épissoir sur son ventre. Elle voudrait crier, supplier, mais ses mots ne sont qu'un bredouillement indistinct. Alors elle s'accroche à son bras et tente de le repousser. Il a trop de force et de détermination. Désespérée, elle essaie encore de s'écarter, dans l'impossibilité de reculer. La banquette n'est plus un refuge, mais un piège. Elle a mal, pourtant elle n'y pense pas. Dans son esprit s'est imprimée l'image de la lame luisante pénétrant dans sa chair. Les pupilles dilatées par l'horreur, elle voit sa vie s'arrêter là. Elle hurle :

– Je t'en supplie, pas ça. Oh non, pas ça ! Manu, il va me tuer, aide-moi ! Sauve-moi, Manu !

– Si tu la blesses, je te tue !

– Tu n'en auras pas le temps…

40

Négociations

Il pousse l'épissoir, sa pointe traverse les vêtements de Caroline. Quand elle touche sa peau, la douleur la dévaste. Son ventre est tellement rétracté qu'elle a du mal à respirer. Si la lame s'enfonce encore de quelques millimètres, la douleur sera fulgurante au moment où elle pénétrera plus profond. Après ce sera le néant. Les yeux exorbités, elle hurle :

– Arrête, je t'en supplie, arrête !

Lui se tient penché sur elle, hypnotisé par son regard implorant, envoûté par ses cris. Dans l'aveuglement de sa toute-puissance, lui, le solitaire, l'exclu, le banni, jouit de son pouvoir de vie et de mort. Enfin il se sent exister.

Caroline articule une ultime supplique.

– Nico, pourquoi moi ? Tout se passait bien entre nous ! C'est toi qui n'a pas voulu, le matin où j'ai posé ma tête sur ton épaule. C'était ton choix, je l'ai respecté.

– Je voulais te protéger.

– De quoi ?

– Je ne te répondrai pas, c'est mon histoire.

Manu écoute. Plutôt que jouer l'agressivité, il cherche les mots pour distraire la pulsion qui domine Nicolas et l'emporte dans les dédales de ses névroses.

– Je comprends ta rancune. J'imagine ton humiliation quand elle t'a lié les poignets. Mais est-ce une raison suffisante pour la tuer ? La lame dans son ventre, ce n'est pas toi, Nicolas, tu n'es pas un méchant.

Le calme et la bienveillance de Manu le déstabilisent. Sans s'en rendre compte, il relâche sa pression. Le sentant, Caroline laisse son angoisse se déverser dans un flot de sanglots. Elle n'a plus la force de parler.

Ses pleurs mettent Manu au supplice. Il doit faire un effort surhumain pour ne pas sauter à la gorge de Nicolas.

– Arrête, s'il te plaît ! Prenons le temps de parler. Ne commets pas l'irréparable. Laisse-la tranquille. Si tu veux te venger, commence par moi, puisque tout est de ma faute.

– Le sacrifice ultime ! Que c'est beau ! Comme c'est romantique !

Manu ne relève pas, il cherche un autre angle d'attaque :

– Méfie-toi de la douane ! Tu as été repéré. Un voilier qui rentre des Antilles à cette époque, ce n'est pas courant. Ils ont du temps… S'ils montent à bord et commencent à fouiller, tu ne t'en tireras pas…

– J'éliminerai toutes les traces…

Sa réponse est une amorce de discussion, même si l'hameçonnage est précaire. Manu argumente sans le bousculer, sans rien opposer, en évitant de le vexer.

– Si Caro disparaît, il y aura une enquête. On remontera forcément jusqu'à toi…

– D'ici là, je serai loin.

– Fugitif ? Tu vois ta vie ? Tu seras sur la liste d'Interpol, sans cesse sur le qui-vive. Tu devras changer d'adresse, d'identité. Un jour ou l'autre, par manque de vigilance ou de fric, tu te feras coincer, et là, avec deux meurtres sur le dos, c'est le max : trente ans entre quatre murs, loin de la mer…

Caroline, entre deux hoquets, reprend peu à peu sa respiration. Son visage est si pâle que sa peau paraît translucide. Des frissons la secouent. Son ventre, contracté sous la pression de la lame, est dur comme de la pierre, pourtant elle sent l'appui se relâcher progressivement. Malgré le brouillard douloureux qui l'a submergée, elle a saisi la tactique de Manu : feindre la compassion, l'empathie pour tenter d'établir un dialogue. À elle de jouer.

– Nicolas… Nico… Tu es dans un énorme merdier et ta vie est compliquée. Je l'ai bien senti quand nous étions tous les deux. J'ai cherché à te connaître, mais j'ai trouvé porte close. J'avais espéré que tu t'ouvres un peu à moi…

Elle s'interrompt. Elle a besoin d'air pour parler, mais la lame l'empêche toujours de respirer à fond.

– J'ai aimé naviguer avec toi, Nico. Tu m'as appris plein de choses. J'ai été heureuse à bord de ton bateau… Quelle tristesse d'en être arrivés là !

L'évocation de leurs instants d'intimité réveille en lui des sensations qui étouffent ses pulsions meurtrières. Il relâche encore la pression de la lame.

– Tu n'as pas honte de m'avoir coincé comme tu l'as fait !

– Je ne suis pas fière de moi, tu peux me croire. Je m'en veux d'avoir fait ça, mais tu as eu des mots de criminel. J'ai eu très peur et j'avais raison. La preuve : cette lame que tu pousses dans mon ventre. Tes silences, ta mauvaise volonté pour sauver Manu, les radios en panne, l'impossibilité de prévenir la terre… avoue qu'il y avait des raisons de perdre confiance.

Elle éclate de nouveau en sanglots. Malgré ses larmes, son regard croise celui de Manu où elle lit toute leur complicité. C'est à lui de parler :

– Caro a raison, Nicolas. Tu ne m'as pas laissé le choix non plus. Nous aurions pu nous entendre. Je n'oublie pas les risques que tu as pris pour me sauver. Un geste magnifique que tu vas anéantir. C'est comme si tu te tuais toi-même ! Tu ne peux pas faire ça.

– Quand je t'ai tiré de l'eau, je ne savais pas que tu allais foutre un tel bordel à bord. Vous m'avez chié dans les bottes ! Tant pis pour vous !

La détermination et l'agressivité de Nicolas s'étiolent. Caroline ne ressent plus qu'à peine la pointe de l'épissoir posée sur son ventre. Elle poursuit :

– Calmons le jeu, Nicolas. Et trouvons une solution pour l'arrivée, puisque ça t'inquiète.

– Vous me l'avez prouvé, je ne peux pas avoir confiance en vous.

Manu le regarde droit dans les yeux.

– Je suis prêt à faire ce que tu veux, Nicolas !

– Ah, trop drôle ! Le grand navigateur qui se pavanait devant les caméras et qui baisse sa culotte ! On devrait le filmer ! Il a la trouille, le grand marin ! Le champion qui a failli nous faire percuter un cargo avec sa fronde de débile. Tout ça pour rien ! Tu la fermes ! Point barre ! Tu vas rentrer bien sagement dans la cabine de Caroline.

Manu l'observe. Il est pâle, les traits tirés, les yeux brillants. Il pourrait le mâter sans trop d'efforts, mais il préfère ne pas répondre. Ils viennent peut-être d'échapper au pire, alors passer une journée enfermé, ce n'est pas cher payé. Sauf si tout se complique à l'arrivée.

Nicolas a posé l'épissoir et le pistolet sur la table, mais Caroline reste sous sa menace, coincée sur la banquette, le visage de Nicolas proche du sien à le toucher. Elle regarde Manu, implorante.

– Quant à toi, Caroline, je sais ce que je vais faire de toi…

– Ne me fais pas de mal, je t'en conjure !

– Non, non ! Pas de mal ! Que du bien, au contraire !

– Qu'est-ce que ça veut dire ? Tu ne crois pas que tu m'as assez torturée ?

– Il n'est plus question de te torturer.

Ne pas perdre le fil de son revirement. Se ressaisir, oublier sa peur, retenir ses larmes. Caroline se découvre une force intérieure qu'elle ne soupçonnait pas.

– Comment ça, que du bien ?

– Du bien… c'est clair, non ?

– Explique-toi, j'ai du mal à comprendre…

– Tout à l'heure, c'est bien toi qui as dit « On avait créé une belle relation tous les deux, j'étais heureuse à bord », non ?

– Oui, exact.

– Eh bien, j'ai envie d'approfondir cette belle relation…

– Tu veux me violer, c'est ça ?

– Comme tu y vas ! Mais pas du tout ! Une belle relation, ça n'a rien à voir avec un viol !

– Encore faut-il que je sois d'accord…

– As-tu vraiment le choix ?

– Tu es un salaud !

– Estime-toi heureuse d'avoir la vie sauve…

Son chantage est immonde, mais lui imposer cette relation intime est le seul subterfuge qu'il a trouvé pour se dédouaner de ne pas avoir été capable de la tuer. Il s'est construit dans la violence et s'y accroche aveuglément, comme à une bouée de sauvetage, reniant du même coup la générosité qu'elle avait cru déceler en lui. Révoltée, Caroline en oublie la douleur et les risques. « Ce salaud va morfler. Ça va lui claquer au visage, pire que des gifles. Je vais l'abaisser à un moins que rien, il n'aura même plus envie de bander. Le dominer est le seul moyen de m'en sortir. » Elle passe à l'attaque :

– Tu déconnes, Nicolas. Tu me dégoûtes. Si je dois satisfaire tes frustrations et ton besoin de tirer un coup, vas-y, baise-moi, je serai aussi réactive qu'une poupée gonflable. Tu pourras t'agiter tant que tu voudras avant de relâcher tes trois gouttes de sperme, ça ne changera pas grand-chose à ma vie. Aussitôt fini, aussitôt oublié.

– Il faut être une vraie pute ou une salope pour parler comme ça !

– Non, je suis juste réaliste. Je le vois, ton fantasme : la nana suppliante à genoux, la pipe en guise de dévotion, pour amorcer la pompe au cas où… Mais tu t'es gouré, mon grand, ton fantasme, tu peux te le carrer là où je pense, ou te le secouer quand tu seras tout seul sur ta couchette. C'est vrai, j'ai été tentée de faire l'amour avec toi, mais un mec qui me plante avec une lame, ça ne m'excite pas. Maintenant, entre ta bite molle et l'épissoir dans mon ventre, je préfère encore ton bout de viande. Mais je m'en fous tellement que tu ne pourras même pas jouir.

Stupéfait, Nicolas ne parvient pas à sortir le moindre mot. La violence de la provocation le laisse abasourdi. Il y a quelques minutes encore, elle était liquéfiée, implorante, recroquevillée au fond de sa banquette, il la tenait au bout de l'épissoir, dominateur. D'un coup, elle est redevenue la rebelle qui défend son intégrité, une femme maîtresse de son corps même si ça doit être au péril de sa vie. Ses mots crus ont anéanti ses idées de vengeance, pour le circonscrire à son orgueil de mâle bafoué. Elle a réussi à l'intimider. Ce qu'elle lui a jeté au visage le renvoie aux échecs de sa vie sentimentale, à tous les refus essuyés, à ce besoin d'être aimé qu'il n'arrive pas à exprimer. Il est soudain accablé par son immense solitude avec les expédients, les compromis, les relations sans avenir maladroitement quémandées. Caroline a ravivé les blessures qui l'ont conduit à cette médiocrité. Il ne peut s'empêcher d'admirer son aplomb et son courage.

Il se raidit. Il doit se ressaisir, donner le change pour garder son ascendant. En fait, il ne trouve rien à lui répondre, si ce n'est :

– T'es vraiment une salope !

Dans ce combat d'egos, Manu s'est fait le plus discret possible. Les paroles de Caroline l'ont surpris. Cette femme est un volcan dont il faut se méfier des éruptions. Sa douce et tendre Isabelle ne l'a pas habitué à une telle audace.

Il s'est glissé dans un coin de la cuisine, debout derrière Nicolas. Il le sait blessé dans sa virilité, castré, prêt à mordre, un simple regard du mâle rival pourrait déchaîner toute la haine nourrie par sa frustration.

Caroline, consciente du désordre intérieur qu'elle a provoqué, cherche maintenant l'apaisement.

– Nicolas, je suis peut-être une salope, comme tu le dis, mais je veux que tu me respectes, tout simplement. Tes menaces et ton chantage sont inadmissibles. Dans quelques heures, nos routes se sépareront, on est prêts à tout accepter, pourvu que tu ne nous fasses pas de mal.

Il s'est éloigné de Caroline. La partie n'est pas gagnée, mais la tension est retombée. Il regarde Manu.

– Toi, le grand marin, tu fous le camp dans la cabine !

– Nicolas, laisse-la venir avec moi dans la cabine, tu seras plus libre et tu pourras t'organiser comme tu veux, sans témoin.

– Ah, oui, bien sûr ! Tous les deux ensemble, j'aurais dû y penser ! Tu as peur de t'ennuyer, c'est ça ? Tu veux un peu de distraction, tranquilles dans un petit nid d'amour… Pas question ! Je te donne une minute pour disparaître.

Il brandit une nouvelle fois le pistolet, le canon pointé sur Manu, impuissant et désespéré.

– Ma Caro, ne tente rien, surtout. Il est dangereux. Sois prudente. Je… Je suis là, tout près, avec toi.

– Oh ! Trop mignon ! Un vrai mélo ! On se croirait dans *Titanic :* la fille éplorée et le mec qui nage dans l'eau glacée, ça devrait te rappeler des souvenirs.

Manu se détourne sans répondre, recule vers la cabine, ses yeux toujours fixés dans ceux de Caroline, jusqu'à ce que Nicolas ferme la porte sur lui, d'un violent coup de pied.

– Le cap-hornier raté coincé dans sa cabine. Je me marre ! Au temps de la marine à voile, c'est à la vergue du grand mât qu'il aurait été accroché, pour mutinerie ! Alors qu'il s'estime heureux !

Il rouvre la porte.

– Pas la peine d'essayer de t'échapper en démontant la trappe à l'arrière, je vais bloquer l'ouverture. Et puis, tiens, voilà un paquet de biscottes, ça devrait te suffire.

Il lui jette la nourriture comme à un chien. Une petite humiliation qui ne mange pas de pain.

Caroline songe aux risques pris en le rabaissant comme elle l'a fait. Elle s'est surprise elle-même des grossièretés qu'elle lui a jetées à la figure. Cette explosion verbale l'a vidée de son trop-plein de stress. Mais il aurait pu la tuer, il lui suffisait d'enfoncer un peu plus la lame. « Il n'est sans doute pas aussi dangereux qu'il veut le faire croire, juste un paumé à la recherche de fric et d'un peu d'affection. » Elle est comme ça, Caroline, confiante en l'être humain, malgré ses turpitudes.

Nicolas feint d'ignorer sa présence. Il se focalise sur la marche du bateau et l'atterrissage sur les côtes de Bretagne. Et cette fatigue qui ne le quitte plus… Il est à bout, les événements qu'il vient de vivre ont fini de l'épuiser. Ce devrait être sa dernière matinée en mer. Le vent est un peu revenu, mais le brouillard est toujours aussi dense. Comme le niveau de gas-oil est presque au minimum, il coupe le moteur. Il doit en garder un peu pour l'arrivée. Depuis le cockpit, il déroule le génois. *Le Séréno* retrouve un semblant de vitalité et un peu de silence.

Il tente de hisser la grand-voile, mais rien à faire, la poulie en haut du mât est toujours coincée.

Sur l'écran de l'ordinateur, il distingue, un peu à droite, la côte de Belle-Île. Il modifie le cap sur l'indicateur du pilote automatique. Il veut contourner l'île par le sud, la route la plus rapide et la plus sûre pour rejoindre le port du Crouesty. Ils seront le long de l'île avant minuit.

Il allume son smartphone et active le numéro « Lagwiyann » inscrit dans ses contacts. La terre est encore loin, mais sait-on jamais ? Pas de connexion. Il essaiera à nouveau dans l'après-midi.

La matinée s'écoule en silence. Caroline s'est endormie sur la banquette. Nicolas la regarde et l'envie. Il irait bien dormir lui aussi. Comme ce serait bon de s'allonger contre elle !

Dans la cabine, Manu ne décolère pas. « J'ai été trop con. Comment n'ai-je pas pensé à regarder dans la voile ? Il était coincé, j'aurais pu le neutraliser facile ! Je suis trop nul ! Tout ce que je tente est nul ! Le bateau coulé, le message que je me mets à regretter, et l'autre qui me coince dans cette cabine de merde ! »

41

Rendez-vous

Dans les bureaux de la douane, au port de Keroman à Lorient, les inspecteurs du service des garde-côtes sont frustrés. Un appel à la station météorologique de l'aéroport de Lann-Bihoué leur a confirmé que les bateaux en mer resteraient bien cachés dans la brume qui stagne sur le nord du golfe de Gascogne depuis trois jours. Malgré tout, l'avion de la douane se prépare pour un parcours vers Belle-Île, l'île d'Yeu, l'île de Ré, la pointe nord de l'île d'Oléron et le plateau de Rochebonne. Puis ils effectueront un grand arc de cercle vers le large en revenant vers la Bretagne, à la recherche des bateaux qu'ils ont repérés lors des vols précédents. L'attitude de l'équipage du voilier qu'ils n'ont pas réussi à identifier la veille les a interpellés. Mais au jeu du chat et de la souris, avec cette brume, le félin fait l'impasse et le rongeur sourit.

Profitant de toute la puissance des turbopropulseurs Pratt & Whitney de leur bimoteur, ils atteignent rapidement leur altitude de croisière. Après deux heures de vol, en remontant vers le nord, ils voient devant eux l'immense nappe de brouillard collée sur l'eau. Elle n'est pas très épaisse, ils la survolent sans difficulté, profitant d'un grand soleil qui inonde tout l'habitacle. Grâce au système d'identification automatique, appelé communément AIS, les bateaux enfermés sous cette moquette laiteuse sont visibles sur les écrans. Le système est simple : à bord, un émetteur radio envoie en permanence le nom du bateau et sa position GPS aux navires situés aux alentours, en retour, sur l'écran du bord, on identifie chacun d'eux, sa trajectoire et les risques de collision.

Les bateaux de commerce et de pêche en sont équipés. Les voiliers n'ont pas cette obligation. Sans le nom du voilier suspect et cette identification électronique, difficile de le reconnaître. Les photos traitées à terre ont seulement permis d'identifier son type : un Océanis 430, une série construite à plusieurs centaines d'exemplaires. Quel est celui-là ? Mystère.

– Regarde, là, dans la trouée, une voile ! Il est pile-poil sur la route de celui que l'on cherche. À l'AIS, il s'appelle *Altaïr*. Il n'est pas dans la liste des noms repérés. Qu'est-ce qu'il fout là ?

– Quand on a survolé la zone, il a dû passer au travers, ou son AIS n'émettait pas. Je vais interroger la base.

À terre, un contrôleur a ouvert l'application AIS sur son PC. Il zoome sur le golfe de Gascogne, puis sur l'océan autour de Belle-Île. Les bateaux de pêche habituels sont là, raclant les fonds entre l'île de Groix et l'entrée de la Loire. À cette époque, les chaluts capturent merlus, lieus jaunes, lieus noirs, rougets, dorades, lottes et raies. Et voilà le petit triangle rose représentant l'*Altaïr*, seul voilier au large, perdu entre les chalutiers et les cargos.

– Tu as vu son parcours ? Il a été borné en Guadeloupe. Selon les fiches, il appartient à un couple de retraités qui passe ses hivers à bord, au soleil. Des gens irréprochables à ce que je lis…

– Alors, ils ont dû vouloir rentrer.

– À cette saison ? Novembre, c'est l'époque des coups de vent. Bizarre…

– Ils ont peut-être fait convoyer leur bateau par des professionnels…

– C'est peut-être le bateau que l'avion cherche. Il a pu être vendu et a changé de nom, l'ancien restant sur la balise, histoire de brouiller les pistes…

– En même temps, s'il voulait rester incognito, il n'aurait pas mis son AIS en route…

– L'astuce ! Pour dire : « Eh, la douane, vous m'avez vu ? Je suis là, bien identifié, en règle, rien à cacher, vous pouvez me suivre à la trace minute par minute. Mais ! Vous n'allez tout de même pas me contrôler ? » Eh bien si, au contraire, mon cher monsieur. Trop propre sur soi, ça pue parfois la ruse !

– Tu caricatures un peu, non ?

– Peut-être, mais celui-là, quand je zoome à fond sur lui et que je le renifle sur l'écran, je sens des odeurs intéressantes…

– Eh, les gars, on a une nouvelle recrue ! Le clébard informatique ! Avec son museau, il détecte la coke en direct sur l'écran !

Pendant ce temps, le Beechcraft a poursuivi sa route vers le nord. Le ciel se dégage enfin en mer d'Iroise, alors qu'il se trouve déjà entre Ouessant et Sein. L'équipage, déçu, décide de rentrer.

À quelques dizaines de kilomètres de là, au port du Crouesty, les amis de Lagwiyann, Jean-Claude et Gérard, sont rentrés au port tant bien que mal après leur repérage dans le golfe du Morbihan. Dans la matinée, ils ont acheté des tuyaux flexibles et une puissante pompe, puis ils ont vidé les réservoirs d'eau douce de leur voilier de location. Tout est prêt, Ne reste plus qu'à attendre.

42

En laisse

La terre se rapproche peu à peu. Nicolas surveille son téléphone. Une barrette de réception est apparue avant de s'effacer quelques secondes plus tard. Trop tôt pour rappeler, il faut attendre encore.

Caroline est réveillée. Silencieuse, elle l'observe avec dégoût. Elle se souviendra longtemps de la pointe d'acier qu'il était prêt à enfoncer dans son ventre. Il aurait été incapable de le faire, elle veut s'en convaincre. « Le bluff d'un pauvre type. Il a cru m'impressionner avec ses menaces. Il me répugne. Et dire que j'ai failli me laisser aller avec lui. Quelle conne ! »

Il la regarde.

– Je monte sur le pont. Tu ne peux pas rester là toute seule.

– Pourquoi ?

– Trop dangereux. Tu peux m'attaquer, le libérer, tout est possible avec toi. Alors tu viens avec moi comme un gentil toutou. Voilà ta laisse.

Il tend à Caroline un harnais utilisé pour s'accrocher au bateau par mauvais temps.

– Tu vas enfiler ce harnais, je m'accrocherai la sangle. Tu vas être obligée de me suivre.

– Et si je refuse ?

– Tu sais que j'ai les moyens de te persuader…

Elle ne le sait que trop. Elle se lève, le toise, passe les bretelles du harnais sur ses épaules et en boucle la ceinture.

– Ça te va, tu es content ?

– Oh oui ! Je l'ai bien dressée, la petite chienne…

– Pauvre type !

Nicolas accroche la sangle à sa ceinture. Elle est solide, conçue pour résister à une chute à la mer…

– On est enfin liés tous les deux. Tu ne trouves pas ça génial ? J'aimerais t'entendre japper pour faire plaisir à ton maître !

– Tu n'es qu'un minable !

– Allez, avance. Tu vas monter sur le pont avec moi… Dépêche-toi.

En passant devant la cabine où Manu est enfermé, elle a le temps de lui crier :

– Manu ! Il m'a attachée à lui avec un harnais !

– Ah, le salopard !

Nicolas la bouscule.

– Ça suffit maintenant, monte !

Sur le pont, par pur défi, elle se déplace le plus lentement possible. Il doit la tirer par à-coups pour l'obliger à le suivre.

– Allez, avance, ou je vais être brutal !

– Le harnais me gêne !

– C'est ça, fous-toi de ma gueule !

Il fait déjà nuit. La brume est toujours aussi épaisse et *Le Séréno* avance lentement dans ce monde opaque et sans limites. Nicolas tente d'évaluer la hauteur des vagues, mais dans l'obscurité, elles ont perdu tout relief et seule l'écume plus claire du sillage souligne leur crête. Il se tient à la main courante qui longe la cabine. Réflexe de marin, une main pour soi, une main pour le bateau. Il se méfie aussi. Sur un coup de roulis, elle serait capable de le tirer en arrière pour le faire chuter. Au pied du mât, la drisse du foc s'est déroulée. Danger. Sur une vague, elle aurait pu tomber à la mer et se prendre dans l'hélice. Il la remet en place, balaie le pont du regard. Tout est OK. Un coup d'œil sur la voile qui bat légèrement dans le vent. Il faudra la régler. Caroline reste aux aguets, sans trouver de solution pour se libérer.

– On rentre, fais demi-tour.

Caroline reste stoïque.

– Tu ne veux pas bouger ? Attention, je vais sévir !

Contrainte d'obéir, elle le suit.

Quand ils sont de retour à l'intérieur, il sort son téléphone. Plus de raison de se cacher. Le niveau de réception est faible, mais suffisant, il va pouvoir appeler « Lagwiyann ».

La sonnerie résonne, mais personne ne décroche. Inutile de laisser un message. Au bout de quelques minutes, il recommence. Cette fois, c'est la bonne.

– Allô ?

– On t'entend.

– Je serai là en fin de nuit.

– Tu rentres dans le golfe, pas au Crouesty, reçu ?

– Golfe, OK. Côté Auray ou Vannes ?

– Vannes.

– Après ?

– Après, tu nous appelles.

Caroline a tout suivi.

– Un rendez-vous… j'en étais sûre…

– Mêle-toi de tes affaires !

– Exfiltré par de bons amis avant que les justiciers du type que tu as tué arrivent. Paiement cash en pépites, je suppose ?

– Tu m'as dit que tu ne voulais rien savoir, alors tu la fermes !

Sur l'écran, la pointe du Skeul, au sud-est de Belle-Île, est toute proche. Plus loin, l'île d'Hoëdic et, plus loin encore, la côte du Morbihan. Il prévoit de contourner le phare des Cardinaux, situé au sud-est d'Hoëdic, pour s'écarter des roches. Si le vent tombe à l'approche des terres, il relancera le moteur afin d'entrer dans le golfe avec la marée montante.

Depuis la cabine, l'oreille collée à la porte, Manu a entendu Nicolas prononcer le mot « golfe » Compris : l'arrivée ne sera pas au Crouesty. Il croit savoir pourquoi. Un port, des bateaux habités, trop de témoins potentiels. En revanche, une petite anse dans le golfe du Morbihan, des mecs bien organisés, genre commando, la nuit, le brouillard, ni vu ni connu, bien moins dangereux. Pourquoi cette arrivée clandestine ? Sûrement des marchandises à débarquer discrètement. Mais quoi ? Il imagine le scénario. Une dispute avec les complices de Nicolas qui dégénère, ou encore le bateau pisté par la douane, la gendarmerie, les affaires maritimes, ou les trois en même temps. Le guet-apens, les échanges de coups de feu, Caroline en otage ou blessée. Insupportable. Il faut absolument qu'il sorte de là, au bon moment, quand l'autre sera dans le cockpit ou sur le pont. La porte n'est pas bien solide. D'un coup de pied bien ajusté, il peut l'éclater.

Deux heures plus tard, *Le Séréno* longe la côte sud-est de Belle-Île, le phare de Kerdonis en point de mire. Le vent se renforce et tourne avec le relief de l'île. Depuis sa cabine, Manu a senti le changement d'allure et l'accélération. Il connaît le coin, il sait que dans ces conditions, le vent est éphémère. Bientôt, il va tomber. « Patience, attends qu'il ait mis le moteur et qu'il monte sur le pont. » Les minutes passent. Comme il l'avait prévu, le bateau se redresse et ralentit. Derrière la porte, il entend Nicolas qui s'agite. C'est bientôt le moment.

43

Une rencontre imprévue

Ils débarquent au port du Croisic en fin de matinée. La cale au bout du parking, en face de la ville, est parfaite. Ici, tous les jours, même au mois de novembre, des bateaux sont mis à l'eau pour des sorties à la journée. L'endroit idéal pour se fondre parmi les pêcheurs acharnés. Ils ont même acheté cannes, lignes et épuisettes. Mais leur gros Land Rover ne passe pas inaperçu. Il a en remorque un gros semi-rigide noir, un « Zod » comme on dit souvent. Son immatriculation 75 est vite repérée. « Qu'est-ce que des Parisiens viennent foutre ici à cette époque ? Déjà qu'on les a sur le dos tout l'été ! » En marche arrière, ils reculent la remorque, puis libèrent le bateau, qui glisse rapidement dans l'eau. La voiture et la remorque garées, ils peuvent embarquer. Une fois la longue jetée franchie, ils mettent à contribution les 200 CV de leur moteur pour se diriger vers le plateau du Four, bien connu pour ses récifs abritant une multitude de poissons, en particulier des bars et des lieus. Puis ils obliquent vers l'île d'Hoëdic, distante d'une vingtaine de kilomètres. Sous un ciel bas, la mer est maniable et le bateau fonce sans buter sur les vagues. À près de soixante kilomètres à l'heure, mieux vaut bien se tenir pour ne pas être éjecté par une lame un peu plus forte. Soudain, comme la météo l'avait prédit, le ciel s'obscurcit. Un rideau de brume les enveloppe, les isolant dans la bulle moite d'un crachin pénétrant. Plus aucun repère n'est visible, à part la surface terne de la mer autour d'eux. À cause du bruit du moteur, la femme doit crier au pilote :

– Eh ! Ralentis, Alex ! On ne voit rien, à cette allure, on peut percuter un bateau ! On a tout le temps, pas la peine de foncer comme des dingues !

Ils sont habillés chaudement, avec des combinaisons étanches à capuche et des bottes. Le tout de couleur noire, à l'identique du semi-rigide et de son moteur.

– Tu vois l'île sur la tablette ?

– Oui, droit devant. On ne va pas au port. On va jeter l'ancre à côté du phare, mettre les lignes à l'eau, faire semblant de pêcher et attendre.

Une fois le moteur arrêté, ils écoutent attentivement. Rien. Les conditions météo sont telles qu'aucun pêcheur n'a pris le risque de venir ici, au milieu des roches affleurantes et des courants violents de la forte marée de cette fin novembre. Dans cette atmosphère lugubre, les cris rauques des goélands, le piaillement des mouettes, le claquement des vagues sur les roches et le roulement de l'eau sur la plage dans l'anse voisine sont les seuls bruits audibles.

Au village, en cette fin d'après-midi d'hiver, les rues sont désertes et sombres. Les quelques lampadaires accolés aux maisons sont déjà allumés. Les six enfants de l'école sont rentrés chez eux. En haut du chemin qui monte du port, on distingue, à travers le rideau de bruine, les fenêtres éclairées d'une maison. La porte s'ouvre et déverse un flot de lumière d'où émerge une silhouette. Le silence est brusquement rempli de conversations bruyantes et d'éclats de rire. *La Trinquette*, le bar mythique de l'île, vient d'ouvrir. Y plane toujours l'image de Jeanne, l'immuable maîtresse des lieux qui entretenait le feu dans la cheminée pour chasser toute cette grisaille humide. Comme tous les soirs, en quelques minutes, le bar a retrouvé ses habitués venus partager un peu de convivialité et de chaleur humaine. Sur les étagères s'étalent une multitude de journaux et de revues permettant aux îliens de garder le contact avec le monde et de se sentir moins isolés.

Plus tard les rejoignent ceux rentrés par le bateau de Quiberon, après un voyage ou une journée sur le continent. À son arrivée, courrier et colis s'entassent dans la remorque du tracteur municipal, un des seuls véhicules motorisés de l'île. Tous phares allumés, pétaradant, il remonte la côte et disparaît dans le brouillard du côté de l'église. Si on s'approchait de l'édifice, on verrait les vitraux éclairés par les lueurs fantomatiques des cierges. L'église, toujours ouverte, est l'autre lieu de réunion de la communauté. Des maquettes de bateau sont suspendues au plafond, des ex-voto de marins qui rendent grâce d'avoir échappé à un naufrage.

Au-delà des maisons blotties les unes contre les autres, les chemins sont vides. Pas âme qui vive sur le sentier qui fait le tour de l'île et qui, l'été, est piétiné par les centaines de touristes déversés tous les jours par les bateaux de promenade.

La femme a vaguement entendu le bruit du tracteur. Il est loin et ce n'est pas celui d'un bateau, pas d'inquiétude. Ballottée par les vagues, elle reste debout, stoïque. Impossible de bouger sur ce canot. Ses pieds, prisonniers des bottes, se paralysent de froid. Tout est trempé. Elle frissonne. Malgré la capuche, l'eau glacée coule sur son visage. Elle a enfoui ses mains dans les poches fourrées de son ciré et se tient droite, impassible. Elle dirige l'opération et ne veut montrer aucun signe de faiblesse à ses deux sbires. Voilà plusieurs minutes qu'ils n'ont pas échangé un mot, chacun dans ses pensées. Elle vérifie de temps en temps la tablette. Là où ils sont, la réception est limite, un élément qu'elle n'avait pas pris en compte.

– Pas une seule barrette, même en 3G… Si ça dure, on va les rater…

Elle garde l'ordinateur à la main, le protégeant tant bien que mal de la pluie. Toujours aucun signal.

– On ne va pas pouvoir rester là… Il faut trouver un autre lieu.

– Ça va être difficile… On est au ras de l'eau et sans doute loin d'un relais.

– On va quand même chercher. Ramassez les lignes. Ça ne sert à rien de jouer les pêcheurs, il n'y a personne. Allons du côté de l'ancien port, c'est plus près du village.

Il leur faut passer au milieu des écueils. Sans la tablette avec GPS et carte intégrée, ce serait mission impossible. C'est elle qui dirige la navigation.

– Là, Alex, un peu à gauche. On contourne la balise et après, on jette l'ancre dans la baie… OK… Maintenant, tourne à droite… Stoppe le moteur… Je m'occupe de l'ancre.

Le site est moins abrité. Sous la poussée du vent, le câblot de l'ancre se tend brutalement en donnant de violents coups de rappel. L'avant du bateau monte sur chaque vague et retombe violemment.

– On ne pourra pas rester là longtemps. J'ai de la 3G, mais pas en permanence. J'espère que ça va le faire.

– Il est quelle heure ?

– 18 h 15.

Au fil des heures, avec la marée descendante, d'autres rochers se découvrent, les protégeant un peu mieux de la houle venue du large. Ils sont frigorifiés. Et puis vers 21 heures…

– Bingo ! On y est, je vois le bateau. Il longe Belle-Île. On fonce à sa rencontre. Avec la nuit, on va pouvoir l'approcher facile et sans qu'il s'en rende compte, ce salaud.

L'ancre est relevée en quelques secondes. Enfin de l'action ! C'est elle qui pilote, l'ordinateur sous les yeux. Elle doit éviter les écueils droit devant. Elle effectue quelques zigzags pour contourner les remous les plus traîtres, puis pousse à fond la manette des gaz, cap sur la pointe de Kerdonis.

Il doit être environ 23 heures quand ils abordent l'île. Face à la pointe, elle coupe le moteur et se laisse dériver avec le courant. La lueur bleutée de l'écran éclaire sa peau ambrée d'un reflet blafard. Cette femme a baroudé, cela se voit, l'aventure et le soleil ont sculpté son visage, froid, dur, opaque. Ses yeux lancent des éclats aussi inquiétants que le diamant enchâssé dans sa narine. Ses mâchoires sont serrées, prêtes à mordre. Elle tient enfin sa revanche…

– Il est à moins d'un kilomètre. On se prépare. Greg, tu me ranges tout l'attirail de pêche, on en aura besoin au retour. Le grappin et les cordages sont prêts ? OK. On va avancer doucement et se mettre sur sa route. Il va venir vers nous et je vais le cueillir comme un fruit mûr. Avec ce brouillard, ça devrait être facile. Vous vous souvenez de la suite ?

– Ouais. On amarre le Zod sur le côté du bateau, sans faire de bruit. Tu montes d'abord, je te couvre, puis je monte, et ensuite ce sera toi.

– S'il est sur le pont, il faudra l'immobiliser. Je ne veux pas qu'on l'abîme ! Pas question de sortir l'artillerie ! S'il est à l'intérieur, je ferai tomber un truc dans le cockpit, il sortira voir ce qui se passe, et là on le coincera. OK, les gars ? Vous me le laissez ! Ce mec, c'est mon problème. Si ça tourne mal, je compte sur vous, évidemment. Et n'oubliez pas l'essentiel : aucun bruit !

Sur l'écran de la tablette, on voit *Le Séréno* se rapprocher. À bord du bateau, les nerfs sont tendus. Les trois occupants écarquillent les yeux pour repérer le voilier, mais dans la brume épaisse, leur champ de vision ne dépasse pas quelques mètres. Et puis soudain, dans le silence épais, ils l'entendent. Le bruit est ténu, à peine un murmure dans le bruissement de la mer et les cris des goélands. Très vite, ils le reconnaissent. Ce ruissellement cadencé, c'est le son d'une étrave fendant les flots. Il se rapproche, ils devraient le voir. Tout d'un coup, il est là, sortant du néant, comme un fantôme. Sa silhouette grise est une ombre chinoise qui s'exquisse à peine sur le brouillard nocturne. Plus près, malgré le flou, ses contours se dessinent un peu mieux. Il passe lentement à côté d'eux. Ils ont juste le temps de constater qu'aucun feu n'est visible, aucun signe de vie non plus.

44

Vengeance

La brume s'est déjà refermée sur lui. Immédiatement, ils redémarrent le moteur. En avant, lentement. Ils se mettent dans son sillage et le suivent. Le pilote est concentré, silencieux. Ils sont maintenant tout à côté. Elle attrape le bastingage et amarre le pneumatique, vite. Le moteur arrêté, les amarres se tendent en crissant. D'un bond, elle enjambe le plat-bord. Les deux autres grimpent à sa suite. Une fois sur le pont, ils se glissent sans bruit jusqu'au cockpit.

Elle jette un coup d'œil à l'intérieur, devine la lueur pâle de l'écran de l'ordinateur en mode nuit. Le reste du bateau est dans le noir. Où est-il ? Elle se penche, le cherche, mais ne le voit pas. Dans la pénombre, elle distingue une manivelle clipsée sur le haut d'un winch. Elle la détache et la jette violemment au fond du cockpit.

Nicolas sursaute. Il grimpe les marches de l'entrée, mais est retenu par le harnais qui le relie à Caroline. Déséquilibré, il tombe en arrière et s'écroule sur le plancher. En se relevant, il éructe :

– Bordel, mais qu'est ce qui se passe ?

Quand il veut avancer, Caroline, jouant la provocation, le bloque.

– Avance, bon Dieu !

Il tire violemment sur la sangle, elle est obligée de le suivre.

Il est déjà dehors, dans le cockpit. Pendant qu'il regarde la manivelle par terre, incrédule, la femme fond sur lui comme un faucon sur sa proie. En une seconde, elle se glisse derrière lui, un bras sous son menton, l'autre derrière son cou, technique parfaite de jiu-jitsu. Elle serre pour bloquer sa trachée et l'asphyxier. Nicolas donne un violent coup de coude qui atteint la femme au ventre. La douleur remonte jusque dans sa poitrine, au point de lui couper le souffle. Il se débat de toutes ses forces et lui assène d'autres coups. Mais la sangle le reliant à Caroline le gêne. La femme enserre toujours son cou, mais esquive en reculant. Maintenant, il l'attaque à coups de talon. Le dernier assaut tétanise tous les muscles de sa jambe droite, elle doit se tenir à lui pour ne pas s'effondrer. La nausée la prend, pendant quelques secondes, elle pense s'évanouir. Elle a relâché sa pression sur le cou de Nicolas. Il reprend un peu d'air, ses râles sont aussi rauques et saccadés que ceux d'un vieux gonfleur à matelas pneumatique.

À l'autre bout de la sangle, Caroline les regarde, éberluée. Elle voudrait reculer. Rien à faire. Paniquée, elle appelle Manu.

– Au secours, Manu ! Au secours !

La femme, qui n'avait toujours pas vu Caroline, comprend soudain pourquoi cette sangle bouge et se tend. Nicolas devait être seul… C'est quoi cette histoire ?

Il n'a pas cessé de se débattre. Elle a toutes les peines du monde à le maîtriser. Son dos ! Elle vient de penser à ses lumbagos à répétition, ces douleurs lancinantes dont Nicolas n'arrêtait pas de se plaindre. Il est là son point faible ! Elle pousse violemment son genou dans le creux de ses reins. La douleur le foudroie. Il voudrait hurler, mais de sa bouche ne sort qu'un râle :

– Arrêtez, arrêtez ça !

Elle savoure, elle a réussi à lui faire mal au point de l'anéantir. Il est loin le Nicolas dominateur !

Lui, ébloui par les frontales, n'a pas encore pu identifier son agresseur. Elle, par cruauté, ne se découvre pas. Elle reste silencieuse, le laissant à ses interrogations. Nicolas pense à la police. Il a dû être pisté. On l'attendait. Devant lui, il devine deux individus tout en noir, qui contemplent la scène, bras ballants. « Ce sont sûrement des flics… » La femme, tout en maintenant l'étranglement, n'accentue pas sa pression. Elle fait durer, se régale de sa revanche, avant de lui glisser à l'oreille :

– Content de me voir, Nicolas ?

Il est surpris de s'entendre appeler par son prénom, mais c'est surtout la voix qui l'interpelle. Il la connaît très bien, elle appartient à une personne dont il a partagé un bout de vie et ce projet qui devait leur assurer quelques années paisibles.

Soudain, un craquement retentit à l'intérieur du bateau. Alex dévale l'escalier et voit des éclats de bois projetés jusque sur la table à cartes. La porte de la cabine arrière est éclatée. Une main apparaît, elle arrache une à une les planches encore en place. La tête de Manu surgit dans l'ouverture. Alex, surpris, sort son arme et le vise.

– N'avance pas ou je te bute !

Indifférent, Manu s'extirpe de la porte éventrée et se redresse.

– Stop ! Je t'ai dit stop !

Manu s'immobilise.

– T'es qui, toi ? Qu'est-ce que tu fous à bord ? Encore un flingue ! Mais c'est Chicago, ce bateau !

Il entend Caroline crier :

– Manu, vite ! Coupe cette saleté de sangle !

Depuis le cockpit, la femme a suivi la scène sans comprendre. Deux autres personnes à bord ? D'où sortent-ils ?

– Alex, n'hésite pas à tirer !

Elle a toujours les bras verrouillés autour du cou de Nicolas. À travers ses vêtements, elle sent la chaleur de sa peau, la tension de son corps en sueur, arc-bouté, prêt à jaillir pour la frapper. Elle connaît sa force, elle l'a si bien connue… Elle sait qu'elle ne pourra pas le retenir longtemps.

– Vite, Greg, on le descend dans la cabine. Il ne se laissera pas faire, aide-moi.

L'homme de main s'approche et immobilise les bras de Nicolas dans son dos. Celui-ci envoie des coups de pied, sans réussir à l'atteindre. Le bras de la femme bloque sa mâchoire et l'empêche de parler. Elle pense néanmoins avoir deviné ce qu'il voulait dire : « Lâche-moi, je t'ai reconnue ! » Greg a beau le tenir, il se débat toujours.

– Tu te calmes, maintenant ! On est trois, tu n'as aucune chance. Si tu tentes quelque chose, tu prends une prune. C'est clair ?

En bas, la femme vient de découvrir Caroline et Manu. « Je ne comprends rien. C'est qui, ces deux charlots ? »

Elle qui croyait avoir tout planifié… Interloquée, elle suit du regard la sangle à laquelle est attachée Caroline. La captive de Nicolas est haletante, les yeux hagards. Elle se serre contre Manu, terrifiée.

– Je n'y suis pour rien, c'est lui qui me traîne comme un chien. Libérez-moi !

Manu renchérit :

– Moi, il m'a séquestré dans cette cabine. J'ai été obligé de casser la porte…

La femme sent qu'elle doit reprendre la situation en main, tout de suite, si elle ne veut pas être débordée.

– Un grand garçon comme toi, prisonnier de cet avorton, et toi qu'il tient en laisse, on aura tout vu ! Alex, libère la fille.

Caroline dévisage la femme et les deux types qui l'accompagnent. À droite, un grand costaud, cheveux bruns gominés, visage anguleux, menton proéminent. Son teint mat renforce la froideur de ses yeux clairs sans cesse à l'affut. Sa combinaison noire ajustée sur sa carrure d'athlète le rend encore plus inquiétant. Il se tient à côté de Nicolas et lui bloque les bras dans le dos, pendant que la femme, derrière lui, l'étrangle toujours. Elle a caché ses cheveux sous un bonnet de laine noire, sans pouvoir retenir une mèche sombre qui descend en boucles serrées le long de son cou. Elle est grande, élancée. Caroline lit sa rage sur son visage. Aucun doute, cette femme est dangereuse, sans scrupules, plus inquiétante encore que ses deux acolytes.

Nicolas, soumis, à demi asphyxié, ne cherche même plus à se dégager. Son regard fixe traduit son amertume et son désarroi de se trouver piégé ainsi. Juste devant lui se tient le deuxième homme en noir, plus petit, se balançant d'un pied sur l'autre, les paumes ouvertes. Caroline le sent capable d'utiliser, au moindre geste suspect, le couteau de plongée qu'il porte ostensiblement à la ceinture.

La sangle coupée, elle se précipite vers Manu et se serre contre lui, avant de s'adresser à la femme :

– Merci. Mais qui êtes-vous ? Un commando de marine ? Des douaniers ?

– Ni l'un ni l'autre. J'ai un petit différend à régler avec ce monsieur. Maintenant, c'est moi qui pose les questions, OK ? Qu'est-ce que vous foutez là ?

D'une voix enrouée, Nicolas parvient à dire :

– Laisse tomber, Audrey, ils n'y sont pour rien…

– Tiens, tiens, mon cher Nicolas m'a reconnue ! Et oui, c'est moi ! Tu me croyais assez conne pour te laisser m'éjecter sans réagir ? Quand on veut jouer en solo, il faut bien mesurer les risques. Le risque qui s'appelle Audrey, tu l'avais sous-estimé !

– Je ne pensais pas…

– Tu ne penses pas assez, Nicolas, c'est bien ton problème. Quand tu m'as éclaté la tête sur le coin de la couchette, tu espérais me rendre amnésique ? Regarde la cicatrice que tu m'as laissée. Tu voulais me tuer, salaud ! Tu as eu la trouille, hein ? Quand j'ai appelé au secours et que je me suis échappée. Bien obligé de me laisser partir ! Il a dû paniquer, le grand courageux ! À Pointe-à-Pitre, j'ai trouvé la solution. Il fallait juste y penser. Après, il me suffisait de rentrer en métropole et d'attendre. Comme un niais, tu as pris tous les risques en assurant le transport jusqu'à la poste restante. Et la poste restante, nous y voici !

– Comment ça ?

– En Guadeloupe, j'avais récupéré une balise de suivi à distance, j'ai planqué le boîtier dans le plafond du carré, bien à l'abri. Avec un abonnement de tracking et de bonnes piles au lithium, j'avais la position du bateau en permanence. *Le Séréno* est devenu un colis suivi.

Manu lui coupe la parole :

– Ça suffit ! On s'en fout de vos histoires, on ne veut pas en savoir plus ! Plus vite on aura débarqué, plus vite on vous aura oubliés.

– Ouais, bien sûr, c'est ce qu'on dit quand les choses commencent à mal tourner. Courage fuyons !

– Vous avez vu comme il nous a traités tous les deux. Question complicité, on fait mieux, non ?

– Admettons. Alors, toi, explique-toi ! On ne va pas y passer trois plombes.

– Moi, j'ai coulé il y a cinq jours. Ils m'ont récupéré. J'ai voulu prévenir que j'étais vivant, mais il avait bousillé tous les moyens de communication.

Malgré la pression sur son cou, Nicolas bredouille quelques mots :

– Je n'ai rien bousillé du tout. J'ai pris la foudre une semaine après le départ de Guadeloupe.

– Tu te fous de moi ! Tu n'en as jamais parlé. Et le reste de l'électronique serait intact ?

Audrey s'impatiente :

– Et après ?

– La situation a dégénéré. Il a menacé de nous faire disparaître. On l'a coincé dans sa cabine et j'ai pu balancer un message sur le pont d'un cargo avec une fronde…

– Avec une fronde ? Comme un gamin ! Trop drôle !

– Après, cette ordure a réussi à se libérer. Il a voulu lui planter une lame d'épissoir dans le ventre. J'ai cru qu'il allait la tuer. Il avait aussi un pistolet. Là, on ne faisait plus le poids, on s'est laissé faire.

Audrey, les muscles tétanisés, serre toujours le cou de Nicolas. Il faut qu'elle le relâche.

– Toi, je vais te libérer, mais tu as intérêt à bien te tenir. Alex, tu gardes ton arme pointée sur lui. Greg, trouve une corde et attache-lui les poignets dans le dos.

Caroline sourit :

– Ça lui rappellera des souvenirs !

– Toi, justement, comment t'es arrivée là ?

– Moi, il m'a embarquée comme équipière à Horta…

– Ah, oui, je vois, dix jours à faire joujou avec une nana… Incorrigible, ce Nicolas !

– Il ne s'est rien passé !

– Sans blague ! Belle comme tu es, il ne t'a pas draguée ?

– Si, un peu…

– Comment ça, un peu ?

– Disons que quand il en a eu la possibilité, il est resté… platonique.

– Lui, platonique ! Je rêve ! Nicolas se mettrait à respecter les femmes ?

– Il ne pouvait pas aller plus loin à cause d'un secret… Je n'ai pas insisté…

– Il cache bien son jeu ! D'abord, il est avenant, dévoué, histoire de se faire aimer, mais une fois que tu lui as cédé, il révèle sa vraie nature. Pervers, violent, manipulateur. Tu l'as échappé belle, moi, je n'ai pas eu cette chance.

– Pourquoi ?

– Son secret, je le connais, je le subis même jour après jour.

– Expliquez-vous…

– Cette ordure a le sida ! Et il en a contaminé plus d'une ! Comme s'il y prenait un malin plaisir… Tu as vu comme il est maigre, fatigué, la maladie est en train de le tuer à petit feu. Il n'a que ce qu'il mérite. Une femme lui a refilé le virus, d'après ce qu'il raconte, alors il se venge sur les autres.

Les yeux pleins de larmes, elle n'arrive plus à parler…

– Vous voulez dire que vous êtes…

– Oui, bien sûr, je suis séropositive. Ce fumier a foutu ma vie en l'air. Maintenant il va payer, pour moi et pour toutes les autres !

La révélation a pétrifié Caroline. « Et dire que j'ai voulu… Il aurait pu… et il ne l'a pas fait… Pourquoi ? » Elle ne le saura jamais.

– Oh ! Je suis vraiment désolée !

– Pas la peine, ce qui est fait est fait, et c'est mon problème. Maintenant, toi, enfin vous deux… vous allez débarquer.

La stupéfaction se lit sur le visage de Caroline.

– Comment ça ? Avant le port ? En pleine nuit et dans le brouillard ?

– Tu fais du bateau, non ? Et lui, à sa tête, je vois qu'il sait naviguer. Alors, prenez vos affaires, et vite. Un sac, c'est tout.

Manu intervient :

– Hep, hep ! Vous allez un peu vite…

– Tu n'as pas dit que tu voulais débarquer sans rien savoir ? C'est l'occasion ou jamais, mais tu as intérêt à te décider tout de suite.

Manu et Caroline sont toujours collés l'un à l'autre, s'étreignant comme des naufragés sur une épave. Il la serre encore plus fort, pour la rassurer. Audrey, elle, s'est calée devant la cuisine et les observe. Malgré son ultimatum, malgré la tension de la situation, les voir ainsi soudés, les yeux dans les yeux, réveille en elle la nostalgie de n'avoir jamais connu pareil regard posé sur elle. Elle n'y croit plus désormais.

– Qu'est-ce qu'on fait, Manu ?

– Je ne sais pas pourquoi, mais j'ai le sentiment qu'on devrait y aller…

Soudain éclairé par sa mauvaise conscience, Nicolas entrevoit avec lucidité la suite des événements.

– Tirez-vous ! Ça va mal se terminer !

45

Un golfe pas très clair

À bord du *Spernec Bras III,* Jean-Claude et Gérard « La Louche », les faux amis de Lagwiyann quittent le port du Crouesty pour rejoindre leur point de rencontre avec *Le Séréno* dans le golfe du Morbihan, du côté de l'île d'Arz. Il doit être aux environs de minuit. L'heure idéale pour passer inaperçu. Le port est désert. Qui penserait partir en mer en pleine nuit au mois de novembre ?

Ils quittent le ponton en raclant la coque du bateau voisin, mais pour des débutants, avec le vent sur le côté, c'est plutôt réussi. Si un léger brouillard recouvre le port, une fois les jetées franchies, ils pénètrent dans un nuage opaque, autrement dit une purée de pois. L'avant du bateau est à peine visible. Habitués au soleil de Guyane, ils sont complètement désorientés par ce rideau impénétrable.

– La Louche, va devant. Dis-moi quand tu vois quelque chose.

– Je prends les jumelles, je verrai mieux.

Jamais des jumelles n'ont aidé à transpercer le brouillard. La buée déposée sur les verres accentue encore le flou, mais qu'importe, il est concentré comme une vigie en haut de son mât. Jean-Claude, lui, a les yeux rivés sur son téléphone portable.

Une âme charitable lui a téléchargé la carte marine du coin, en lui expliquant l'essentiel. Les bouées à contourner, la rouge par ici et la verte par là, le rocher du Grand Mouton au milieu des passes. Le bateau, c'est le triangle rouge se déplaçant au centre de la carte. Toutes ces informations se sont embrouillées dans sa tête, pourtant, comme par miracle, il évite les écueils avant de s'engouffrer dans l'entrée de l'immense bras de mer. Ce n'est pas une mince affaire, avec les courants dans tous les sens et sans visibilité. Ils ont mal choisi leur moment. À mi-marée, c'est la période où le flot est le plus violent. À Cayenne aussi, il y a les marées dont le marnage peut dépasser cinq mètres, mais là-bas, les courants sont moins puissants, du moins dans les quelques passes qu'ils connaissent.

Bien qu'ils ne soient pas encore dans le plus gros du flux, le courant les propulse rapidement. Chaque fois que Jean-Claude a voulu ralentir le moteur, le bateau a été entraîné comme une toupie dans les tourbillons. Il crie à Gérard :

– Tu vois quelque chose ?

Il croit entendre :

– … Rien du tout !

– On est passés tout près de la balise de Kerpenhir, tu ne l'as pas vue ?

– Peut-être un truc sombre tout à l'heure… mais je n'en suis pas sûr…

Ils sont maintenant dans la partie la plus resserrée. Des remous déferlent comme dans un torrent de montagne. L'opacité ambiante ne leur permet de distinguer que l'ourlet de l'écume des plus grosses vagues. Le bateau est emporté sur ce tapis roulant et les tourbillons le chahutent dans tous les sens. Arc-bouté à la roue de la barre, Jean-Claude la tourne à grands coups sans trop savoir pourquoi. Sur l'écran de son smartphone, la côte défile à toute vitesse. Entre la côte et l'île Longue, il faut prendre à droite, maintenant. Soudain la carte disparaît, l'écran devient noir.

– C'est quoi, cette merde ? La Louche ! Reviens ! Vite ! Il n'y a plus rien sur l'écran !

– Tu veux que je l'éclaire avec ma lampe ?

– Mais tu es vraiment trop con ! C'est la batterie ! Le téléphone est éteint, idiot ! On n'a plus de carte !

– Qu'est-ce que tu veux que j'y fasse, moi ! Où veux-tu que j'en trouve une, de batterie ?

Plutôt que de foncer dans le noir, Jean-Claude ralentit le moteur au maximum. Ce n'est pas la meilleure des idées, car ils sont désormais à la merci des courants. Sans qu'ils s'en rendent compte, le bateau se dirige vers les roches appelées « Les Tisserands », tout à côté de l'île Er Lannig.

Le premier choc de la pointe de la quille est léger, juste un frottement sur le sable. Ils se regardent, médusés, impuissants.

– Tu as senti ? On a touché quelque chose…

– Oui, et ce n'est pas normal ! Le gars qui m'a aidé pour la carte m'avait donné l'heure de la mer haute. C'est presque maintenant !

– Alors là, il y a un problème. Ou le mec s'est foutu de ta gueule, ou c'est un rocher qui ne devrait pas être là. Putain, ça recommence !

Cette fois le choc est plus violent. Où aller se mettre à l'abri ? Jean-Claude est en sueur, il en frissonne.

– Je fais quoi ?

– Ben moi, je serrerais à droite… À gauche, c'est noir de chez noir.

Jean-Claude tourne la barre pour aller à droite. Ils parcourent quelques mètres, puis c'est le choc. La coque est soulevée, avant de se coucher sur le côté. Jean-Claude perd l'équilibre, bascule et se retient d'une main à la barre à roue. Projeté en avant, Gérard s'étale au fond du cockpit dans un beau vol plané. Une douleur aiguë lui transperce l'épaule. Son compère a repris les commandes. Il accélère à fond, en marche arrière, pour essayer de se sortir du piège. Impossible, le courant les plaque sur la roche. Il insiste. Le moteur hurle, mais la quille est trop engagée. Leur seule chance est qu'à marée haute il y ait suffisamment d'eau pour que le bateau flotte de nouveau. Mais rien n'y fait, le courant soulève le bateau et le dépose à chaque fois un peu plus loin, quille encastrée dans les rochers. Les craquements sinistres de la coque laissent craindre le pire.

– Bordel de merde ! On va couler !

– La faute à qui ? Connard !

– Ça me fout les jetons. Si l'eau est aussi froide que dans le port, je préfère me noyer !

– On va appeler les secours.

– Tu ne peux pas !

– Pourquoi ?

– Tu n'as plus de batterie !

46

Échoués

Audrey est fascinée par le couple qui se tient devant elle. Elle ne sait rien d'eux ni de leur histoire, mais l'idéalise. Sa dernière aventure, avec Nicolas, a été le bouquet final d'une longue série de relations désastreuses, de turpitudes, de bassesses et de mensonges. Malgré leurs débuts tout ce qu'il y a de plus amoureux, la proposition d'association de Nicolas aurait dû éveiller sa méfiance. Mais elle avait cru en ce type, aveuglément ! Depuis qu'elle a quitté son bateau, elle a eu tout le temps de prendre conscience qu'il l'avait froidement manipulée, tout en assouvissant sans scrupules ses besoins de mâle contaminé. Audrey a la haine. La haine des hommes qui se sont servis d'elle, la haine de Nicolas qui a failli la tuer en Guadeloupe. Mais ce n'était rien à côté du mal qu'il lui a inoculé. La maladie lui a pris sa vie, avec l'angoisse du moindre rhume, les bilans à répétition et les traitements à n'en plus finir. Elle enrage de sa sexualité confisquée, de l'abstinence qu'elle s'impose, de la cage sans barreaux dans laquelle elle s'est isolée. De nouveau face à lui, elle reste stupéfaite d'avoir pu l'aimer.

Elle détourne le regard, prise de dégoût, et fixe Caroline. Elle voudrait lui dire : « Toi aussi, tu devrais te méfier de ce Manu. Ne te laisse pas berner, il est aussi sournois que les autres. Tu vas t'y perdre et tu n'en garderas que des cicatrices indélébiles. » Si elle savait que l'homme en question est pleuré par une femme portant son enfant et qui le croit noyé, elle lui crierait : « Va-t'en ! Ce type est un salaud, il va te faire du mal ! »

Audrey s'approche de Caroline.

– Cette ordure a raison, il vaut mieux partir, l'histoire peut mal finir pour toi.

– Où veux-tu qu'on aille ?

– On va vous laisser à Hoëdic

– Au port ?

– Pas question. Vous allez embarquer dans l'annexe. Les deux gars vont vous aider.

Manu jette un coup d'œil sur la carte du PC. L'île est toute proche. Il suffit de contourner le phare des Cardinaux, le port est derrière la pointe. Imperceptiblement, Nicolas s'est rapproché de la table à cartes au prétexte de suivre lui aussi le parcours du *Séréno*. Après tout, il est encore le skipper du bateau. Il ajoute :

– Attention ! Il y a un haut-fond au milieu de la baie. Je vais surveiller la trajectoire.

La mise en garde est justifiée et Audrey n'y voit aucune ruse. Il a toujours les mains attachées dans le dos, alors, même s'il en avait l'idée, qu'est-ce qu'il pourrait tenter ?

La sonnerie d'un téléphone les surprend. Elle provient d'une poche du pantalon de Nicolas.

– Des amis qui t'attendent, c'est ça ?

Il ne répond pas.

– Je vais sortir le téléphone de ta poche. Quand ils rappelleront, tu répondras. Je tiendrai le téléphone. Aucun mot sur ce qui se passe à bord. Tu te contentes de dire que tout va bien. OK ?

Le nom du contact qui vient d'appeler – Lagwiyann – reste affiché sur le téléphone récupéré par Audrey.

– Je m'en doutais ! Les Guyanais sont dans le coin ! Je les rappelle. Tu as intérêt à te tenir à ce que je t'ai dit, sinon…

– Sinon quoi ?

– N'oublie pas que nous sommes armés !

Elle a mis le haut-parleur. De l'autre côté, on décroche.

– Allô ?

– Qu'est-ce qu'il y a ?

– Le bateau est échoué et peut-être cassé. Ne viens pas ici. Demain je t'appelle.

– Je ne peux pas rester en mer !

– Fais comme tu veux. À demain.

Nicolas est abasourdi. Question discrétion, c'est plutôt raté. Deux Guyanais en vadrouille sur un bateau au mois de novembre, échoués en pleine nuit, ça va attirer l'attention. S'il y a suspicion et enquête, le pot aux roses va être découvert, et lui avec.

– Ils ont l'air dans la merde, tes amis ! Pas très fiables ! Des amateurs… Heureusement qu'on est venus pour faire le boulot à leur place…

Il ne répond pas à Audrey. Que pourrait-il dire ? Tous ses plans lui échappent. « C'est foiré, mais si elle croit pouvoir tout récupérer, elle se goure, et grave. Je vais tout perdre, mais elle aussi. » Adossé à la table à cartes, il promène ses doigts libres en dessous.

47

Hoëdic

Greg et Alex montent préparer l'annexe et la mettre à l'eau. Caroline réunit ses affaires. Manu n'a rien à part les vêtements qu'il portait au moment du naufrage. Pas d'argent, pas de papiers. Soudain, il prend conscience du problème : « Mais bon Dieu ! Sans carte d'identité, sans passeport, sans permis de conduire, comment prouver qui je suis ? » Il imagine les démarches administratives sans fin, les justificatifs impossibles à obtenir… il sait où en trouver : à la maison, chez lui, chez Isabelle. Le piège. Lui qui a imaginé un instant disparaître en noyé définitif, en héros tombé au champ d'honneur de marins du grand large, se retrouve confronté à la réalité. Il va devoir faire face à Isabelle, son sponsor, les médias…

D'un coup, la bouffée de liberté respirée avec Caroline paraît se diluer dans le brouillard glauque qui les entoure. Il se voit déjà ramené dans le droit chemin. Un reflux aigre remonte de son estomac, se répand dans sa bouche et le fait tousser. « Qu'est-ce que je vais pouvoir dire à Isabelle ? Que je suis là, mais plus tout à fait là, même plus là du tout… »

Toutes ces démarches ne se feront pas en un jour, il devra rester à Pornichet. Par compassion, par faiblesse ou par tendresse, il aura du mal à s'extirper de sa vie d'avant. Il redoute les réactions d'Isabelle. Il imagine les suppliques, les pleurs, les colères aussi. Rien que d'y penser, il se sent désarmé. Affronter la pire tempête, il s'en estime capable, mais lutter contre une femme qu'il a aimée et qui, elle, l'aime encore, est au-dessus de ses forces. Et Caroline, comment va-t-elle réagir à cette situation ? Elle n'y est pour rien, il ne peut pas l'abandonner. Comment la protéger ? Leur histoire va-t-elle résister ? Quelle va être la suite de sa vie ? Toutes ces questions le terrorisent, mais pour l'instant, il s'agit d'évacuer le bateau.

Il doit être 5 heures du matin. Le moteur est en route. S'ils cherchaient le calme et l'apaisement, ce bruit pourrait les gêner, mais bien d'autres préoccupations monopolisent leur attention. D'ailleurs, depuis quelques heures, personne ne s'intéresse plus vraiment à la navigation. *Le Séréno* suit docilement la trajectoire que lui dicte le pilote automatique. Un équipier parfait, ce pilote. Pas un seul coup de barre intempestif, juste les petits ajustements d'un esclave méticuleux, obsédé par le cap introduit dans ses circuits imprimés : soixante-dix-huit degrés, ni plus ni moins, une route passant tout près de l'île de Groguéguez sur laquelle s'élève le phare des Grands Cardinaux.

C'est Nicolas qui donne l'alerte :

– Le courant nous pousse vers les cailloux, il faut changer le cap, tout de suite !

Audrey a compris l'urgence.

– J'ai entendu. Tu la boucles et tu ne bouges pas. Hep ? Toi ! C'est comment déjà ?

– Manu.

– Ah oui, Manu. Tu t'occupes de ça, fissa, OK ?

Il fait un rapide calcul : l'angle de dérive dix degrés plus la trajectoire à rattraper… cent cinq degrés, ça devrait aller. Il entre la valeur dans le pilote qui prend instantanément le nouveau cap.

Le noir de la nuit est toujours aussi épais, la visibilité ne doit pas dépasser cinquante mètres. Ils sont maintenant au pied du phare. Manu est sorti, par sécurité. En regardant en l'air, il devine une lueur blanche intermittente balayant le brouillard. Elle apparaît quatre fois de suite toutes les quinze secondes. Ce sont bien les caractéristiques du phare précisées sur la carte.

La bande de roche est derrière eux. Coup de barre à gauche, direction la baie du port.

Caroline sort de la cabine. Elle porte son sac à dos dans lequel elle a entassé ses affaires.

– Je suis prête. Tout va bien Manu ?

Il sent, aux intonations de sa voix vacillante, son appréhension à l'idée de débarquer en pleine nuit dans cet endroit inconnu. Il la serre une fois de plus contre lui et l'embrasse sur le front.

– Oui. Ne t'inquiète pas, tout va bien se passer.

Audrey rappelle Greg et Alex.

– Bon, voilà la manip. Alex, tu ralentis le moteur au max. Quand on sera devant le port, tu débrancheras le pilote et tu prendras la barre, OK ? Greg et toi, Manu, vous descendrez l'annexe, chacun d'un côté. Greg, donne-lui une frontale, il faut qu'il y voie quelque chose en arrivant au port. Ah ! Vous avez du liquide pour quitter l'île ? Pas sûr qu'il y ait un distributeur dans ce bled.

– Moi, je n'ai rien, et toi, Caro ?

– Vingt euros et ma carte…

– Nicolas, dis-moi où est ton fric ?

– Je n'ai pas d'argent, pas un centime…

– Tu te fous de ma gueule, une fois de plus ! Pas de bol, Nicolas, je connais tes planques. Idiot comme tu es, tu n'as pas dû les changer !

Elle explique à Alex où chercher. Il revient avec une pochette contenant une liasse de billets.

– Donne-leur la pochette !

– Toute ?

– Bien sûr, toute. Quand on aime, on ne compte pas…

Nicolas est bouche bée.

– Quoi ? Mais c'est mon fric ! Tu as de la chance que je ne puisse pas te faire la peau… Tu es vraiment une salope !

– Ben oui, tu vois, à salaud, salope et demie ! Et j'allais oublier l'essentiel ! L'or, les pépites qui ont failli te coûter si cher ! Alex, regarde dans le fond du coffre de sa cabine, à gauche en entrant. Dans un sac de toile…

– Tu n'as pas le droit…

– Aujourd'hui, j'ai tous les droits, et toi plus aucun… Allez, distribution, à chacun ses pépites !

Sur la carte, le port est juste à leur droite. L'annexe est descendue. Caroline jette son sac à l'intérieur, puis saute. Manu la rejoint. Le brouillard est toujours aussi dense, même si une infime clarté annonce le lever du jour. Ils larguent l'amarre du *Séréno*. En quelques secondes, celui-ci s'estompe avant de disparaître. Reste le bruit de l'échappement du moteur qui s'atténue peu à peu. Les voilà seuls au milieu de nulle part. Caroline n'a pas encore réalisé qu'elle a quitté le voilier où sa vie s'est jouée. Que va devenir Nicolas ? Audrey ne lui fera pas de cadeau, c'est évident. Avec Nicolas, elle a échangé un dernier regard dans lequel elle a lu son angoisse et comme un appel au secours. Elle a détourné les yeux sans rien dire. Maintenant qu'elle est loin, soustraite à ses menaces, elle le regrette. Elle en viendrait presque à le plaindre, tant elle a senti de désarroi en lui.

Manu rame lentement. Le grincement rythmé des pagaies frottant dans les tolets de l'annexe occupe tout l'espace. Elle est frigorifiée, l'humidité bien sûr, mais aussi le contrecoup du stress accumulé. Des images tournent en boucle dans sa tête, et le dernier regard de Nicolas revient sans cesse.

– Je n'aimerais pas être à la place de Nicolas. À trois contre un, il ne fera pas le poids…

– Il l'a cherché !

– Oui, sans doute, mais j'ai l'impression que toute cette histoire le dépasse.

– Il t'a quand même menacée avec une lame !

– Il ne l'aurait pas enfoncée, j'en suis sûre, c'était juste de l'intimidation.

– Tu ne vas pas l'excuser ?

– Non, mais Audrey me fait peur… Et je n'aimerais pas que tout ça se termine mal pour lui, il est perdu dans sa tête…

– De toute façon, on ne le saura jamais. Il faut penser à nous maintenant. J'espère que ça va bien se passer quand on va arriver…

– Pourquoi ?

– Si la police me demande mes papiers, qu'est-ce que je vais leur répondre ?

– Tu diras que tu les as perdus, que tu les leur transmettras quand tu les auras récupérés.

– Pas si simple. Je vais devoir aller à Pornichet, chez moi…

La boule d'angoisse qu'il pensait avoir repoussée au fond de son ventre remonte jusque dans sa bouche. Il sait qu'elle va s'y enkyster tant qu'il n'aura pas tiré un trait sur la vie qu'il quitte.

Ils croisent une bouée blanche, c'est bon signe. Puis, presque au-dessus d'eux, la lumière jaune d'un lampadaire.

Manu s'est imprégné de l'endroit en regardant la carte. Il pense qu'il s'agit de l'éclairage de la jetée. La masse sombre en dessous le confirme. Un autre lampadaire apparaît. Voilà le feu de l'entrée du port. Il clignote, sa couleur est verte. Il le contourne. Enfin le ponton. Ils s'y accrochent.

Le lieu est désert. Ils marchent au milieu d'un dédale de casiers et de filets de pêche.

Soudain des bruits, des voix. Un bateau s'éclaire. Des moteurs démarrent. Ils s'avancent. Ce gros bateau bleu est sans doute la liaison vers la terre. Des enfants embarquent, frigorifiés, à moitié endormis, le cartable sur le dos. Le collège est sur l'île d'Houat, à vingt-cinq minutes. Les enfants s'allongent sur les sièges, histoire de prolonger la nuit.

Manu et Caroline s'avancent.

– On peut embarquer ?

– Vous avez vos billets ?

– Non, on n'en a pas. On était à bord d'un bateau à l'ancre, dans la baie juste devant, mais on est obligés de rentrer au plus vite. Un parent tombé malade.

– Allez prendre les billets à la gare maritime, juste au-dessus du port.

48

On règle les comptes

Greg et Alex sont encore sur le pont. Audrey attend leur retour pour passer à la phase essentielle de son plan. Nicolas n'a que quelques secondes pour agir. En tâtonnant du bout des doigts sous la table à cartes, il finit par trouver ce qu'il cherchait : un interrupteur. Il l'a installé quand il était encore en Guyane. Un interrupteur comme une dernière cartouche, de celles que l'on engage dans le canon quand on n'a plus rien à perdre. En l'activant, sa vie va basculer. Il pose un doigt dessus. Audrey ne s'est aperçue de rien. Lui reste impassible, silencieux. Les liens de ses poignets l'empêchent d'appuyer plus fort. Il doit s'y reprendre à plusieurs fois, en évitant des contorsions ou une grimace qui éveilleraient les soupçons. Il défie Audrey du regard pour l'obliger à un duel visuel et détourner son attention de ses mains. L'interrupteur claque. Il a réussi.

Une pompe se met en route. Il est le seul à entendre son ronron au milieu des bruits du moteur. De la coque s'échappe un liquide si précieux qu'il imagine une nappe de billets de banque virevoltant à la surface comme des feuilles mortes, avant de couler lentement. Au fur et à mesure que le liquide s'écoule, il voit disparaître la vie dont il a rêvé, où l'argent aurait symbolisé sa réussite. Il est las, désabusé, à bout de souffle. Audrey peut exiger de lui ce qu'elle voudra, il n'a plus envie de se battre ni même de vivre. Plus jamais il n'aura la chance d'échapper à la médiocrité.

Greg et Alex sont maintenant redescendus.

– Les gars, on va faire le transbordement avant le jour. Le double fond du Zod est vidé, vous allez pouvoir le remplir.

– Trop tard ! lâche Nicolas.

– Comment ça, trop tard ?

– Oui, trop tard. Tout est parti à la mer.

– Tu te fous de ma gueule ?

– Absolument ! Et à fond, même ! La vidange vient de se terminer, les réservoirs doivent être propres, rincés, remplis d'eau de mer… Point barre ! Drôle, non ?

– Fumier ! Trois cents kilos de coke, tu sais ce que ça représente ?

– Si tu es là, ce n'est pas pour mes beaux yeux, Audrey. Avec tes copains, tu es venue me la piquer, la came. Le gars et la fille ont contrarié tes plans, tu aurais aimé me coincer tout de suite et sans témoin. Mais j'ai eu le temps d'agir. Personne ne va en profiter, la morale des braves gens est sauve. Belle satisfaction, tu ne trouves pas ?

– Ne me parle pas de morale, connard !

– Diluer la coke dans l'eau des réservoirs, c'était une bonne idée, non ? Facile à évacuer, et sans traces. Impossible à détecter, même par des chiens. Seuls les poissons vont être défoncés. Je pensais avoir à le faire si des douaniers étaient montés à bord. Mais pas à cause de toi !

– J'ai été amoureuse de toi, Nicolas, j'ai même été heureuse au début à Cayenne. Le transport de coke, je n'y croyais pas trop, pourtant, comme une conne, je t'ai suivi. Ton idée de la mélanger à de l'eau dans un réservoir, j'ai trouvé ça génial. On pouvait espérer un beau paquet de fric. Mais tout a dégénéré. Le mec que tu as sans doute tué pour sauver tes pépites, la fuite de Cayenne, les Guyanais à tes trousses, ça t'a foutu la trouille. Plus confiance en personne. Pour protéger ton fric, tu es passé à l'attaque. Quand tu m'as cognée, j'ai vu dans tes yeux ton envie de me tuer. Tu ne t'attendais pas à ma résistance. « Un crime en mer, c'est le crime parfait », tu disais. Cette came t'a rendu dingue. Tu rêvais de toute-puissance, de gloire, et moi je n'existais plus, je ne devais plus exister. Pas de témoin et tout le fric pour toi. Mais me filer le sida en profitant de mon amour, ça c'est le pire des crimes. Et après ce que tu viens de faire, ma haine n'a plus de limite. Tu es nuisible, et les nuisibles, on les élimine.

– Laisse-moi une chance.

– Tu m'as laissé une chance, à moi ? Si tu avais pu me tuer, tu l'aurais fait. Et le sida, tu t'es inquiété de m'avoir condamnée ? Finissons-en. Tant pis pour toi !

Dans un état second, elle braque son arme sur lui et appuie deux fois sur la détente. Dans l'espace capitonné de la cabine, le bruit des détonations est assourdissant et sans timbre. Derrière l'écran de fumée bleue, Nicolas est projeté en arrière par la puissance de l'impact. D'abord, il frissonne. Il n'a pas vu la tache rouge qui s'étale déjà sur sa poitrine. Il cherche l'air, inspire par réflexe, mais ses poumons déchiquetés ne lui apportent déjà plus le souffle de la vie. Il tremble maintenant, des spasmes secouent ses membres. Il est encore debout, mais il chancelle, ses jambes se dérobent. Il tente de se retenir à la table à cartes, ses doigts s'y accrochent désespérément en raclant le bois. Il s'effondre lentement. De ses lèvres blêmes qui articulent des mots ne s'échappe aucun son. Il dévisage Audrey, stupéfait. Le choc a été si violent que sa conscience n'en a pas intégré la gravité. Bientôt il sera trop tard. Plié en deux sur le plancher, il voit le sang s'écouler de son torse ravagé et le regarde s'étaler autour de lui, sidéré et incrédule. « C'est elle qui m'a fait ça ? » Il n'arrive pas à le croire. Ressent-il la douleur ? Dans ces instants où la vie s'échappe, où le corps s'acharne à tenter de survivre, la douleur n'est qu'un désagrément dérisoire. Il a de plus en plus de difficulté à respirer. Quelques lambeaux de poumon s'activent encore, mais pour combien de temps ? Ses yeux clairs se voilent, il écarquille les paupières, il voudrait pourtant voir, toujours. « Non, pas le noir, j'ai trop peur du noir. » Son cœur cogne à tout rompre, mais le sang propulsé ne fait que se répandre un peu plus autour de lui. Il bat encore, mais de désespoir, dans un ultime combat, lui non plus ne veut pas mourir. Puis doucement, sans révolte, comme s'il acceptait l'inéluctable, son corps se recroqueville. Il a oublié Audrey, le bateau et tout le reste. Il flotte, ce n'est plus la mer, mais une étendue blanche, vaporeuse et sans limites. Il sait qu'il va mourir. Il sent avec lucidité la vie se retirer de son corps, cellule après cellule. Il n'a plus ni la force ni l'envie de la retenir.

– Pourquoi tu as fait ça ?

Alex est effaré. Le voici complice d'un meurtre.

– Tu étais obligée de le tuer ? Tu es complètement folle !

– Tu poseras des questions plus tard. Maintenant, on s'en sort tous les trois, on est dans le même bain, OK ? On fait demi-tour, route au large, de l'autre côté de Belle-Île. Si on n'a pas assez de gas-oil, on renverra les voiles. Il y a du vent. L'urgence, c'est se débarrasser du corps. On va le mettre dans la housse de la planche à voile que j'ai vue à l'avant. Va la chercher.

– Tu veux l'immerger, c'est ça ?

– Oui. Le plus loin possible. On a jusqu'à ce soir. Toi, tu surveilles. Greg et moi, on va tout nettoyer. À fond. Il ne doit plus rester la moindre trace. On va mettre des gants et un bonnet. Moins on laissera d'ADN, mieux ça vaudra.

Elle voudrait pleurer. Pleurer Nicolas, pleurer cette vie qu'elle vient de supprimer, pleurer son geste irréparable, qui l'a dépassée et qui la poursuivra à jamais. Elle doit se retenir, ne pas montrer ses émotions, sa faiblesse et ses remords, sinon elle perdra son autorité sur ses deux associés.

Toute la journée, la sidération règne à bord. Ils naviguent sans un mot. Dans le cockpit, la housse est étalée sur un banc, laissant deviner le corps de Nicolas. Chacun détourne le regard. Il faut en finir, et vite.

Le sondeur indique cent quarante mètres, les fonds sont escarpés. Un bon endroit, difficile à ratisser pour un chalutier. Moins de risques qu'il soit ramassé dans un filet. Ils ont lesté le sac avec une bonne longueur de la chaîne de l'ancre.

Ils arrêtent le bateau. Quand ils soulèvent le sac, le corps est déjà rigide. Ils ne sont pas trop de trois pour le porter à l'extérieur. Après l'avoir retenu quelques secondes sur la filière, ils le lâchent. Il touche l'eau dans une gerbe d'écume puis disparaît dans le vert de la mer.

Ils sont soulagés, il n'est plus là, mais cette absence n'est qu'une illusion. Il restera à l'effacer de leur conscience…

– OK, maintenant, route vers la terre. Voilà comment on va faire. Alex, tu vas poser le bateau au bout d'un ponton au port du Crouesty. Il faut que tu arrives avant le jour. Tu l'amarres et tu te barres. Avant, tu vérifies qu'il ne reste rien, ni mégot ni verre sale. On ne doit laisser aucune trace de notre passage, c'est clair ?

– Compris.

– Greg et moi, on va rentrer au Croisic avec le Zod. En partant vers 22 heures, on sera au Crouesty avant toi. Vers 7 heures, on te récupère à la sortie du port, OK ?

Il est effectivement près de 7 heures du matin quand Alex arrive au port du Crouesty. À cette heure et à cette période de l'année, les pontons sont déserts. Par chance, le brouillard s'est levé. Il voit une place libre juste devant lui. Il s'en approche, s'arrête, saute à terre, fixe les amarres. Puis il éteint le moteur, jette un dernier coup d'œil à l'intérieur, referme le capot de l'entrée et s'en va.

Il n'a pas remarqué les deux types sur le quai, juste en face. Les (faux) amis de Lagwiyann sont là, sans leur bateau. Après leur échouage, Jean-Claude a fini par retrouver son calme, il s'est souvenu des explications du loueur pour appeler avec la radio du bord. Il a fait moult essais avant de réussir à joindre la SNSM. Celle-ci les a cherchés un bon moment avant de repérer le bateau planté dans les rochers. Ils ont été ramenés au port, sans autre conséquence qu'une facture salée à payer au loueur. Ce n'était pas la première fois que des inconscients avaient surestimé leur capacité à manœuvrer un voilier. Leur mésaventure ne les a ni découragés ni détournés de leur objectif.

– Regarde, La Louche. Celui-là ressemble aux photos du *Séréno*.

– Ouais, c'est lui !

– Putain ! Il y a un mec qui s'en va. Il est tout seul.

– Ce n'est pas Nicolas ?

– Non, ce n'est pas son allure. Il faut qu'on le chope !

Ils traversent le port en courant. Alex ne les a pas vus. Ils se précipitent sur lui, le bousculent. Surpris, il tombe à terre. Ils le relèvent.

– Qu'est-ce que tu faisais à bord ? Il est où, Nico ?

Alex n'a pas le temps de réfléchir…

– Il est à bord !

– À bord ? Pourquoi on ne l'a pas vu ? On va vérifier, et tu viens avec nous.

– Je ne peux pas, des amis m'attendent.

– Pas à nous, ce genre de connerie, tu nous la fais pas !

Alex les suit sans résistance. Il a repéré une haie derrière laquelle il pourra s'échapper. Elle est là, juste à sa gauche. D'un bond, il saute. Les deux autres sont surpris. Il a quelques mètres d'avance. Après, il y a le parking. Il zigzague entre les voitures. Puis, un bois en hauteur et des bosquets. Il se cache derrière. De là, il les voit qui le cherchent sans beaucoup de conviction. Ils font demi-tour et foncent vers le bateau. Nicolas et les trois cents kilos de coke censés être à bord les attirent comme un aimant.

Alex s'éloigne, puis revient sur ses pas en contournant les bassins. Des phares au loin sur la route. À cette heure matinale, ce ne peut être que la Land Rover. Elle s'arrête à l'entrée du port. Il est encore loin. Il court à toutes jambes, ouvre la porte à la volée, saute à l'arrière. Trop essoufflé pour expliquer, il parvient juste à dire :

– Embraye, Audrey ! On dégage ! Vite !

49

La vie devant soi

Arrivés à Quiberon, Caroline et Manu louent une voiture, direction Pornichet. L'appréhension de ce retour a réactivé l'asthme de Manu. Il a si souvent sillonné ces routes avec Isabelle ! Plusieurs fois, il doit se tourner vers la conductrice pour se persuader qu'il s'agit bien de Caroline. Cette confusion, même fugace, renforce encore sa crise. Il étouffe, ses lèvres sont bleues par manque d'oxygène. Ils doivent s'arrêter devant la première pharmacie ouverte.

Quelques bouffées de Ventoline lui permettent de se sentir un peu mieux, mais l'épisode va durer. Il en est sûr.

Ils sont repartis et roulent en silence. Il doit se calmer, mettre de l'ordre dans le fatras de ses pensées. Commencer par la respiration. Penser à inspirer lentement, profondément, puis expirer, bouche grande ouverte. Recommencer au même rythme, encore et encore. Il se focalise sur sa cage thoracique et sur son ventre. Bien le rentrer à chaque expiration. Maîtriser son souffle pour donner de l'air à ses idées. Par instants, la solution semble évidente, puis le souvenir d'une image, d'un mot ou d'une émotion déclenche une réaction en chaîne qui balaie la réflexion laborieusement échafaudée. Retour à la case départ. Il tente l'analyse rationnelle. D'un côté, la colonne des plus, de l'autre celle des moins. Comme si sa vie future dépendait d'une addition ou d'une soustraction. Totalement idiot. Il essaie l'affectif, cherche des preuves, tente de se persuader que c'est elle, Isabelle, l'élue. Mais la réalité de leurs divergences et de leurs disputes le rattrape. Elle a sa vie, lui la sienne, comment construire la leur ?

Ils ont passé Muzillac. Caroline, concentrée sur sa conduite, sent Manu à fleur de peau, elle devine les gouttes de sueur sur son front.

– Caroline ?

– Je t'écoute, Manu.

– Caroline, je… Tu te rends compte, je ne lui ai même pas téléphoné quand on a touché terre ! Je n'y ai pas pensé. J'ai pourtant risqué nos vies pour la prévenir ! C'est du grand n'importe quoi…

– On appelle ça un acte manqué. En général, cela traduit un conflit ou un désir inconscient… On dit même que c'est un acte réussi par l'esprit. Ne t'en veux pas ! C'est l'expression de tes pensées profondes.

Son subconscient tiendrait la barre et lui imposerait le cap ? Lui qui croyait avoir la maîtrise de son destin ! Le silence s'éternise, si lourd qu'il absorbe les bruits de la route.

– Caroline, je ne me sens pas capable de rentrer chez moi.

– Tu veux qu'on s'arrête quelque part aujourd'hui ?

– Oui, s'il te plaît. J'ai besoin d'un peu de temps.

Un panneau indique, à droite, La Roche-Bernard. Ils empruntent le pont suspendu au-dessus de la Vilaine et des centaines de bateaux amarrés sur la rivière. D'habitude, il aurait tenté de les identifier, mais aujourd'hui le cœur n'y est pas. Ils se retrouvent dans les rues étroites de la vieille cité médiévale, avec leurs belles maisons en pierre et à colombage pour certaines, et finissent par atterrir devant une auberge, *Les Deux Magots*.

– Là ?

– Si tu veux.

Manu se laisse faire. Il se sent vidé, égaré dans le no man's land marécageux de ses pensées. Comment avancer ? Dans quelle direction aller ?

Elle lui prend la main.

– Bonjour madame, bonjour monsieur. Vous désirez ?

C'est elle qui répond :

– Une chambre.

– Deux lits simples ou un lit double ?

Elle voudrait qu'il réponde, qu'il s'implique, mais il est muet, absent.

– Un lit double, s'il vous plaît.

Il reste amorphe, ailleurs, comme si ce choix ne laissait rien entendre. Ils montent en silence, elle lui tient toujours la main. La chambre. Le lit. D'un coup, il pleure. Il ne saurait dire pourquoi, mais il pleure à chaudes larmes. Est-ce le contrecoup de son naufrage ? Son bateau disparu et son rêve perdu ? La conscience subite d'être un miraculé ? L'angoisse des décisions à prendre ? Dans sa tête, une confusion extrême. Depuis le naufrage, il a fait face, croyant trouver dans l'action les moyens d'évacuer son traumatisme. Ses pleurs, mélangés aux sifflements pénibles de sa respiration, sont le contrecoup de la vaillance qu'il s'est imposée.

– C'est bien que tu pleures, Manu. Tu as trop pris sur toi depuis l'accident, mieux vaut vider le trop-plein qui t'encombre. Viens, on va faire un tour. Personne ne te connaît ici.

Les rues pavées les conduisent jusqu'au vieux port. Ils se tiennent par la main. Ils longent le quai. D'anciens bateaux en bois y coulent des jours paisibles. Sur le pont de l'un d'eux, un type répare un cordage.

– Manu ! Tu as vu ce qu'il tient ?

Caroline lui serre la main à lui faire mal. Il est bien obligé de sortir de ses brumes. Elle se colle à lui, tremblante, et cache son visage dans son cou.

– Tu as vu, Manu ? Tu as vu ?

Le marin utilise un épissoir. Avec sa longue lame brillante et son manche vernis, il ressemble en tout point à celui que Nicolas a brandi avant de lui enfoncer dans le ventre. La vision de cet outil lui provoque un choc. Des spasmes lui tordent l'estomac.

– Calme-toi, Caro. Viens, on s'en va…

Elle n'arrive pas à détourner le regard, fascinée par cet objet encore associé à sa peur de mourir.

– Caro, je t'en prie…

Pour Manu, au contraire, la vue de cet épissoir est un déclic. Il secoue la tête, s'ébroue pour chasser les pensées lénifiantes qui le poussent à s'apitoyer sur son sort et le paralysent. Il l'entoure de ses bras.

– Tout ça est derrière toi ! Derrière nous…

Il l'enlace, elle se laisse aller. Leur balade continue le long des berges de la Vilaine. Laisser le temps au temps… L'un comme l'autre, ils devinent où cette promenade va les mener.

Avec la tombée de la nuit, la brume s'est posée sur le plan d'eau. Les bateaux paraissent flotter dans les nuages. On n'entend que le caquètement des canards. Il commence à faire froid. Il est temps de rentrer.

Elle a retrouvé son calme. Ce n'est plus le passé qui la préoccupe, mais le présent. Elle aurait aimé un peu de temps, laisser s'épanouir l'intimité de leur rencontre, de désir en passion, puis en amour. Mais Pornichet est trop proche, et la suite de sa vie est en jeu.

La chambre. À peine la porte refermée, la vague de tendresse qui les portait tous les deux les submerge. Les mots n'ont plus d'utilité. Leurs lèvres se rejoignent, avec volupté cette fois. Par la magie des caresses de leurs langues, il retrouve instantanément le parfum suave perçu dans les brumes de son coma. Dans un flash-back, le goût subtil de sa bouche ravive la sensation glaciale qui l'avait enveloppé aux portes de la mort. Il frissonne. Puis en quelques secondes, la sensation disparaît, exorcisée.

Caroline a perçu son frisson. Elle aussi revit ces moments où elle collait sa bouche sur la sienne, exsangue. Aujourd'hui, elle glisse goulûment sa langue entre ses lèvres, qui sont chaudes, vivantes, actives. Le désir a déjà rougi leurs joues. L'excitation est à fleur de peau. Attendre. Prendre le temps. Se regarder, se lire avec les yeux, se chuchoter des mots aussi doux que des caresses, effleurer le visage de l'autre, glisser ses doigts dans ses cheveux…

Ils parlent, rient, se provoquent, se câlinent, oublient le monde. Leurs baisers les enivrent. Leurs étreintes sont tendres, voluptueuses. Au travers de ses vêtements, il sent la pointe dure de ses seins contre sa poitrine. Elle enroule ses jambes autour des siennes, la tension de son sexe vient s'appuyer contre le sien. Son balancement lent l'excite. Elle s'accorde à son rythme pour mieux le sentir. Leurs mains se glissent sous leurs vêtements. La pulpe de leurs doigts fait frémir chaque cellule de leur chair. Elle l'attend, il vient. Elle le sent comme une partie d'elle-même. Lui reste en elle sans bouger, sidéré par leur symbiose, leur fusion. Maintenant, c'est elle qui l'appelle. Il lui répond, pour lui donner ce plaisir qu'elle attend et dont il ne veut rien perdre. L'extase dure, ils la prolongent jusqu'au bout de leur désir. Heureux, apaisés, ils se disent que plus rien ne sera comme avant, et ce rien est un tout, plus grand, plus fort, immense.

Dans la douce léthargie où ils flottent tous les deux, les pensées de Manu vagabondent et fatalement reviennent vers Isabelle. Elle est là, debout, dans le confort douillet de leur chambre bien rangée, symbole rassurant d'une vie sans surprise. Il s'est vu mourir et son besoin impérieux de rassurer sa compagne était l'expression d'un autre besoin, inconscient, celui de se calfeutrer dans cette chambre, à l'abri du danger. Il pourrait encore s'y réfugier, recroquevillé derrière des angoisses, des cauchemars, des phobies ou des flash-back destructeurs. Mais plutôt que cette régression post-traumatique, il a découvert en lui d'autres ressources et sa capacité à rebondir. Caroline a été l'instigatrice involontaire de sa renaissance. « Cette chambre de Pornichet n'existe pas dans ma vie de ressuscité ! »

Blottie dans les bras de Manu, Caroline ne vit pas les mêmes tourments. Elle est libre, maîtresse d'elle-même, dans le plaisir immédiat. « Aimer comme ça, ça faisait longtemps ! Le plaisir bien sûr… Que c'était bon ! Mais, je me suis sentie si proche de lui, dans un tel accord, que je me demande si ce n'est pas mon propre souffle poussé en lui que je viens de retrouver. »

50

Deux traits roses

Ils reprennent la route dans la matinée. À l'ouverture des boutiques, il s'est acheté un bonnet, une écharpe et des lunettes de soleil. Un camouflage qu'il espère efficace. Voilà Pornichet, la place du marché.

– Arrête-toi là… Tu vas m'attendre au café… Je reviens le plus vite possible.

Il voudrait l'embrasser, mais il ressent tellement la présence d'Isabelle dans ces lieux qu'il n'ose pas. Sa tromperie devient obsédante. Quitter cette ville au plus vite. Elle serre très fort sa main. Lui, trop ému, la regarde et ne trouve rien à dire de plus.

Il est devant la maison, collé contre la porte pour ne pas donner l'air d'attendre qu'on lui ouvre. La sonnette ne fonctionne toujours pas. Il frappe. Pas de réponse. La porte est fermée.

Il fait le tour. Dans la ruelle derrière, il y a un autre accès. Une pierre du mur est descellée. La clé qu'il a cachée y est toujours.

Il entre. De la musique.

– Il y a quelqu'un ?

On dévale les escaliers.

– Oh ! Mon Dieu ! Mais c'est toi, Manu !

Elle s'effondre sur la dernière marche, fauchée par la surprise. Il l'aide à se relever.

– Laetitia, mais qu'est-ce que tu fais là ?

– Manu ? Oh ! Manu, mais comment est-ce possible ? Tout le monde te croit mort, noyé au fond de l'océan…

– Où est Isabelle ?

– Laisse-moi te toucher, que je sois sûre…

– Dis-moi où est Isabelle ?

– À Guérande, elle travaille. Il faut l'appeler.

– Attends ! C'est à moi de le faire, quand je serai seul. Pour l'instant personne ne doit savoir que je suis là !

– Pourquoi ? C'est tellement une bonne nouvelle ! Quel bonheur de te savoir en vie ! Je suis si heureuse pour toi et pour Isabelle ! Oh ! Et si tu savais !

De joie, elle lui saute au cou. Lui reste droit, raide, stoïque. Il n'ose pas détourner la tête, mais l'enthousiasme de Laetitia le glace. Ce qu'il redoutait se concrétise. Il pense à Caroline, laissée devant une tasse de café.

– Laisse-moi un peu de temps, Laetitia. Il faut que je me pose. Pour moi aussi, c'est trop d'émotion. Je veux me préparer à parler à Isabelle. Je ne voudrais pas que le choc soit trop violent.

– Oui, tu as raison, d'autant que dans son état…

– Qu'est-ce que tu veux dire ?

– Rien, rien. Je veux juste dire que vu son état de fatigue, il vaut mieux la ménager…

– Je monte dans la chambre. Après je l'appelle.

Le lit est défait, ce n'est pas son habitude. Elle a dû se réveiller au dernier moment. Son côté à lui, à droite, est intact, l'oreiller bien gonflé, sans un pli, comme s'il l'attendait. Sur la tablette, le dernier livre qu'il avait lu, *La Croisière du Snark* de Jack London. Ce lit lui rappelle leurs nuits enfiévrées, cette dernière avant son départ. Dans la moiteur des draps, ils s'étaient parlé longtemps et tellement promis. Quelques vêtements sont rangés sur une chaise, en pile, bien alignés. Rien ne traîne, tout est placé, classé, ordonné. Les siens sont toujours là : un t-shirt, la polaire aux couleurs d'Univervie oubliée en partant… Elle n'a pas eu le courage de les enlever, ou peut-être les a-t-elle laissés en place par superstition, dans l'espoir insensé de son retour.

Sur le petit bureau, sous la fenêtre, des photos de leurs moments heureux. Des souvenirs qu'elle a voulu garder pour elle. Dans cette pièce reprend forme un passé qu'il croyait pouvoir oublier. Ses certitudes vascillent. Il imagine son avenir avec elle, en sécurité. Caroline, c'est l'inconnu de la clandestinité, l'aventure, loin de ses racines. Il faudrait qu'il se donne les moyens de ce choix.

Il referme la porte de la chambre. Il a soif. La salle de bains est juste à côté. Un verre est posé sur le lavabo. Tout en buvant, il se regarde dans le miroir comme si son image pouvait répondre à ses questions. Mais dans ces yeux creusés par la fatigue, il ne trouve qu'une immense solitude qui le glace. Il est seul pour décider de son avenir dans cette maison qui est encore la sienne. Un objet attire soudain son regard. Une boîte, posée sur la tablette juste en dessous du miroir et sur laquelle est écrit « Exacto, test de grossesse ». Il sort une sorte de thermomètre. À une extrémité, il y a une bande avec deux traits roses. Le mode d'emploi n'est pas long à déchiffrer. Deux traits roses signifient test positif. Il va être papa.

Épilogue

Le lendemain matin, l'équipe du port trouva *Le Séréno* amarré au ponton sans personne à bord. L'intérieur du bateau était sens dessus dessous. Les « amis de Lagwiyann » avaient tout dévasté, apparemment sans trouver ce qu'ils cherchaient.

Monsieur D'Arcy-Briand, le propriétaire, fut prévenu. Il pensa alors qu'il avait bien mal choisi le nom de son bateau, *Séréno*, ce vieux prénom signifiant calme et sérénité…

La gendarmerie locale prit la charge de l'enquête. Une goutte de sang fut retrouvée et le test au Bluestar révéla une grande quantité de sang répandu sur le plancher devant la table à cartes.

Les tests ADN effectués sur les cheveux retrouvés à bord ne correspondaient à aucun suspect répertorié sur les fichiers.

Au grand dam de son propriétaire, le bateau fut complètement démonté par les douaniers. La porte éventrée de la cabine resta un mystère. Ils trouvèrent quelques traces de drogue au niveau des fameux réservoirs, ce qui leur suggéra qu'ils avaient transporté de la cocaïne diluée dans de l'eau. Une technique connue, mais jamais employée à si grande échelle.

La pompe installée pour vidanger et rincer ces réservoirs en quelques minutes alimenta leurs suppositions. Le contenu avait-il été transvasé au large dans un ou plusieurs bateaux ? Avait-il été vidé dans la mer ? Si oui, pour quelle raison ? Ils ne le sauront jamais.

Les recherches concernant Nicolas furent tout aussi infructueuses. Il avait été vu la dernière fois aux Açores, à Horta, au moment des formalités pour quitter le port. Ses parents étaient décédés et sa sœur était sans nouvelles de lui depuis des années. Impossible de déterminer ce qui avait causé sa disparition.

Les amis de Lagwiyann, Jean-Claude et Gérard, durent faire un rapport de mer circonstancié sur leur échouement dans le golfe du Morbihan. Le loueur regretta de ne pas avoir mieux cerné les compétences de ces deux individus. Aussi étonnant que cela puisse paraître, aucun rapprochement ne fut établi entre la présence de Guyanais au mois de novembre sur un bateau et l'arrivée au même endroit du *Séréno* en provenance des Antilles. Avant le remorquage du bateau de location, ils avaient eu la présence d'esprit de se débarrasser de la pompe et des tuyaux qui auraient dû servir à récupérer la drogue dans le réservoir du *Séréno*.

L'*Altaïr* fit escale à Lorient. À la surprise admirative des douaniers, c'était bien le couple de propriétaires retraités qui venait de traverser l'Atlantique. Les douaniers inspectèrent soigneusement le voilier. Leur chien renifla un peu partout, sans se fixer sur une zone particulière. Ils pouvaient être des « mules », transportant à leur insu de la drogue déposée par des trafiquants avant le départ des Antilles. Cette visite approfondie ne révéla rien de suspect. Les deux retraités en furent quittes pour quelques inquiétudes et continuèrent à naviguer tranquillement le long des côtes du sud de la Bretagne.

Emma, le porte-conteneurs sur lequel Manu avait lancé son message avec sa fronde, fit escale à Rotterdam. Le tube contenant la missive avait atterri sur un conteneur où il était resté accroché tout le reste du voyage. Quand celui-ci fut soulevé par une grue, le tube tomba sur le quai. Un type qui passait par là shoota dedans, le cabossant sans toutefois l'éventrer. Mais un dernier coup de pied l'envoya dans le port. À croire que tous les objets auxquels Manu avait associé son avenir devaient finir au fond de l'eau.

Quant à Isabelle, Caroline et Emmanuel, l'Atlantique avait troublé le cours de leurs vies et leurs destins étaient désormais liés, quoi qu'ils décident.

À bord de *Te Marara,* 3 juin 2020

Table des matières

Achevé d'imprimer en Espagne en mars 2021 par Liberduplex.